角落里的青春

浅夏韵歌卷

纸片人是个骗子

——回味青涩往事，
解密成长密码

主编/刘 勇

中国财富出版社

图书在版编目（CIP）数据

纸片人是个骗子/刘勇主编．—北京：中国财富出版社，2014.2
（角落里的青春·浅夏韵歌卷）
ISBN 978－7－5047－5085－3

Ⅰ．①纸… Ⅱ．①刘… Ⅲ．①短篇小说—小说集—中国—当代
Ⅳ．①I247.7

中国版本图书馆 CIP 数据核字（2013）第 303107 号

策划编辑 王秋萍　　责任印制 方朋远
责任编辑 康书民　宋　宇　　责任校对 梁　凡

出版发行 中国财富出版社
社　　址 北京市丰台区南四环西路 188 号 5 区 20 楼　　邮政编码 100070
电　　话 010－52227568（发行部）　　010－52227588 转 307（总编室）
　　　　 010－68589540（读者服务部）　　010－52227588 转 305（质检部）
网　　址 http：//www.cfpress.com.cn
经　　销 新华书店
印　　刷 北京兴星伟业印刷有限公司
书　　号 ISBN 978－7－5047－5085－3/I·0115
开　　本 710mm×1000mm　1/16　　版　　次 2014 年 2 月第 1 版
印　　张 15.25　　印　　次 2014 年 2 月第 1 次印刷
字　　数 266 千字　　定　　价 30.00 元

版权所有·侵权必究·印装差错·负责调换

目 录

Contents

蔷薇初见

旧时光年

彼岸烟花

一梦白霜

镜里朱颜

蔷薇初见

白菜是世界上最好的菜

■ 骨紫

你看，你多幸福啊，现在好男人太少了。好在你找到了这么专一的我，不然再过几年啊，好白菜都让猪给拱了。

1. 今天，7月21号，天气晴：四季很好，只要你在

今天，7月21号，天气晴。我抱着大大的旅行包，坐在火车上，看着窗外一闪而过的电线杆。一年了，我的大一过完了。这么快这么快哦。

我旁边的姑娘也是要坐火车回家的大学生，我俩先是聊了一路大学里腐朽的论文制度和当今严峻的就业形势，最后觉得这个气氛太忧国忧民了，她问我："你有男朋友了吗？"

我有点害羞地点点头，问："你呢？"她说还没有呢。她看见我脖子上挂着的翡翠白菜又问："真翡翠？"我点点头，她一副了然的坏笑："他给你的吧？白菜是什么寓意？"

我只是微笑，却不说。白菜是什么寓意呢？白菜是世界上最好的菜。一年四季的白菜，都那么朴实动人。

后来我旁边的姑娘下车了，我就成了一个人。我也要到站了。

陈南达，我嫌弃你。我在火车上给他发信息，唇角弯起弧度。

就要到站了，我的心简直要长出翅膀飞起来。这真的是一段很难熬的路，触碰感情深处，我才读懂幸福。

爸爸妈妈，我要回来啦！陈南达，我要回来啦！

下了站台，我背着包，拖着旅行箱，费力而开心地踏在青色柏油路上。手机叮当叮当地响了，我好不容易腾出一只手，点开，是陈南达的信息：可是，我喜欢你，一直喜欢你。

一瞬间，世界变成了蜂蜜口味，阳光灿烂得收拾不住。247天，将近一年啊！点点滴滴在我的眼前像过电影一样的呼啸而过，百感交集的心情，因

为他的表白，开出了大朵大朵的向日葵。陈南达，你这个笨蛋。我抹掉眼角的小水珠，正准备回信息。

“喂，你又在心里骂我是笨蛋了，对不对?”一只手接过了我肩上的包，另一只手握住了我拉旅行箱的手。然后在我的脸颊上，结结实实地啵了一下。

我看着眼前挺拔的清隽的占了便宜还扬扬得意的那个人，气急败坏：“陈南达，你!”

2. 216 天之前：一个粗糙的人

庄伯宇问我“你的前男友是一个什么样的人”的时候，我正在吃猪排拉面。小青葱鲜亮欲滴，煎得很到位的猪排在碗里呼呼冒着热气。庄伯宇坐在我对面，脸上笑眯眯的，可是眼睛里有点小严肃。

我很没仪态地咬着筷子，本来想打个哈哈支吾过去，但是看到他眼里的小严肃，还是沉思了一会儿，说：“一个粗糙的人。”

据说每个女孩子遇到真命天子之前，都会遇到一个很恶劣的男人，以至于让你再回想起他的时候，只想说：往事不堪回首月明中。

我的前男友，就是一个很恶劣的人，恶劣到我都不想提他的名字。

但有些时候还是不得不提，比如此时庄伯宇正儿八经地问起来。好吧，既然我把他定性成一个粗糙的人，我们就取粗的拼音的第一个字母，作为他的代号——C。

高中的时候，我们有一个美好的开始。高考之后，也有一个甜蜜如饴的假期。可是呢?然后呢?他开始很恶劣。记得球赛，记不起情人节。记得写论文，记不起给我回信息。记得同学聚会，记不起我的生日。

我给他看我的日记，点点滴滴，是被他忽略后的难受。我希望 C 能在乎我的感受。可是结果证明，我脑子被猪啃了才会天真地以为他能内疚几分。很显然此后他活得一如既往。

直到最后我终于忍不住了。我问：“给你的日记，你看了没有啊?”

他的口气又烦躁又无奈：“看了啊。”

我的胸口像堵了棉花，心情潮湿成一片。棉花越来越重，让我喘不过气来。我说：“那你没什么想法吗?”他斩钉截铁地回答：“没有。”

好吧，没有。我不知道我还能做些什么。

女人在爱情里通常是软弱的一方。纵然世界上会有花木兰和尹夏沫，但不幸的是，我是那个通常。不过，即使到了这个地步，我依然没有离开他的念头。因为这个故事里没有小三出现。他只是对我不好，可他也没对别人怎么好。这让人多少感到心理平衡。

然后呢？在接下来的一个月里，我一直劝说自己：《男人来自火星，女人来自金星》告诉我们，男人的感情是有低谷期的。他们总会有一个阶段，不想在你身上花什么心思，而是像藏进洞穴一样，让人倍感冷落和沮丧。可是，只要你以温柔和体贴，撑过那个时期，你会发现，同样温柔体贴的他，又回来了。

英文版本是这样说的：love is like an elastic band that must stretch apart before it pulls you back close to one another. It is a coming tide whose waters retreat a little after a single wave，but the next one is closer to your heart than the one before.

结果证明，我被书本的白纸黑字骗了。当他不耐烦地接起我的电话，当他从来不回我的信息，当他把我送他的围巾掉在地上踩踏的全然不成样子而浑然不觉时，我开始明白：温柔体贴的他，回不来了。

分手是我说的。促成我说分手的，是在他过生日的那个凌晨。晚上 12 点，我给他打电话。我想在第一时间，给我最最亲爱的小男友祝福。电话响了好多声，才被接起来。他在电话那边，用一种极其恶劣地口气说："你知道不知道我都睡着了，明天早上有高数课呢，你打什么电话，有病吗？"

我的眼泪在那一刻就掉下来了。

他说我有病。可能真的有吧，不然我怎么会腆着脸去忍受一个这样的人呢。

我说："对不起，打扰你睡觉了。"然后就挂断了。我一直哭，一直在哭，哭到凌晨两点半，我意识到他不会再来哄我了。他没觉得他的口气和措辞有什么不好，此时正做着香甜的梦。我觉得无比悲催，在那一刻觉悟了。其实我们老早之前，就不那么好了，这个电话，只是压死骆驼的最后一根稻草。

第二天，我算着时间，等他上完高数课，我给他发了信息：分手吧。

C 立即打回电话来，惊慌失措。他问我怎么了。我尽量让自己的声音不颤抖，我把我的失望和难受讲给他听，他终于肯耐心倾听我了，可惜一切都回不去了。最后，他涩声说："我以为那些都是小事情。"

呵呵，哈哈，嘻嘻。小事情。我问："那你觉得什么是大事情。"

他想了想，说："比如移情别恋。"

我还能说什么好呢。C 是一个多么粗糙的人呢。莫非在他的心里，只要他不移情别恋，他就可以完全忽略我的感受，为所欲为吗？

讲完这些的时候，猪排拉面已经凉透了。小青葱蔫头蔫脑，猪排也黑着一张脸。庄伯宇拿面巾纸擦干了我脸上湿漉漉的痕迹，重新点了一份猪排拉面。他不动声色地吃着凉了的面，我捧着新的热乎乎的猪排拉面，却没有了食欲。

庄伯宇说："季凝，对不起，我不该问。我永远不会让你那样伤心。"

庄伯宇小麦色的干净的肌肤，在灯光下太诱人。他的眼睛里闪烁的光亮，让人没办法怀疑他的认真。我在那里咬筷子，咬来咬去，矫情地说："你是一个很好很好的人。可是……"

3. 246 天之前：稀里哗啦的法语课和初遇

我和庄伯宇的相识，有一点戏剧化。

那是我来这个大学的第一节法语口语课。口语课开设在法语基础课开始后两个月，并且为了进一步保证质量，每个班的人数远远小于基础课。所以全部法语系的人都会被打乱重排班级。这应该是个令人兴奋的日子，但我兴奋不起来。我坐在教室的最后一排，书和笔记本乱七八糟地摊在书桌上。法国老头在上面用英语做自我介绍，我在下面呆呆地看着手表。再有一会儿，他就要下高数课了。我的手指停在发送键上，说不出自己是什么心情，只是感觉心里很空很空，空得整个躯体都轻飘飘要浮在空气里。但是，心情却很重很重，重得要坠死自己。

庄伯宇迟到了。他很有礼貌地敲敲门，向法国老头微微鞠躬。因为外语专业都是小班教学，座位安置得很紧凑，庄伯宇斜挎着他大大的包挤过我身边的时候，我的桌子一摇晃差点儿被他碰倒。他回身扶住了桌子，却不能制止从我的桌洞里掉落的雪花一样的碎纸片。

那个瞬间，仿佛静止了。一阵纷纷扬扬，碎落一地。

庄伯宇有点尴尬，他连忙从教室的角落里拿来清扫工具，把这些纸片扫进簸箕里。然后他抬起头，想和我说抱歉却愣住了——我的眼睛直视前方，一眨不眨，眼泪却不受控制地滚滚而落。

我在桌洞里，把我曾经写的日记，撕了。那是有着我们点点滴滴回忆的日记。

现在它们安静地躺在簸箕里，将要被送往垃圾箱。

法国老头在上面搞不清状况，他看庄伯宇的眼神明显不很友善。庄伯宇自己也感到尴尬，但整个教室只剩下我旁边的那个位置，只好不得已地坐了下来。

时至今日，我都能记得这堂课上，他那小心翼翼窥视我的表情。我想我吓到他了。

我在离下法语课半小时的时候，按下了发送键。大概过了四五分钟，手机开始剧烈地振动，是C打来的电话。我压了。他又打，我又压。再打，再压。后来终于没有动静了。

等下法语课了，我一个人走到学校僻静的角落，把电话打回给他。他问我怎么了。我尽量让自己的声音不颤抖，我把我的失望和难受讲给他听，他终于肯耐心倾听我了，可惜一切都回不去了。最后，他涩声说："我以为那些都是小事情。"

呵呵，哈哈，嘻嘻。小事情。我问："那你觉得什么是大事情。"

他想了想，说："比如移情别恋。"

是的，我知道他没有。他没有背着我和别的小姑娘眉来眼去，也没有吃着碗里的看着锅里的。但是他不爱我了。梁朝伟说过：一个男人爱你，你绝对感觉得到。我早已感觉不到C的存在。这一颗空落落的心，该何以为继呢?

我说了很文艺的结束语："对不起，千里之堤毁于蚁穴，咱俩之间已经穷途末路了。我只是你生命中的过客，你只是我生命中的浮云。你会遇到更好的，我也会。再见!"

然后我干脆利落地挂了电话，关了机。

真奇怪呀，在一起的时候，像受气的小媳妇，一句狠话都说不出来。给C打电话时，能有大段大段的时间沉默。等真分手的时候，我语言天赋爆发了，一路飙升直至涨停，从历数我的难受开始，流利自如，滔滔不绝，各种修辞张口就来。

C在电话那边，可能直接脑梗了吧。

挂了电话，我感觉轻松了很多。虽然想起曾经依然会痛，虽然我明白自己根本不可能轻易把他留给我的记忆和影响在我的生命中轻松地delete，但是好在这一切过去了。

我往回走时步伐轻快，回寝室时路过小超市，还买了一个冰激凌，一边走，一边吃。

宿舍楼底下，有一片小树林，我见这会没人，就特意拐了个弯，进去想散散心。我拍拍梧桐树说："嘿，你知道吗，我失恋了。"我摸摸美人蕉的叶子："是我和他说的分手呢。"我用指关节悄悄松树："我现在心情好多了。"我对着秋千讲："可是说不难受是假的。"我摇摇柳树的柔条："我是不是该再谈一场恋爱呢，这一次一定火眼金睛！"

说完火眼金睛，我突然发现，小树林的角落里……好像有个人。这是个看起来非常窘迫的人，他迎上我的目光，我俩大眼瞪小眼。最后，他缓缓举起双手，无辜而尴尬地说："我不是故意要听的……"

我只感觉头皮一麻，脸上腾地烧着了，窘得要死。今天迟到的那个人！

我向后一百八十度转，准备开溜。"季……凝？"他在我背后，有点犹豫地叫了我的名字，"我没把你的东西倒掉，喏，在这里！"

我愕然回过头，看见那人手里的大牛皮纸袋子。脑子一片空白。

"我……有看过一点点……"他不知道该怎么解释好的样子，"我是想帮你拼起来的……你失恋了是吧？今天你吓到我了，我觉得也许有一天你会后悔的，爱过的人，都会是你的财富。开始新生活，也别轻易丢弃。"

他把牛皮纸袋子塞到我手上，舒了一口气。似乎从尴尬境地里恢复了大半，他显得文质彬彬："你好，我叫庄伯宇。"

4. 238 天之前：白菜是世界上最好的菜

庄伯宇对我说："缘分是个很美妙的东西。"

我对庄伯宇说："缘分是个很扯淡的东西。"

但是无论缘分究竟是什么，在口语课上，我和庄伯宇还是成了同桌。我觉得很尴尬，他却看起来挺开心。按理说大学的座位都是想怎么坐就怎么坐，可法国老头这里是个例外，他亲自给我们排了座位。他说口语课很多时候需要同桌配合去会话和练习，需要培养一定的亲密感，才能更好地畅所欲言，表达观点。末了补充："尤其是对于性格比较腼腆的中国学生。"

这一天的话题是食物。说到法国的大餐，谈到中国的美食。庄伯宇说："现在人们生活水平提高了，小时候一到冬天就买好几麻袋廉价的白菜土豆，

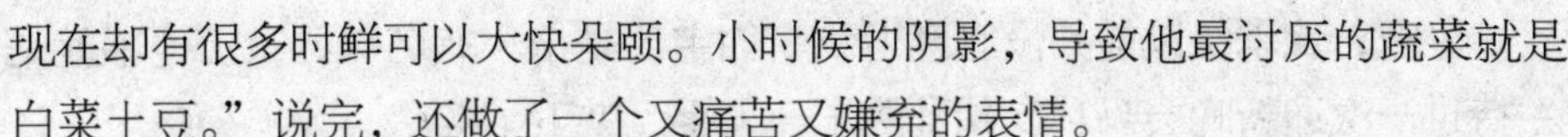

现在却有很多时鲜可以大快朵颐。小时候的阴影，导致他最讨厌的蔬菜就是白菜土豆。”说完，还做了一个又痛苦又嫌弃的表情。

庄伯宇没发现我的脸色越来越阴沉，还不知死活地问：“你呢?”

我狠狠瞪了他一眼：“你才廉价呢，你才讨厌呢。”然后就不和他说话了。

法国老头锐利的灰眼睛看过来，见我们不讨论了，就主动问：“季，你最喜欢吃什么呢?”我说：“白菜，白菜是世界上最好的菜。”

下课以后，庄伯宇垂头丧气地说：“老大，你都一成年人了，情绪不要起伏这么大好不好。我错了还不行?我明天买棵白菜，亲自向它道歉还不行?”

我冷冷地翻了他一眼：“用不着。我情绪起伏关你什么事。”

庄伯宇一下沉默了。我收拾好书包，走到班门口的时候，庄伯宇突然喊住了我，他说：“季凝，你相信一见钟情吗?”

我顿住了，虚荣和悲凉同时浮动在心底，我冲他笑了：“相信。但不相信天长地久。”

天长地久成埃尘，地久天长兮人共死。诗歌里的话总是那么美，那么有迷惑性。事实上爱情就像是鱼罐头，会有保质期。这个保质期，在我这里，才不过一年半。

C就像是钉入我心里的一颗钉子，拔出来，还留下一个洞。成天嚷嚷着想要耶稣大人从天上扔下个美少年让我开始新生活，但当眉目清晰如画的庄伯宇问我是否相信一见钟情的时候，我竟然不感觉欣喜，只觉得悲凉。

回宿舍以后，我接到了陈南达的信息，他说：哈尔滨降温了，我要被冻傻了。我则把庄伯宇这件事告诉了他并且向他求教，我该怎么做呢?陈南达回了我一个夸张的表情：你不是刚分手吗，这也太快了吧。我笑得扬扬得意，除了C不把我当宝，我还是有魅力的嘛。

晚上我正在宿舍里洗衣服，就听见楼底下有人用超级高的分贝喊。我洗的太专心，以至于达到一种忘我境界而不能分辨出叫喊的名字，还是同寝室的姐妹听见了，一起涌到阳台上看，然后兴奋地回头喊我：凝儿，庄伯宇!他喊你呢!

我带着两手泡沫，蹬蹬蹬地跑到阳台上。

我们住在三楼，不算太高，所以我能看着庄伯宇两手都拿满了东西。他看见我就喊：“季凝，你下来一下!”

好吧，我承认以前并没有意识到庄伯宇还是个小有名气的人。他不就是主持过一次迎新晚会吗！我胡乱洗了一下手，就下了楼。

庄伯宇左手抱着一个做成毛绒玩具样子的白菜，右手抱了好几盒纸巾。除去他手上乱七八糟的东西，还是能显得他器宇轩昂。

庄伯宇把他手上的东西一股脑地堆给我，眼神认真得像个笨蛋：“季凝，第一次见到你的时候你在哭，所以我买纸巾给你，来擦干你的泪水。你说你喜欢白菜，我就送你白菜，以后我和你一起喜欢白菜，好吗？”

我感觉我的眼睛有点湿润，我说：“庄伯宇，你是不是被琼瑶阿姨荼毒了啊，这样的台词你怎么好意思说呢。”

5. 231 天之前：第一号追求者和第二号追求者

我把 QQ 空间上关于我前男友的痕迹，删了个干净彻底。最后，把状态改成了单身快乐。

庄伯宇用一个坏笑表情回复说：凝凝，我要结束你这个状态！我是第一号追求者。

陈南达用一个奋斗的表情跟着庄伯宇回复说：好吧，那我是第二号追求者。

我对陈南达表示愤怒，我给他发信息：你起什么哄，你不是才分手吗，你神经病吧你。陈南达打过电话来：“啧啧，你和你前男友学坏了吧，说话措辞多伤人心呀。话说回来，你真的不要他了吗？他肯定很伤心的。”

我在电话那边冷笑：“他伤心？难道他伤心我就不伤心？我现在要重新追求幸福生活，你要是闲得无聊给我生事儿，我就再也不答理你了。”

陈南达说：“你这么害怕我破坏你和第一号追求者的好事啊。他长得帅不帅，有没有我帅？”关于帅，我的脑海里并排出现了庄伯宇和陈南达的脸。庄伯宇轮廓很好，鼻梁英挺的让人忍不住想摸一摸，小麦色的皮肤，身姿挺拔。陈南达眼睛很漂亮，像两颗琥珀色的清澈的玻璃珠，皮肤白皙，气质健康阳光。可是谁更帅呢……

等等，我停止了我花痴的幻想，我说：“陈南达，我在天涯，你在海角，你的帅我感应不到。行了，你该干啥干啥去吧，我要背单词去了。”我嘟得一声按了电话。陈南达在哈尔滨学自动化，我在西安学外语，说是天涯海角也不算太夸张。夸张的是，他竟然隔着大半个中国还企图用他那张小白脸来迷惑人。可惜这小把戏轻轻一戳就破。

和C分手之后，我从一只黏人的猫变成了雷厉风行的豹。我升级了。

这个周末，第一号追求者约我去打网球，第二号追求者约我去喝咖啡。我看着他们俩发过来的信息，时间前后不超过五秒，就在那里邪恶地想，他俩为什么可以这么心有灵犀。我分别回信息都说不去。庄伯宇也就罢了，陈南达发什么神经啊，还喝咖啡，莫非你捧一杯我捧一杯在同一个时间喝就叫喝咖啡吗？

学语言不像学别的可以糊弄，背单词和阅读大量外文书要耗费很多时间。我抱了一大堆法语的练习题走到了图书馆门下，就看见庄伯宇在那里踱来踱去。

看见我抱了好多书，他就贴心地接过来，只是口气有些幽怨："我以为你会穿网球裙。"

我开他玩笑："我以为你会陪我上自习。"

庄伯宇还是陪我上自习了，我从下午两点半一直坐到傍晚七点。庄伯宇也很坐得住，穿着一身好看的耐克运动服，却捧着一本《法兰西通史》，拧着眉毛表情专注得不得了。

我的心轻轻地被触动了。我用手肘碰碰他："喂，下周打网球吧。"他说："好。"

从图书馆出来，庄伯宇提议出去走走，我完成了作业，心情很轻松愉快，也就同意了。路过陈南达说的那家星巴克的时候，我突然有点挪不开步子。庄伯宇以为我想喝咖啡，就说："咱们进去喝点东西吧。"

进了星巴克，他点了两杯焦糖玛奇朵。我喝得有些心不在焉。我对庄伯宇说去洗手间，然后我去了前台，我犹豫着要怎么问，一个服务生看见我眼睛一亮，迅速走过来："请问你是季凝小姐吗。"

我说："是。"他松了一口气似的说："你可来了。有位外地的先生给你网上订了咖啡和玫瑰，已经付款了。说你会来，可是你一天都没来。"

陈南达啊陈南达！他查阅地图，查到离我最近的星巴克，还从网上订咖啡给我。这样穿越了空间的浪漫，让我微微有些缓不过神来。

第一号追求者VS第二号追求者。我是走了什么桃花运呢。

6. 181 天前：翻山越岭的另一边，不过是 32 个小时的思念

在星巴克咖啡之后，庄伯宇又请我吃猪排拉面。再之后，我请庄伯宇吃皇家自助。

我们还共同吃遍了学校门前好几条街的小吃。终于吃到第一个学期都结束了，上午最后一门考完，就有人陆陆续续地搬着行李箱走了。我不着急，我的火车是明天晚上的。庄伯宇也不着急，庄伯宇就是西安人。于是我们俩就延续法语口语课的优良传统，开始讨论吃，进而讨论到结账。

庄伯宇说："你拒绝和我相亲相爱就算了，你占我便宜也行，每次吃个东西都你一次我一次的，你歧视男性啊？凭什么不让我付款？"

我说："庄伯宇，你脑子坏掉了吗。哪里有人钱多到就想去付款呢？"最后我俩抛弃了母语，直接用还有些蹩脚和生疏的法语开始了男女平等问题的争论。

争执了半天，眼见说不过我了，庄伯宇大手一挥："行了，不说了，咱们吃包子去！"

我俩就去吃包子了。

很显然的，大家都以为我和庄伯宇在一起了，路上遇见同寝室的小姐妹，她们挽着胳膊在那里冲我挤眉弄眼。我拿出手机看时间，发现陈南达给我发了一条短信：姓季的，我梦见你又和小三去约会了，我吃醋。

我忍不住笑场了。

陈南达仗着他认识我好多年，就自以为是正室，每次酸溜溜地说庄伯宇是小三。庄伯宇也问过我，那个第二号追求者是谁。我告诉他是高中同学，庄伯宇问，他也在西安吗？我告诉他陈南达在哈尔滨。然后庄伯宇放下心来，微笑，异地没有竞争力，他怎么可能比我更好地照顾你呢。

这个年代，事事讲究竞争力。我掐了掐庄伯宇的胳膊，说："我怎么觉得你很邪恶呢。"

在包子店里，庄伯宇的黑眼睛突然变得很深沉很深沉，他说："我其实就是很邪恶的。"迅雷不及掩耳地，庄伯宇轻轻地亲了亲我的脸颊。

在那一刻，停电了。

1 月 20 号，冬天，西安的天黑得很早。停电之后的包子店里黑得吓人。

庄伯宇的手指摸索着我的脸，我抓住了他的手。

我的手机在这一刻剧烈地振动起来，我拿出来，是陈南达的电话。

我迟疑了一下要不要接，但借着手机屏幕的微光，我看到了庄伯宇的脸。在某个瞬间，我觉得有点荒谬，我拿手机敲了敲他的脑袋。

庄伯宇说："干吗呀。"我说："吃包子吧。"

两个手机，打开手电模式，我和庄伯宇迅速地吃完了包子，然后走出了黑漆漆的包子店。庄伯宇说："我讨厌陈南达，他凭什么在关键时候打电话啊。"

我扑哧一声笑了："什么是关键时候啊？"

庄伯宇把我送到宿舍楼底下，我进去了，回过头向他招手。他却不肯走。

我又从宿舍楼里出来，问他怎么了。庄伯宇看起来有点情绪低落，他说："凝凝，我们在一起吧。我等得花都要谢了，你还不肯给我个名分吗？"

路灯下庄伯宇看起来可委屈了。我的心有一点轻微的疼。但我只是说："明天我就坐火车走了，你干吗这么煽情啊，快点回去吧。"

庄伯宇走了，我的心情却变得很奇怪。这么好这么好的人，如果他走了，我还能再遇到吗？可是我为什么不答应他？

我在宿舍楼前踱来踱去，却突然发现，宿舍楼前的柏油小道上，有一个用白粉笔画成的白菜。我的心突然慌乱地跳起来。我打开手机，看见了陈南达的信息：翻山越岭的另一边，不过是32个小时的思念。

32小时，从哈尔滨坐火车到西安。他有来过。

我急忙打电话给他，却没有人接听。我一直打一直打，打到手机没电了，还是没有人接听。陈南达他在哪里？为什么不接我的电话？我从来没有这么慌乱过。

可是我没有办法。晚上我睡得不踏实，一点半的时候，我接到了陈南达的信息。

他说：你真的和小三约会去了。你们在一起了吗？我再打电话过去，他那里关机了。

7. 142 天之前：好久不见，未曾相见

3 月 1 号，我又开学了。

这个寒假过得特别快，回家以后就快要过年了。熟悉的家乡在红色调的布置之下，显得祥和而美丽。我和妈妈爸爸一起购置年货，也没忘了给自己买一套美美的新衣服。然后就开始是十五天的走亲访友。再接下来呢，我想起了陈南达，他好久不和我联系了。倒是庄伯宇还时不时地发信息打电话给我。

莫名其妙的陈南达。忽冷忽热的陈南达。什么嘛！

我还是没忍住，给他打了电话。他在医院陪姥姥，他说他姥姥生病了。陈南达的声音很低沉，我听着很不放心，我问："要紧吗，用不用我过去陪你?"

陈南达说："谢谢不用，他说没什么大事回头再联系吧。"然后他挂了我电话。

陈南达挂了我电话的那一瞬间，我失落得难以自已。

这个回头联系，成了再也没联系。好在接下来的行程匆匆忙忙，我参加了新东方，又报了一个瑜伽班。在家里陪爸爸妈妈，还有初中同学聚会和高中同学聚会。

然后就又开学了。此时，我坐在自习室里，揉揉太阳穴，有点小感慨。

好久不见，却未曾相见。陈南达，你个骗子。陈南达，你过分。我在那里越想越气，以至于庄伯宇在我身边坐下，我都没有反应。

庄伯宇在我眼前晃晃手臂，问："你怎么了？脸色这么差。"

我这才回过神，勉强地对他笑笑。

下午我和庄伯宇去上法语口语课，日子过得一如既往。法国老头看上去很精神，他穿了一件大红的毛衣。庄伯宇悄悄和我说："外国人什么都敢穿，这把年纪了还这么鲜亮。"我没精打采地应和了两句。

我是这样的心不在焉。曾经以为在我心里已是伯仲之间的庄伯宇和陈南达，立分高下。

8. 111 天之前：玩笑

4 月 1 日，愚人节。这个愚人节过的有点特别，这一天也是庄伯宇的生日。

正赶上周末，有人提议一起去 KTV 唱歌，大家都热烈响应。我本来是想去图书馆学习的，却还是被兴奋的人们起哄一样地推搡到了最前面。说不清为什么，我有一点烦躁。

唱歌，喝饮料，打牌。我正准备开溜，不知是哪个脑残的人突然冒出一句，咱们玩真心话大冒险吧！人一下都聚拢过来，我和庄伯宇被团团围住。我很清楚，这些好心又好事的同学，是醉翁之意不在酒，大概是想撮合我和庄伯宇。

很快我就输了。大家问：“选真心话还是大冒险?”

我选了真心话。大家一起问：“季凝爱不爱庄伯宇?”

我被逼在那个当头，听着大家哄闹而善意的玩笑，看着庄伯宇期待又紧张的眼神，一波一波的寒凉漫过我的血脉。

我说：“不爱。”

所有的人都安静了。时空有了一瞬的停顿，但那其实只是短短的一个片刻，然后立即就有人圆场，哄笑道：“大家别上当啊，今天是愚人节呐，季凝太狡猾了!”但在我眼里，这短短的片刻是那么长，长到我清楚地看见，庄伯宇黑眼睛里的光亮，是怎么样一点一点熄灭的。

对不起，我还是伤害了你。

那个初遇时眼神里充满怜惜的年轻的男孩子，那个在小树林里遇见的尴尬的男孩子，那个穿着运动服带着网球拍陪我去图书馆的男孩子，那个在吃猪排拉面时轻轻拭去我眼泪的男孩子。我还是伤害了他。

庄伯宇，我是喜欢你的，但是我不爱你。可是喜欢又如何呢，只会给你徒添烦恼。

从 KTV 出来，庄伯宇还是送我到宿舍楼下。我也不是那么没良心的人，我有提前准备礼物给他，只是没想到大家会一起去 KTV 唱歌。我从包包里拿出来包装得很别致的礼物盒子递给他，口气轻松地开玩笑：“庄伯宇，你生气了啊？喏，给你的。”

庄伯宇没有接礼物，他用一种很轻很轻的，近乎呢喃的声音问我：“季凝，你今天说的，是愚人节的玩笑吗?”

我犹豫了一下，我不知道该怎么说，等我要开口的时候，庄伯宇却轻轻用手指捂住了我的嘴。他的眼睛很温柔，看进去很清澈，他说：“你不用说了，我知道了。”

9. 91 天前：一个人的旅行

五一假期，学校放假八天。我决定去哈尔滨旅行。

庄伯宇说要陪我一起去的，我委婉地拒绝了他。自从愚人节以后，我和庄伯宇依然很要好，但是我知道，有一些什么微妙的改变了。就像他这次说陪我去，也只是不放心我，而没有过多特别的含义。

自己坐上火车，去一个陌生的城市。窗外的风景缓缓地变幻，我的心在那一刻很沉静。

我其实刻意隐藏了很多情节，都是关于陈南达的。比如学自动化的他是如何自学了法语，然后每天晚上打电话念一小段法国情诗给我；比如爱睡懒觉的他是如何每天打电话把同样爱睡懒觉的我喊起来；比如大男子主义的他是怎样细心地记下了我的生理周期，在每个月的特殊的日子里，都嘘寒问暖，特别贴心。

我不敢讲，也不敢想。我害怕下一个瞬间，他就会消失在我的生活里。距离让人不安。如果他和我在一个学校，我能天天和他一起上自习，吵架了也能迅速和好；如果他和我在一个城市，我能每个周末和他牵手，在锣鼓巷口看夕阳斜落在青石墙的凹陷；如果他和我在一个省，我可以在中秋节和元旦这样的短假期和他见面，放假的时候也可以一起回家。

可是我们不能。哈尔滨和西安，好远好远哦!

行走在哈尔滨宽阔的街道上，两边俄罗斯风情的建筑让人有一种逃离固有生活的自由感。天空是很干净的蓝，空气里有丁香的甜味。五月的天气还有些凉，清冷的风倏忽地穿过路旁高大的树茂密的叶子，发出一阵窸窸窣窣的碎响。

陈南达，我呼吸着你呼吸的空气，你知道吗?

我在哈尔滨待了三天，去了太阳岛和圣索菲亚教堂，品尝了大列巴和红肠。我照了好多好多的照片，也在一个无人知晓的博客写日志。但是晚上一个人在宾馆睡觉，我会害怕，虽然我住的是正规旅店，安全有保证。可是当关掉灯，整个房间陷入黑暗，我还是会害怕。我想陈南达了，要命地想。

我还是有些撑不住了，在第四天，我订了火车票，订完火车票。我给陈南达发信息。

这是这么多天我第一次给他发信息，我说：陈南达，我来过你的城市，走过你走的路。

他立即打电话给我，我没有接。电话响了好久好久，最后他放弃了，他发信息给我：你要先去一个地方，好不好。

这是一件多么傻气多么文艺的事情呢。我去了陈南达的学校，却没有见到陈南达本人。我只是按着他的信息的指引，来到人工湖边的第五棵老柳树下。

柳树下有一个憨头憨脑的小纸箱。打开纸箱，里面有一个漂亮的红木盒子。打开盒子，里面有一枚晶莹剔透翠绿欲滴的翡翠白菜。还有一本用透明胶贴死的日记。

10.1 天前：我记得我爱过

246 天前，陈南达作了一个伟大的决定。他要表达他对季凝的喜欢，他要洗心革面，他决定送她一枚真正的举世无双的翡翠白菜。陈南达在学校门口的肯德基打工做兼职，每天累得分不清东西南北。

238 天前，哈尔滨降温了，陈南达从肯德基下班回学校的时候，被冷风一吹，感冒了。可怜兮兮的陈南达盖着厚被子，给季凝发信息：哈尔滨降温了，我要被冻傻了。季凝却告诉他，一个小帅哥向她伸出了橄榄枝。

231 天前，陈南达义无反顾决定做第二号追求者，他在网上订星巴克的咖啡给她，可是她没有去。陈南达呆呆地看着手表，不时瞧瞧手机上有没有她的信息。他苦涩地想：这个狠心的丫头，真的不爱我了吗。

181 天前，陈南达坐了 32 小时的火车来到西安，风尘仆仆好不容易找到季凝的学校，却看见她和一个帅气的男孩子亲密地进了包子店。他的心都要被嫉妒和愤怒折磨坏了。那是他最最喜欢的小姑娘啊！那么小鸟依人地在另一个男孩子身边。可是他只是问到她的宿舍楼，趁值班大娘不备，在地上用粉笔画了一棵蔫蔫的白菜。陈南达回到火车站，准备住一晚直接回家乡，却遇到了小偷。小偷拿着陈南达的钱包在前面跑，陈楠达在后面演刘翔，拼命地追。陈南达跑得真快啊，气急败坏的小偷掏出了刀子，在警察赶来之前，陈南达不幸地受伤了。伤口在脸上。被好心的警察领去包扎，然后立案，回旅店躺下已经很晚，他还不忘酸溜溜地发信息给他的小姑娘：你真的和小三约会去了。你们在一起了吗？发完以后，又害怕看到肯定的回答，就赶紧关了机。

寒假陈南达是多么想念季凝啊，可是破相的脸一时半会长不好。他才不愿意让她看到他丑丑的样子。不幸的是，姥姥还生病了，陈南达在医院陪姥姥。接到季凝的电话的时候，他差点控制不住自己，好费力地忍住，他冷淡地说："没什么大事回头再联系吧。"

93 天前，他终于攒够了钱，买下了哈尔滨最大的商厦里那个漂亮的没有瑕疵的翡翠白菜。他要把白菜送给她。无论结果如何，他要告诉他的女孩：我记得我爱过。

91 天前，他得知季凝来了哈尔滨，在那瞬间他几乎立刻就想出现在她面前。然而他要给她一个刻骨铭心的浪漫，他要改，他不要再做那个粗糙的人。他把自己的日记和翡翠白菜放在人工湖边的第五棵树下，远远地看着她。他吩咐她，到了要放假的前一天，才可以看他的日记。

247 天。他要用 247 天去挽回。

粗糙的陈南达。也是深情的陈南达。因为念大学，他和小女友成了异地恋。笨蛋的他不会表达，也不知道如何跨越时空去珍惜，才犯了错误。可是，他好害怕弄丢最珍贵的人。

11. 后记：关于白菜的你所不知

我的手机里，有两条存着的一直没有删的信息。

季凝给陈南达的：早和你说过，虽然自己的小女友，可以想怎么欺负就怎么欺负，但是拜托掌握个限度，现在她不要你了，蔫了吧。

陈南达给季凝的：她怎么能不要我呢，我会难过死的。我会洗心革面，做好白菜的。

陈南达呢，是我的前男友以及现男友。我不叫他南达，太肉麻啦，我叫他白菜。这是为什么呢。因为陈南达自诩是绝世好男人，他说：你看，你多幸福啊，现在好男人太少了。好在你找到了这么专一的我，不然再过几年啊，好白菜都让猪给拱了。

朱七七，怎么才能有然后

■ 木小五

一

沐五不知道要怎么形容她，风风火火？额，太活泼了点也……

应该和沐五没关系的，沐五一直这么想。可是那天找到了本中医的书，上面说沐五是木格的，她是火格的，五行里面，木火土金水，相邻相生，相隔相克。原来她能蹦跶的这么快这么高全是沐五的缘故……又得失眠了！

不行了，真的不行了，沐五貌似要崩溃了。隔壁的狗又叫唤起来了，真奇怪，原来狗也是有追求的。它们一定是抱怨今天的狗食没放盐，额，还有气温忒高，影响食欲。朱七七呢，沐五抬起脑袋望了望天花板，又睡过头了。沐五不能再这样堕落下去了！沐五要努力，沐五要奋斗！刚叫嚣了一小下下，下面传来了一阵雷鸣似的吼声："沐五，你要是再不下来看我不咬死你……"

"来了来了……"大清早的叫什么魂啊，不就是才八点半吗，沐五得去吃早点了。

今天的风有点大，吹得路边的美女不停地拿手去压自己的裙角。沐五一边偷笑，一边继续光荣地看美女，嗯，很养眼的。一只耳朵突然高高被拽起，又是她，沐五已经出离地愤怒了。

"看什么看，有我好看吗？"某位刚喝了半坛子醋的怨妇单手叉腰，指着沐五的鼻子狂吼。

"……"无语了，每天都要忍受这样的折磨，沐五发现自己的精神开始抑郁……

终于摆脱那只河东狮，沐五也要好好学习了。刚趴在课桌上不久，迷迷糊糊中，听到有人在叫沐五的名字，额，声音好甜，好温柔，有点像童鞋们的美女英语老师。

沐五蹭地站了起来，全班同学眼光全集中在一个焦点上！从朱七七那射过来一道强烈的，貌似实质般的目光。如果，沐五说如果，目光也可以杀人的话，沐五大概要死去活来了吧！

“沐五同学，昨天晚上，是不是又做家庭作业到很晚呢？跟你说了不少遍了，千万别那么刻苦的熬夜，对身体不好的，你看，今天你又趴在课桌上睡着了，你说万一感冒了，发烧了，流鼻涕外带咳嗽打喷嚏，自己难受不说，影响了花花草草们学习就不好了，你说呢，小五同学……”英语老师用她一贯温柔的，唐僧式的训话，来感化沐五（用她的话说）。

沐五只能使劲，再使劲，低下那曾经不可一世自命高贵的脑袋。

下课了，朱七七拉着沐五去公园，说什么看风筝。本来想去上网的，真不给面子，不过沐五也很欣欣然，反正怎么都是一样的无聊。沐五也很奇怪，为什么现在的生活可以空虚到这种地步……不能想不能想，沐五是个有追求的青年，想这些东西会浪费掉很多本来就不多，而且质量并不怎么高的脑细胞！

这也许才是沐五梦想中的学校生涯……

二

生活总有那么多的无奈，真的，沐五没说谎……可是怎么说朱七七都不信。在她看来，整个世界都是美丽的，快乐的，有忧伤也有烦恼，有快乐也有伤心。沐五经常挂在嘴边的一句话：生活就像被那啥，既然无法反抗，那就试着好好地去享受其中的乐趣……但是沐五没敢跟她说，也没有必要说。那个快乐的像鸟儿一样的女孩，永远也不需要这样的借口。沐五要为以后发愁，沐五要工作，要买房子，要买车，沐五的别墅，沐五的宝马 M5，次一点的 5 系，或者再次的荣威 750，都是沐五梦寐以求的。虽然一切那么的遥不可及，但是沐五仍旧要努力。额，努力 ing！

对自己其实还是很有信心的，他们说，沐五的命好，但是命硬。沐五想，一块木头，能硬到哪儿去……有时候想，那个火一样的女孩，真的需要沐五，才可以燃烧吗？

谁都不是谁的谁！

沐五说不出来，但沐五依然在心里想着，想着……

缘分？

也许，和朱七七的相逢，根本就是命运的捉弄。

沐五以前的生活，平淡得波澜不惊。

一个并不算幸福的童年、纠结的小学、乱套的初中，以及不知道该如何形容的高中三年。大学时代的沐五变的放纵，少了很多学习的心思，也许是初高中的压抑，让沐五以为跨入了一个改革开放的新时代。

那个时候，很多人都已经不再纯真了。

其实并不很了解朱七七的过去，只是知道她是个很活泼的女孩子，性格开朗，大大咧咧，有时候也会有小女生的种种刁蛮与任性。沐五甚至不知道，自己究竟是何时喜欢上的朱七七。

三

光荣的毕业了！

来济南那么久，终于有一天是要离开的，也许根本没什么值得留恋的地方，没什么很值得留恋的东西。

沐五其实怀着一丝期冀来到济南，总想着一些不可能发生的事情，然而现实很残酷，也很公平，没有得到他曾经渴求的东西，自然也应该不曾失去什么。但是他不知道，朱七七算不算，是得到，还是失去……

沐五应该离开了，因为他的大学生涯、因为最后一年的实习，时间变得那么短暂，去另外一个城市吧，沐五走的很淡定，很从容……要形容一下的话，就是挥一挥衣袖，不带走一片云彩！

不想对这待了将近三年的破学校有什么评价，是不愿，是不屑，没什么多余的话送给它，希望它能一直这么下去……

那个地方是泉城，曾经以为很美很美的地方，如今在沐五看来，也不过如此，什么四面荷花，三面垂柳，一城山色，半城春光，都是假的，很假很假。济南的美丽，只是表现给某些特定的人群瞻仰的，因为只有他们能看到隐藏在阴暗处的枯涩的美丽。沐五打心底不喜欢济南，也不知道这种情绪，到底从什么时候开始……

曾经碌碌无为生活了许久的学校，然而此刻却要突然离开，真的让他有些不知所措。有些突然，似乎一时还接受不了！但是真的就要这么离开了！悄悄地来，悄悄地走，这里，没有留下什么可以依恋的东西！沐五于是便重新失去了自我，原来，世界是可以如此的落寞！

朱七七说，既然要离开了，那就走吧，一个大男人，怎么好像有点女孩子的优柔寡断。她的表情依旧倔强，像个永远长不大的孩子。沐五不知道从什么时候开始喜欢紧紧搂着她，然后将脑袋埋在她的长发中，嗅着淡淡的发

丝的香气。

已经毕业了，是否还能够很天真地在一起？

她不说。

沐五喜欢喝酒的感觉，让自己不再是自己，却清楚的感觉自己依然存在，晕晕乎乎，胡思乱想一番，接着酣然入睡，好陶醉……朱七七也会喝酒，但是很明显，酒量、酒品和沐五都不在一个层次上，臭的一塌糊涂。

沐五说自己不是个好的男人，但依然执着的让自己做一个好男人！不敢辜负朱七七，所以一直坚强地走好每一步！但命运总是太过捉弄人，人生总要如此才算有意义！人生自当有些许的经历，才算没白在这个世界走一遭，即使离开了，也不会遗憾留下！

四

看来自己又想多了，沐五挠挠头。想起来朱七七要他晚上去跟姐妹们一起吃散伙饭，沐五想了想，答应了。其实由不得自己有别的想法，即便是河东狮，也会有发嗲的时候，沐五招架不来。尤其是沐五这种自以为谦谦君子的衣冠禽兽。

朱七七宿舍里的八个女生，到这会儿没有几个人还留着。某位颇有姿色的，早早地在大二那年，便在“求包养、求富二代”的热潮中陨落了，至今音信全无；还有两位妖孽，入学没多久便传出了未婚先孕的丑闻，此时，可能已经在家相夫教子了吧。也偶尔会有电话打到宿舍，姐妹们会以“您打错了”这样拙劣的借口来搪塞；另外的一位据说是班花的清纯小美女，后来被沐五发现在当地著名的红房子宾馆坐台，一种身经百战、看破红尘的沧桑，在她吹弹可破、浓墨重彩的脸上，俨然浮现。沐五曾多次偷偷随当地的朋友一起光顾此处，大约没有被朱七七知晓。后来托朋友问了一下班花的价格，268 元一夜，沐五摸了摸裤兜里的钱包，牙关紧咬，愤愤地离开了。沐五坚持的以为，不是自己的钱包不够丰满，而是因为他有朱七七……

宿舍仅剩下的三个小丫头，加上朱七七和沐五，五个人凑成一桌，在外面买了菜饭，还有一提啤酒。几个人绝口不提即将离去的不舍，只是你来我往，觥筹交错。年纪最幼的小八从没喝过酒，被朱七七硬是灌下满满一纸杯，脸颊升起两朵红晕，小小虎牙在羞涩的笑容衬托下，越发的显得调皮可爱。还好，几瓶啤酒在沐五看来虽然不少，但也大概能支撑得住。朱七七貌似豪迈地喝下一瓶多的啤酒，说起话来舌头都有些打结。沐五及时在朱七七即将撒酒疯之前，将她手里的酒瓶抢下，几口干掉。朱七七似是不满，嘟着嘴，看着沐五的眼神里都多了一丝凶狠。沐五想，糟了，这丫头喝高了！

小八和另外两人收拾了残局，却看到沐五和朱七七似乎斗鸡一般四目对视。于是借口去打水，每人拎着一个暖瓶，识相的走人。小八同学大概仍在记恨朱七七强灌了她一杯酒，出去的时候竟然偷笑着把宿舍门在外面给锁了起来，之后狂奔而去。

正大眼瞪小眼的两人突然醒悟，朱七七猛地拉了几下门闩，无力地念叨着：死小八，你给我把门开开……说着说着，竟然哭了起来。

沐五把她拉起来，抱她在床上坐着，捧着那张绯红的小脸，拭去了朱七七眼角晶莹的泪滴。

“丫头，怎么哭了呢，不是说好了吗……”

朱七七仿佛更伤心了，眼泪像是断了线的珠子，不停地滴落。沐五把她抱在怀里，紧紧地搂着，然后听到朱七七压抑的哭声。沐五把头低下，细细的嗅着朱七七头发上淡淡的洗发水的香气。怀里瘦弱的身躯挣扎了一下，然后乖乖地依偎在沐五的胸前，不多时便沉沉睡去。朱七七的床很是整洁，平时看起来很是大条的她，竟然将自己的方圆之地收拾的井井有条。眼光最后停在了趴在自己胸前做小鸟依人状的朱七七身上，奇怪，沐五竟然出奇的没有一丝欲望，只想抱着她，就这么沉睡下去，永远不再醒来。

这次的小聚，不仅仅是朱七七和舍友的分别宴。

五

沐五和朱七七的分歧从选择实习地点开始，渐渐的演变到民族大义这种高度上。最后沐五渐渐有些心灰意懒，于是竟和朱七七不告而别，一个人背起了行囊，悄悄地离开。

然后，就没有然后了。

紫水晶手链的神奇爱恋

■ 狗娓巴草

1. 紫水晶手链的神奇出现

新学期开始了，数学老师正在上面喷着口水认真的讲课，而坐在窗户边的韩楚旋的心早就飞到外面去了。正呆呆地看外面的风景，偶尔转头盯着黑板上的数学公式，也正正经经地抄在书上。直到一张纸条打破了她的无聊状态。

“旋旋，学校旁边新开了一家精品店，我们放学去看看哦。”韩楚旋看了看左排的安筱童，点了点头。只有童童知道她最喜欢逛精品店了，但大多只逛不买，因为品种太多了。怕买都买不过它换得快。

终于放学了。

“旋旋，走吧！快点。”

“知道啦。”

韩楚旋和安筱童来到这家叫“糖娃娃物语”的门口，走了进去，里面很冷清，难道这家东西不好吗？韩楚旋看看这个，看看那个，都还不错，当她看到玻璃柜的一对手链时，她的目光再也无法移开，店员姐姐看到她正看着这对手链轻轻笑了。走过来说：“小姐，你很喜欢这手链吧？”

“嗯，它好漂亮。”

“它是很漂亮，手链的链条上吊着一个半边爱心，差五厘米是一块紫水晶钥匙吊坠，而两条手链的半边爱心合起来就是一个整心，两个紫水晶就代表一对情侣。”

“旋旋，这个真的很漂亮，你买了吧！”安筱童的声音从旁边传来。

“算了吧！我又没有男朋友，买这情侣系列的干吗？”韩楚旋虽然这样说，目光却一直盯着手链看。

“通过你的目光就知道你很喜欢这款手链。”在她的背后，一位漂亮的阿姨开口说道，她就是这个店的老板娘，看她的保养不是一般人家可以保养得起的。在好友童童的一堆废话中，韩楚旋终于买了那款手链。韩楚旋忍着割肉的状态递给了老板娘520元钱，这就是紫水晶手链的价钱，也是韩楚旋不想买的原因。半颗心后面的字韩楚旋大意的没有看到。

“这款手链会给你带来幸福，但不管怎样你自己不要放弃！”老板娘说。

“啊！”韩楚旋不懂。

“不管怎样相信自己。”

韩楚旋满头问号。

2. 紫水晶手链带来的灾难

“旋旋，你戴这手链挺好看的！”

“是吗，谢谢！呵呵。”

“是啊，对了，你不是一直暗恋宫瑾轩吗！把男款手链送给他啊，并且告白啊！”

“算了吧，我不敢。”

“切，放心好了，老板娘不是说了这手链给你带来幸福的吗，相信自己啊！你就试试嘛！”

对啊，说不定可以呢！

“那好吧！”

“耶！放学就去。”安筱童很高兴。

“不要叫了，都看着我们呢！很丢脸耶！”安筱童的大叫让班里的同学们都看着她俩。

“还好不是上课不然就死定了。”

“旋旋，不好意思啊。”

“没事啦！”

傍晚放学，去了宫瑾轩的班级，同学说在操场打篮球，烈日炎炎的夏天，居然打篮球，虽然是傍晚了，但剧烈运动不热吗？脑子坏了吧。

来到操场，安筱童拿着韩楚旋的书包站在操场旁，之前安筱童的鼓励使韩楚旋一步一步走向操场，使她的心开始乱跳，操场上练球的同学看到韩楚旋走到操场中心都停了下来，个个露出嘲笑，好像在看一场好戏。

“宫……宫……瑾轩……我喜欢你。”韩楚旋停在了一位少年面前，尽管打篮球让他汗流满面，但一点儿也不失帅气。

“哈哈，瑾轩，她是第108位不怕死的女生。”站在宫瑾轩旁边的好友笑道，学校每个同学都知道宫瑾轩冷酷，不喜欢女生，虽然不会动手打女生，但他说的话会让女生哭着去跳楼。但是每天还是有不怕死的上前告白，而韩楚旋也是这其中之一。

“滚！”一个字让韩楚旋即将要插在口袋的手准备拿男士紫水晶手链送给他时，却停在半空中，随后却听到了“啪”的一声，所有人都吓得跌破眼镜，没错是韩楚旋赏给宫瑾轩一个耳光。站在操场的安筱童连忙跑过来道歉“对不起，旋旋不是有意打你的。”

“你干吗和他道歉啊？我做的没错。我只不过在教训一个人渣而已。”韩楚旋对安筱童说完后把她拉到旁边又走了过去。

“宫瑾轩，你别以为你在学校很拽，我韩楚旋不怕你，所以请你以后对女生尊重点，基本的礼貌要学会知道吗？下次再敢说滚这个字，我一定要你知道本小姐的厉害。混蛋！哦，我骂你是因为你对我这样，我只不过以其人之道还其人之身而已。一张帅气的脸长在你脸上，真是对不起老天爷。宫同学再见！希望下次看到我也能客客气气的说话。”

韩楚旋不快不慢的说完话拉着安筱童走了，留下的是宫瑾轩和他的好友们，全都傻站在那瞪大眼睛看着消失在操场上的这位同学。宫瑾轩看到地下一个银光闪闪的东西捡了起来，半边心的后面是个“旋”字。他和这位同学一定会没完没了。轻笑一声，把手链装进口袋里。

3. 男士紫水晶不翼而飞

“旋旋，你昨天好英勇哦！”

“那是，也不看是什么情况。”韩楚旋看了看手腕上的紫水晶手链。

“旋旋，那男士紫水晶手链怎么办？”

“什么怎么办，留着呗，不然给我老弟也行。”

韩楚旋笑了笑说：“上次看到了一直吵着要，我没给他。”

韩楚旋摸了摸口袋，发现不对劲，把手插了进去，居然不在。“童童，手链不见了。”

“什么?”

“算了吧，丢了也好。”

正在这时，一个男生走了过来。

“安筱童同学，晚上可以请你吃饭吗?”

“嗯，可以，但是能不能让她也去?”安筱童指指韩楚旋说。

“这样啊！好吧！我还有个朋友，我们一起去吧!”

“嗯，那好吧。”

“那八点在老地方见，拜。”

“嗯？拜。”

那男生走后韩楚旋问：“他是谁啊?”

“一个傻子。”

“啊？哦。”

4. 紫水晶手链出现在宫瑾轩手上

晚上八点，安筱童和韩楚旋来到餐厅，韩楚旋心想这地方还真大。她们一进去，就看见有两个男生对她们招手，她们走了过去。

“表哥，怎么这么好请我吃饭啊?”

“又不是我请，是他啦!”

韩楚旋这才明白童童为什么会来了，那男生红着脸看向安筱童。

“对了表哥、金智成，这是我朋友。”

“你好，我叫朴星明。”

“你好，我叫金智成。”

“你们好，我叫韩楚旋。”

“你名字很好听。”

“呵呵，谢谢。”

“旋旋，我表哥是不是对你有意思啊?”安筱童在韩楚旋耳边说。

“别瞎说。”

韩楚旋那桌正聊着，这时五个长相非凡的少年走了进来。原本注意朴星明和金智成的花痴全都注视进来的这五位了。宫瑾轩五人选择了韩楚旋旁边的桌子。从进来的那一刻，他就看见她了。

“瑾轩，那个女生不是在操场上对你告白的吗，怎么和朴星明在一起?”上次在操场上嘲笑韩楚旋的那个男生说。

“关我什么事。”宫瑾轩无所谓地说，但他的目光却把他出卖了。好友笑笑，没有再说话。

而这桌的韩楚旋和安筱童正好面对宫瑾轩。安筱童吓得张大嘴巴，但很快变换了表情。

“旋旋，他怎么会在这？你怎么办?”

“关我什么事？在就在喽!”

她们吃完饭，金智成就送安筱童回家了，现在只剩下韩楚旋和朴星明两个人了，他们走出餐厅，朴星明硬说要送她回家，说女孩子一个人回家会不安全。韩楚旋笑着答应了，走在路上，气氛自然有点尴尬。

“韩楚旋同学，我注意你很长时间了，你能不能和我交往?”朴星明停下脚步看着韩楚旋说。

“这个这个……”韩楚旋不想答应他，因为她觉得他们还不够了解，而且在她心中宫瑾轩的位置无人代替，但是又怕会伤害到朴星明。

突然一股拉力把韩楚旋拉到他的身后。

“她不喜欢你，她喜欢的人是我!”

韩楚旋睁大眼睛看着他，他怎么会出现在这？朴星明也很惊讶地看着他，而他的好友们站在一旁看着一场即将来临的好戏。

“宫瑾轩，你说什么?”朴星明开口问。

“我说她喜欢的人是我，而且还向我告白了，不信你问她。”宫瑾轩握着韩楚旋的手，无论韩楚旋怎么挣扎也挣不开。

“是吗?”朴星明问韩楚旋。

“当然是，你看定情信物都在了。”宫瑾轩拉着他和韩楚旋的手腕给他看。

“这个怎么在你这?”

“这个是你送我的啊!”宫瑾轩说完这句话，后面四个差点晕死过去。明明在操场上捡到的。不过是不是送给他的，就不知道了。

“我什么时候送你的，我怎么不知道?”韩楚旋满头问号，明明丢了，难道……

宫瑾轩没有回答她的话，而是拉起她的手腕看，紫水晶手链半边爱心上的字竟是一个“轩”字。再把自己手腕上的那个“旋”字给她看。韩楚旋睁大眼睛，她从没注意这后面还有字。而且是他俩的名字。难道……

“你喜欢的是他吗?”朴星明问韩楚旋。

“对不起，我喜欢的是他，不过我们可以做朋友啊，可以吗?”韩楚旋看着朴星明说。

“嗯，祝你们幸福。”朴星明笑笑说。

“谢谢。”宫瑾轩满意地笑着说。韩楚旋赏了一拳给宫瑾轩的肚子。

“你谋杀亲夫啊。”

“那我走了，我相信他会照顾你的。”

“还用你说。”宫瑾轩忍着痛回了一句朴星明的话。

“嗯，拜拜。”韩楚旋觉得她特别对不起朴星明。

“拜。”朴星明就这样消失在黑夜中，韩楚旋觉得她以后都看不到他了。

“喂，看够了没有啊?”宫瑾轩生气地说。

“瑾轩，怎么感觉你对韩楚旋很特别啊?”上次嘲笑韩楚旋的男生说。

“我们不要当超级大电灯泡了!”另一个男生说，大家都走了。

“喂，宫瑾轩和你们一起走啊!”韩楚旋在后面叫。

“他负责送你回家!”

“喂，什么嘛?”韩楚旋看了一眼宫瑾轩，只见他在阴笑。

“走吧!”

“哦。”

5. 紫水晶手链带来的幸福

第二天，韩楚旋把昨晚发生的事都和安筱童说了，当然她表哥告白的那段跳过去了。

“什么，他送你回家了？不对啊，那我表哥呢？”安筱童不解。

“你表哥看他来了就走了啊。”韩楚旋心虚地说。

“哦，快说他送你回家怎样？”

看来童童不太答理他表哥啊，还好还好。韩楚旋心想。

“还能怎样，最可恶的是他对我老妈说话特别甜。我老妈还臭美了一顿。还夸他很帅，非常喜欢他。”韩楚旋想到昨晚的事气得肺都要炸了。

“呵呵，那是不是看上你了？那你弟呢？他那么自恋，一定不容宫瑾轩比他帅！”安筱童想到韩楚旋的弟弟，实在是和宫瑾轩有的一拼。在初中就是校草了。

“他啊，宫瑾轩夸他几句，就飘了。”韩楚旋想起来更气，自己的弟弟胳膊肘往外拐。

“哈哈哈，笑死我了，后来呢？”

“后来我妈问他是不是追我，我弟弟那混蛋说我追他还差不多！”韩楚旋眼中喷火。

“他怎么说？”

“他说是啊，小弟说的没错，你姐呢是在追我，不过我没答应哦。”

“哈哈哈，你弟说什么了？”

“他们说什么我听不懂了，说嗯，哎，我姐很笨的，她不明白你的意思啦，轩哥，我知道哦。”

“人小鬼大。”

“旋旋，你傻啊，如果宫瑾轩不喜欢你，会送你回家啊，你真是笨的可以哦。”

“啊？原来是这样啊！呵呵！”

“哎，你还有救啊。”

“切！”

一天又过去了，傍晚放学，韩楚旋和安筱童路过操场回家，而宫瑾轩和四位好友又在一起打篮球，但好像又力不从心，似乎在等什么出现，直到……

“咦，旋旋，宫瑾轩打球怎么往这边走，不会是来找你的吧？”

“啊，宫瑾轩向我走过来了。”旁边的一个花痴叫道。

“谁说的，明明是向我。”乙花痴叫道。

操场路旁所有的女生都停下了脚步。而韩楚旋和安筱童却没有。

“鬼知道他找谁?”韩楚旋一想到昨晚在她家说的话就气得火冒三丈。

“旋旋，你看他的脚步方向好像是我们前面的校花耶!”安筱童注意到原来校花在她们前面。

“关我什么事?”韩楚旋面无表情地说，却加快了脚步，超过了校花。

“旋旋，你吃醋啊!”安筱童小跑过来小声对她说。

“韩楚旋，你跑什么?”宫瑾轩在后面叫住她，“没看到我走过来了吗?还想跑，故意躲我吗?”

旁边的花痴听到宫瑾轩叫韩楚旋，个个气得火冒三丈。一开始以为是找自己的校花也恶狠狠地瞪着韩楚旋。

而韩楚旋就像没听到一样，一直往前走。

“韩楚旋，你给我站住!”宫瑾轩叫了一声，所有的人都停下了脚步，而他的好友也从操场中心走来，个个带着看好戏的面容。

韩楚旋转过身来，笑着对宫瑾轩说：“宫瑾轩同学，你是不是来还我丢的手链呢?你可以现在给我了，谢谢!”说完把手伸向宫瑾轩。

“旋，你不要那么无情好不好，送我的东西怎么可以要回去呢!难道你不喜欢我了吗?那你为什么还要戴着紫水晶手链呢?”宫瑾轩笑着说，那抹微笑让韩楚旋恨得牙痒痒。

“那不是我送你的，明明是你自己捡到的!”韩楚旋真是搬起石头砸自己的脚，气得不知说什么好了。

“那怎么刚好被我捡到的呢?那为什么我这半心后面是个‘旋’字，你那后面是‘轩’字呢?证明我轩你旋是永远在一起的!”宫瑾轩看到韩楚旋无言以对。笑意更深了。

“旋旋，你忘了吗?老板娘说过它会给你带来幸福的啊!”旁边的安筱童对韩楚旋说。

“那个我也不知道会有字啊?”韩楚旋满头问号。

“拿着，以后你就知道了!”宫瑾轩不知什么时候手里变出十一朵玫瑰花。

韩楚旋傻里傻气地接了花。

“砰砰”彩带飞舞。

韩楚旋看着宫瑾轩笑。

6. 尾声

“宫瑾轩，这后面为什么会有字?”韩楚旋不解。

“因为那老板娘是我老妈!”

“啊，不对啊？她怎么认识我呀?”

“你问我我怎么知道?”宫瑾轩笑说，但他也不知老妈怎么认识旋的。

“那你回家问问她啊!”

“我不问，要问你去问啦!”

“宫瑾轩，你找打是不是?”韩楚旋追着宫瑾轩准备有机会打他。夕阳的最后的一道光芒洒在这对相恋的情侣身上，慢慢地消失在地平线上。

未曾雕刻的幸福时光

■ 杨涿

一

我快要睡死过去了，若不是坚果跑来舔我下巴我真的要睡死过去了。昨天晚上前院酒吧里的客人好吵，似乎喝了很多酒。可外婆似乎很开心，那样她就可以赚很多钱。

我把坚果一把搂了过来，拿手指甲给它挠痒痒。它不吵也不闹，乖乖地翻过肚皮来让我蹂躏。坚果是我从后海边上捡回来的流浪狗，遇到它的时候它正在一个垃圾堆旁翻吃的。看到我时，它就毫不犹豫地围到我身边来。然后，我再也没让它离开我。

因为我知道被抛弃的滋味。

我端着碗饭爬到屋顶上去。春天的风很好，吹到脸上痒痒的。外婆在下面唠叨个没完，叫我快些吃饭然后去画画，如果想有出息的话就好好画。我塞着满嘴的米粒说："谁稀罕。"外婆立刻转到我面前来仰着头唠叨，一副居委会大妈的嘴脸，说若是我娘的话她早就不供了，可我娘偏生了我这个不孝的女儿自己却跑到国外去扔下我气她。

我把一大块肉扔给了坚果，嘟囔着说："这都哪儿跟哪儿啊。"

外婆继续唠叨着，然后听到送啤酒的小工来问阿婆今天要多少，外婆踮着小脚去了前院。

我把两条腿搭在屋檐上，一摇一晃。坚果趴在我怀里摇尾巴。有时我会想，如果我们不住在后海边上，该有多寂寞。说实话，我挺喜欢这里的每一条胡同，算是北京城里最美最美的胡同了吧。我像《十七岁的单车》里的高圆圆那样骑着单车穿过胡同的时候，总觉得我再也离不开了。可谁都不会离不开谁，就像我妈妈突然就走了一样。

这样也好。

二

隔壁的聋哑学校开着窗子，我看着一个年轻的男老师站在讲台上打着手语。真安静，如果我们班上自习也这样的话，班主任早就乐翻了。

阳光好得不得了，坚果趴在我脚上打起了鼾。画板上依然是一张白纸，挤好的颜料都快干了，我还在一旁削铅笔。这样子被外婆看到又会挨骂的。每次她一骂我，我就会随手拿起笔蘸点颜料往牛仔裤上涂，以示反抗。其实该画哪我都知道，过不了几次一条艺术品的裤子就出来了，然后就可以穿去给猫猫看。

学校里下课了，一大群孩子从教室里冲了出去，留下他在擦黑板，从我这个角度，可以看得到粉笔灰在他面前打着旋。然后，他用挽起的袖口擦了一下汗。

我从屋顶冲了下去，像坚果见了肉骨头一样。跑到前院的酒吧前台，朝里面的服务生要了一罐冰镇可乐出门。留下外婆在后面大呼小叫。

他趴在窗台上看着外面的风景，风吹进教室的时候顺便掀起他的几根刘海儿。上课的时候他总是微笑，很好看，可是他不笑的时候，更好看。

我隔着栅栏站在外面，一只手伸进栅栏，把那罐可乐递给他。他一愣，然后接了过去，说了声“谢谢”。我也一愣说：“我以为你也是聋哑人。”然后我们一块乐了起来。

坚果也跑过来，把两条腿搭在栅栏上，吐着舌头看他。他说：“那是你的狗?”我说：“嗯，叫坚果。”他说：“几岁了。”我说：“不知道，我见到它时它就很大了。”他又是开心地笑，像个孩子似的。

然后他说：“要上课了，谢谢你的可乐。”

三

我懒得回去听外婆唠叨，顺便跑去胡同口猫猫的小店。

猫猫的店蛮小的，胖点的压根儿挤不进去。猫猫总是皱着眉头对顾客说没办法啊，寸土寸金，你随便挑吧选吧，我保证不赚你钱。每次人家付完钱刚走，猫猫就搂着我脖子说，哪吃去，你随便挑！她一那样，就准是赚着

了，还赚了不少。这小丫头片子，鬼精鬼精的。

我进去的时候，正好一个男孩挑中了一件 T 恤，问她能刷卡吗。猫猫阴阳怪气儿地说："你看我像 ATM 吗？"就把人家说走了。然后她看着我的时候狠狠地叫了一声，跟谁踩了她尾巴似的。

我俩有日子没见着了。她说见不着我的日子度日如年啊，我笑着去打她那张甜嘴巴。我问她都忙什么呢，店都关着不开，啥事比赚钱重要啊。

她拿过来一条裙子给我，一边叫我试，一边说，"还能忙什么，排练呗，要毕业了，总不能一直卖衣服吧，以后还想出名呢！"

她不提醒我，我还真给忘了，猫猫是学表演的。猫猫跟我说过，她一个人跑来北京的时候，什么都没有，一只手提一个包，除了几件衣服她什么都没有。可她还要考表演，她觉得她天生就是做演员的。

然后，那年她没考上。

后来她给人刷盘子，当礼仪小姐，做服务员，终于有了一点钱的时候，她开了一家小店。然后，我们认识了。她说她第一次见到我的时候，我的怀里正抱着一只脏兮兮的狗，去摸她刚进回来的裙子。可这么多年了我依然没有穿过裙子。

很多年了，坚果都老了。猫猫都毕业了。我也长大了。

四

他在上课。看不清他讲着什么，教室里安安静静，孩子们却在乱动着，看得出，他们很开心。他一定是个好老师。我知道，一个能走进聋哑孩子世界的人，一定是个好人。

外婆说好奇怪哦，太阳居然从西边出来了，自己知道画画了。我嘟哝着这都哪儿跟哪儿啊，把我的画遮起来不让她看到。坚果跑去栅栏边趴着看他讲课，一边看还一边回头望着我，像是知道我心事似的，真是个妖精。

它朝我叫的时候我就知道，他们要下课了。我跑进酒吧拿了一罐冰镇可乐，一边跑一边摇晃。他打开的时候，可乐喷得很高，落在我们的脸上，一下子就不热了。他在窗子里面咯咯地笑，像是我整个夏天里最难忘的一幅画。

后来，我每天推着单车靠在聋哑学校的门口，等他下班，一边喊他萧木老师一边陪他在后海边上骑车。

我问他，为什么会选择跑到聋哑学校做一个老师，每天陪着一群没有声音的孩子说话。他说其实他们什么都能听见，他们说不出来，但是他们的心里有一个更大的世界。

可是我觉得谁的心里都有那么一个世界，很大，画满了色彩。我有，猫猫有，甚至连坚果都会有。

五

猫猫的店有好一阵子没有开门。偌大的一把锁头把我和坚果挡在外面，打她电话也是关机。跟失踪了一样。

又过了好多天，我站在屋顶画画的时候，猫猫打了一辆出租车在我家门口停下。离好远她就开始嚷嚷，然后费了好大的力气才爬上来和我一样站在屋顶上。她说她排练的一个话剧要演了，在一个大学的小剧场，虽然没有报酬，但至少她可以真的站在舞台上了。说完，拿出一大把门票塞给我，叫我把能叫到的人全部叫去。

那天晚上，我和萧木附近几乎没有人坐。因为我们实在没有那么多认识的人，其他的票还在我手里。可剧场里还是人好多，搞得我跟坐了 VIP 区似的。

那是个不大的小话剧，故事也一般，讲一个女大学生喜欢上了自己的老师的故事，直到最后我也没看明白他们到底在没在一起。我只看到猫猫那张洋溢着青春且纯情无比的脸，她是女一号，就演那个女大学生。她演的真好，换了平时她绝对一泼辣女子，头发烫得跟让爆竹炸了似的，可今天她是那么纯情，让我不知道究竟哪个是她。

演出结束的时候，很多人跑去给猫猫献花，一大捧一大捧的被她抱在怀里，像个幸福中的小女人。

从剧场出来的时候，我看到猫猫径直钻到一辆豪华的宝马车里，她还没来得及和我说再见，车子就开走了。我和萧木远远地站着，那个时候，我突然想不起猫猫以前究竟是个什么样子。

我一下子想起我妈来了。几年前她也是被一辆宝马车接走的，接到国外去了。可是，她们都真的幸福吗?

我坐在萧木车子的后座上，他送我回家。然后，他告诉我，他原来和猫猫是一个学校的，学戏剧的。

我半天没有吭声。

他说，那个时候我只是想来后海转转，就遇到了这些孩子，看着他们的眼睛，就再也不想离开了。可以后怎么样，真的不知道。

后来的后来，谁能知道呢?

六

夏天来了，外婆的酒吧客人越来越多。我妈走的时候把酒吧的名字改成了“雕刻时光”，有些俗套，可是她说生意好不好无所谓，只是喜欢这个名字，希望她的女儿能幸福。

我很幸福。只要每天都能站在屋顶上画着画，看着萧木，有坚果陪我，我就是幸福的。

没有谁能雕刻得了时光，尽管它们曾经离我们那样近，伸出手就能感到它们的存在。甚至它们能雕刻我们，一点点长大，一点点变老，一点点变得别人认不出来。这些统统都无所谓，只要能幸福。

可是，猫猫她真的要红了。她的长发飘在后海明媚的阳光里，连笑都淑女极了，再也不是当初那个说话跟谁踩了她尾巴似的女生了，让我不认识了。她把那个小店扔给了我，说你有时间的话就来玩会，赚的钱都归你，等她想回来的时候我就可以走了……还没说完，她就哭起来，跟谁真踩她尾巴了似的。

猫猫应该是很幸福了吧?她的梦实现了啊。只是，她真的喜欢那个开宝马的人吗?

萧木也不见了。那扇窗户里已经换成了一位年纪很大的女老师，她一点微笑都没有，所有的孩子都安静地坐着。连坚果也不再跑去那边玩了。我的手机天天开着，希望某天萧木能告诉我，他会回来的，只是因为一点小事耽误了几天。可是，再也没有。

这年夏天很热，院子里每天都会摆上很多空空的啤酒瓶。我每天都会很早爬起来，爬到屋顶去画画，外婆再也没有谈起我妈妈。后来，坚果不在了，有天晚上它跑出去玩，被一辆宝马车撞飞了。

有些时光注定是要流逝的，再也回不来。就像有些人注定是要离开的，再也不回头。那些我们曾经想要雕刻的时光呢？究竟是不是幸福的？那些我们曾经遇到的人们呢？究竟会不会回忆……

我的妈妈，我的猫猫，我的萧木，我的坚果，还有我。时光流淌过的时候，谁在偷偷流着泪。

这个夏天，我十七岁，念高二，再也没有像高圆圆那样骑过单车。

秋是叶和叶错过

■ 辕月

秋风微拂，秋叶落，枯叶回旋随风舞。

又一秋季，又该继续我们的学习生涯。这天，我呆呆地站在校门口，看了看手中那份录取通知书，望向校门上那几个金光灿灿的大字——流枫学校，我想：又该开始我那无聊的学习之旅了，过着枯燥乏味的生活。步伐缓缓迈进校门，回头望去，校外的自由再次与我暂别了，而此时，我成为流枫学校的一分子。

一

步入校园，半天找不着北，不知是校园太大，还是我迷路了，此时我跟在迷宫似的，跑来跑去，总在教学楼中徘徊，来回穿梭，蛮奇怪的，为何到现在连个人影都没见着，难道是我来晚了？不管了，先找到教务处再说，我又继续在楼层中穿梭，直至一个小时后，汗流浃背，我的付出终于有了回报，我终于找到了教务处。

在教务处门口，我轻敲门，门内传来，“请进!”我走进去，站在办公桌前，看着主任在批改文件，身旁站着个女生，她穿着校服，一头乌黑的秀发仅用一根丝带系着，清秀的五官，有种纯洁、纯净的感觉。

“嗯，你的事我会处理好的!”主任对着她说道，转头向我，问道：“有什么事吗?”

“我想知道我在哪个班？位置在哪里?”

“你是新生?”

“是!”

“进校时，你没看学校的平面俯视图?”

“平面俯视图？在哪?”

“算了，你还是把你的录取通知书给我吧！我帮你查下，看你分配在哪个班!”

“麻烦主任了。”我递上录取通知书。

他输入卡号，查询，“找到了，你在六班。”主任把通知书还给我。

“谢谢主任，那个，请问主任，六班在哪啊?”我挠挠头，不好意思地问道。

“呵呵，我都给忘了你还没看地图，那个，你，带他去六班吧!”主任对那个女生说道。

“知道了，主任。”

“嗯，去吧!”

我跟着她离开了教务处，一路转弯过楼，最终在一个教室门口停下，“到了，你进去吧!”

“等一下，我可以认识你吗?”

“我叫林雨。”她犹豫了下，最终还是说出来了。

“我叫辕，谢谢。”

“谢谢？谢我什么?”

“谢谢你带路，谢谢你把名字告诉我。”

“呵呵，哪有人连名字也谢的!”她笑了，如昙花一现般美丽，动人。

“嗯，你的笑容很好看，很美。”

她听了，从耳根开始泛起红晕，娇羞地跑走了。我望着她离去的背影，心中一丝丝悸动。

二

我选择在一个靠窗的角落坐下，看着窗外的风景，别有一番风味，白云在蔚蓝的天空加以点缀，自由欢快地划过天空，我享受着这般宁静，喜爱着它。

门外传来一阵敲门声，把我拉回了教室，我看向讲台，不知何时，讲台上已站着一位女教师，她应该是我的班主任吧！黑板上写着徐云，应该是她的名字。

她微笑的对门口的女生说：“进来，下次就别再迟到了，快去找个位置

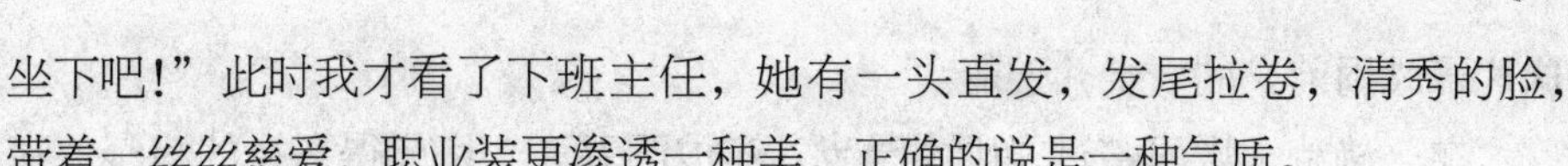

坐下吧!”此时我才看了下班主任，她有一头直发，发尾拉卷，清秀的脸，带着一丝丝慈爱，职业装更渗透一种美，正确的说是一种气质。

“请问我可以坐这里吗?”一个女声问道。

我把头转向声音的发源地，原来是迟到的那个女生。“随意。”

她坐下了，“我们以后就是同桌了，我叫许晴，以后请多指教。”

“嗯。”我又开始看向窗外。

许久后，下课了，我们内宿的要去宿舍楼，看完宿舍，下午就要开始一个星期军训生活。

在宿舍，我的房间号是B718，房间里只有四张床，放置四对写字桌椅，两个卫生间，四个衣柜……我开始整理房间的卫生，花了近四十分钟，我终于摆平了，倒在床上，感觉很舒服，不知不觉的进入梦乡。

不一会儿，我便被吵醒了，睁开乏力的眼皮，看到了三个人影，他们好像在注视着什么。“你们来啦!”

“你好！自我介绍下，我是夜，他是枫，那个是羽。”夜指着枫，还有羽，他还整理自己的衣物。

“你们好，我是辕。”

“以后我们就是舍友了，一起去吃顿饭吧，今天我做东。”夜说道。

一伙人，开始了同居生活。我们都有着不同的习惯，不同的作息，互助互爱，渐渐的，融入这个小团体。

三

转眼间，学期过了近半，许晴每天都出现在我的视野中，天天都看见她开心的样子，很纯真，没有烦恼，这大概是她的开心秘诀吧！我每天都过着同样乏味的生活，有点像电影，一幕幕都在回放，没有半点涟漪激起我对生活的热情。

这天，天灰蒙蒙的，天气预报说台风可能在今天登陆，所以风有点大，我一如既往地走在回宿舍的小道上，突然一道白光划过天际，雷声轰隆隆的在耳边响起，随后而来的便是雨水击打窗户玻璃的声音，清脆悦耳。黄豆般大小的雨点不断地击打在我洁白的校服上，渗透衣襟，衣领和衣袖在不断地流下水点，发间小雨滴汇集成小溪流，划过脸庞，感受大自然的气息，享受

这片暴风雨前夕的一会儿宁静。

在一淌淌水坎里踏过，雨中漫步，穿梭雨幕，一切显得多么的浪漫。在操场上踏青，却有着意外的惊喜，我又再次看见那个熟悉的身影，她打着一把粉红的伞，在灰黑的天空下点缀一份粉红，伞下露出她那清秀的脸，是她，她怎么还没回家？

她撑着伞，从我眼前走过，似乎没有看见我，风拂过，她一个失神，雨伞迎风而去，随风飞舞，在地上旋转，她急忙追赶，却抓不住，它似水丝带般柔滑，雨滴渐小，风更猛烈了些，它便从墙角处翻越而过，消失在她的视野里。此时，她一头秀发也在随风飘扬，雨滴的滋润，发间微微浮动，发尖在渗透着小水珠。

她还想继续追，急忙的朝着校门跑去，我追上去，在她背后跟着，路面经水滋润，也有些滑，失足，她的身体开始倾斜，一个快步，我勾住她的双肩，让她保持平衡，她回头见是我，“你怎么在这?”

“你一直都在我背后?”

“算是吧!”

“嗯?”

“你在这等我吧！我去追伞!”

“可是……”

我打断了她的话，“没什么可是的，你在这等我，我一会儿就回来。”我跑了，只留个背影给她。

不一会儿，我回来了，手中拿一把废伞，一个伞架加一块粉红色油布，她似乎在那沉思，“你的伞坏了。”我给她看了看伞。

“谢谢你。”

“那你的伞……”

“没事，给我吧!”

“你再等我下，我马上回来。”又留下一个背影，还有一个伞架。

我回来后，手里拿着一把淡蓝色的雨伞，递到她面前，“给，你的伞。”

“我的伞?”她犹豫了下，看了下地上的那个伞架。

“你先用着，等以后再还我吧！反正我是内宿的，伞不怎么用。”我解释道。

“那好吧！我会还给你的!”

“回去吧！相信现在家里人在等你回去吃饭呢！”

“谢谢你。”

“呵呵！快回去吧！”

“嗯！”她撑着伞，带走一片蓝。我看着她的身影再次离去，身旁的伞架在守望着，一抹粉红在空中招手。

四

这天，六班教室里只剩稀疏几人。

许晴和我在一起写作业，突然她转头对我说：“辕，晚上可以陪我一起吃饭吗？”

“呃？晚上啊……”

突然传来了声，“辕，有人找你。”

“哦！我马上来……”

“看情况吧！我不知道有没有时间。”

“谢谢你！”

“嗯。”我只留下个微笑给她。

我走出教室门，发现原来是她，林雨，她怎么会来找我？此时我的心跳开始加速，有种莫名的期待。

“你怎么来了？”

她露出一个甜蜜的微笑，“还给你。”她的手抬起，手中有一样东西，蓝色的，看了下，原来是伞。

“这是？”

“你的伞！谢谢你。”

“跟我去个地方吧！”我拉着林雨的手走了出去，这一幕恰好被许晴看到。

我拉着林雨来到B718门口，“我们进去吧！”

推开门，只见他们都在玩电脑。“辕，你回来啦！这是？”羽突然转头，看到了林雨，疑惑地看着她。

我刚想解释，夜看到我们牵手，就插嘴了，“还用说吗！肯定是嫂子咯！辕，介绍下吧！”林雨的脸上泛起一阵红晕。

“夜，枫，我们去玩篮球吧！”羽发了个眼神，意思是你们懂的。

“那我们走吧！”夜他们陆续出去了，只留下我们两个人。

“雨，他们……”

“没事，我知道的！”

“对了，你等我下。”辕去柜子里拿出它，然后递给她！“你的伞！”

“我的？它不是……已经……”

“我把它修好了。”

“谢谢。”林雨的声音有点颤抖，眼眶里水润润的，很感动。

“呵呵……”

“可以陪我去走走吗？”

“啊……嗯！”

我们一起在海边漫步，把身影留给了无限的夕阳，充满了想象，此时我们依旧还没发现，我们的手一直都牵着，直到夜幕降临，繁星点缀。

五

在路上，一个男生在追着一个女生，看起来像情侣闹别扭，他们便是许晴和辕。

“小晴，你今天怎么了？都不怎么理我，是不是我做错了什么？”

“你没错，错在我，你没错。”声音到后面变得颤抖，满腔泪语，晶莹的泪珠划过她的脸蛋。

“怎么会？小晴很乖的，不会有错的，错的肯定是我，你就告诉我吧！好吗？不然心里怪怪的。”

“你昨天晚上没给我答复就走了，把我晾在一旁，难道我就那么不受重视吗？我……”

我把她的头埋在我的胸膛里，“是我的错，小晴，对不起，昨天忙得太晚了，回去教室后又没见到你，就以为你走了，而且我不知道你的手机号码，所以就没能联系你，那个……我……”我感觉气氛蛮尴尬的。

“原来你没忘记，是我……”许晴感觉很不好意思，是自己误会了他，还胡闹，他肯定笑话自己了。

“昨天没做到的，今天我们就补回来吧！”我和许晴手牵手一起漫步夕阳。

在无限拉面店，一对男女来到一张靠窗的桌前，“章叔，来两碗拉面。”

“小辕啊，今天怎么有空来光顾我这小店呀?”

“呵呵，想来就来了，章叔你不会不给煮吧！那我可亏死了。”

“就你小子皮！等我下，马上给你做。”

“辕，你经常在这吃吗?”

“有时间就来，这有我家乡的味道，也有家的温馨。”

“哦。”许晴心似乎在想些什么。

“面来咯!”章叔把面端上，“怪不得要两碗，原来是带个小姑娘，我还以为你小子在发育，食量增大了呢！呵呵……”

“你小子不介绍下?”

“哦！她叫许晴，和我同桌。”

“完了?”

“不然?”

“至少也要说说你的恋爱史啊！现在的年轻人不是能说一大堆吗？怎么到你这，就只剩一两句。”许晴听到恋爱史，脸上已泛起一层红晕。

“恋爱史？什么恋爱史？我怎么不知道?”辕很疑惑地问。

“你小子肯定是搞神秘，看你们就知道你们是谈恋爱，别人看不出来，我还看不出来吗！我可是过来人，现在的早恋也不算什么，只要不耽误学习不就好了，不知道的以为你们在搞什么神秘感呢!”

“呃……太雷人了，想象力太丰富了吧，章叔不去写作实在是文坛的一大损失啊!”

“那个……我就不打扰你们搞神秘了，给你们留下个二人世界，发展下感情。”章叔笑哈哈地走了。

“那个……”我想解释下，不想让许晴误会，可许晴的回答却让我感到意外。“没事，我理解的。”

“嗯。”

和许晴一起吃面的情景，很温馨，很幸福，许晴笑得很开心，我也是。

六

校园里，每个人好像都在讨论着什么，我一进教室便被人指指点点，疑惑地走进了教室。

一群人围了回来，“辕，听说你一脚踏两船，是不是真的?”“辕你和许晴，还是那个女生是真的?”……我被他们问得不行了，真疯了，突然间却看到了她们出现在教室门口，我穿过人群走过去，对许晴和林雨说：“你们……那个……听我解释……我……”

“哼……”许晴进教室了，头都不回地走了，看得出来她很伤心。

“小雨，我……那个，嗯……”林雨默默地离开了，她似乎也受伤了，我感觉很冷，真的很冷，如临冰窖般，一个误会，伤了两个人的心。

她们，都走了，离开了，或许，这是命中注定。离开，也许会是最好的选择。我也离开了，这天我破天荒的没去上课。

第二天，班主宣布了我退学的事，许晴后悔了，她落下了泪，手中在拿着早上夜转交给她的信，一滴滴落在信封上，而在同时，林雨也收到了我托羽转交给她的信，打开信封。

“当你打开这封信的时候，我想，我已经选择了离开，我知道这是我的错，让你伤心难过，而我却给不了你任何解释，不是我不想说，而是我不知道该怎么做才能做到不伤害到你们，这一切都是因我而起，我也不想你感到尴尬，难堪，所以我选择了离开，希望你可以回到当初开心快乐（平静）的日子，这段时间打扰了，是你陪着我，让我度过这段开心的日子，我会永远记得的，谢谢你！我会回来的，到时候，可别把我给忘了哦！——辕留”

她们落下了泪，落在信纸上，字迹也逐渐模糊。

一切都会过去了，此后，有些人说经常在一家拉面店看到许晴，而林雨总出现在海边，她们说这是在想念我，想念有我的日子。

秋叶落，不知又过了多少个秋，待他们再次相遇。

在槲树大街七号等你

■ 宋煜

1. 悲伤的兔子

白薇觉得父母给她取这么一个美丽的名字实属浪费。在别人眼里她就是一山寨版的林无敌，但林无敌台下是李欣汝，打扮打扮就可以直接上台演林黛玉，而她再打扮充其量也只能扮演杨排风这样可有可无的配角。

配角的意义在于更好地衬托主角。高二的时候白薇就知道这个道理了。高二之前她和夏吹是亲密无间的，她从家里拿各式各样的小食品讨好他，他从来都是放开手脚，大快朵颐，从不拿自己当外人。而文理分科以后，主角登场，她的小食品再也不能左右他的胃口，与夏吹形影不离的除了她白薇还有许晴远。夏吹在别人那里再谈到白薇都是小时候如何如何，她黯淡成夏吹感情生活的一个背景，并且淡到可有可无。

白薇看到他们携手向前的样子，觉得很自卑。爱情本来就该是那样子的吧。王子就该配公主，而她只是没有水晶鞋的灰姑娘。

高考过后他们一帮人去 K 歌。许晴远唱王菲的《红豆》《容易受伤的女人》《又见炊烟》，声音美到足以以假乱真。

白薇不断地端着面前的红酒，喝到杯里的酒变得像吞噬她的旋涡，她摇摇晃晃地站起来唱了一首萧亚轩的歌，她想唱你是我心中一句惊叹却唱成了你是我心中一颗炸弹，她总是出丑，她听见许晴远和夏吹的笑声像炸弹一样在小小的包间里炸开，她想夏吹就是他心中的一颗炸弹，如果让她死心也就罢了，不要总这么悬着，放不下。

趁服务生上餐点的时候，她偷偷溜出去，她在卫生间里看见自己眼睛红红的，像一只悲伤的兔子。

2. 暗恋着的敲钟人

白薇觉得自己确实像一只兔子，多年之前的一个黄昏，她穿着白裙子坐在自己的家门前小口小口地吃着一个苹果，夏吹说，你的样子多么像一只安静的兔子。

那时候许晴远并不喜欢白薇，她斜着眼睛看她，笑话她的穿着她的样子，她说你本来就是下里巴人，请你不要总是跟着我。

她不允许白薇动她的东西，却像个强盗似的把她的东西占为己有，她告诉白薇，你喜欢夏吹对不对？可是收到他情书的人却是我。

她在手里晃着几页信，继续嘲笑她，你用不着苦大仇深的样子，只怪你的命不好吧。

很多个早晨，白薇从窗帘后面看见夏吹骑着红色的阿米尼伴随着轻快的口哨声摇晃着远去，她的心疼疼的。她真的有些自暴自弃了，她那么卑微，像是暗恋着爱斯梅拉达的敲钟人。

高考揭榜以后，白薇失利了，而许晴远和夏吹比翼双飞地考进了同一所大学，这次，连一向苛刻的夏吹的妈妈也不再反对他们在一起了。白薇的心都碎了，她想也许她再也追不到她的王子了。可出乎白薇的意料，复读期间的白薇不断收到夏吹的来信，那些信如同白薇阴霾雨季的第一束光亮，他鼓励白薇好好学习，因为他相信她一定能行。

经过一年苦读，白薇终于考上了夏吹所在的大学。

接到录取通知的那一刻，她给夏吹打电话，她的心雀跃着欢呼着，她说夏吹我们又可以在一起了啊。

夏吹的声音轻轻的，恭喜你啊。

她听见旁边有许晴远的声音，便低低地问了句，她，还好吗？

3. 悲伤的蓝指甲

白薇像个搭上末班车回家的姑娘，她兴奋地奔向那座遥远的城市。她对新学校的一切都感到新奇，其实，最主要的是能再次看见夏吹。夏吹带她去吃必胜客，他为她接风洗尘，说早就盼着大家能在一起，互相也有个照应。

夏吹变瘦了，显得更加高大。

白薇总是能在学校里看到徐磊，白薇说你不是在科技学院吗？怎么总是跑到这里来，他支吾着说："我找夏吹呢。"他还提议什么时候大家一起聚聚啊，都是老乡呢，老乡见面格外亲。而白薇并不喜欢他，于是找很多的理由拒绝他。

时间一晃到了春天。白薇提着暖水瓶，走过学校长长的甬路。紫色的泡桐花在开着，小小的喇叭散发着馥郁的香气，她看见夏吹一个人在球场练习篮球的投掷，他的身体那么轻，那么矫健，她远远地看不清他的表情，只看到他的剪影。这个从12岁开始根植到她心里的影子，其实从来都没有真正地离开过。

她觉得她一直离幸福只有咫尺。

许晴远还是那么漂亮，她像缠绕在夏吹身上的一株开花的紫藤，让他动弹不得让他百依百顺。她想恨她，却又不知从何恨起。

白薇生日那天在学校外的小酒馆里喝醉了，徐磊拍着她的肩膀劝她不要再喝了，白薇说："你知道吗徐磊，你当初问我要考哪所学校，我就为了一个人才考到这里来，但是他早就有女朋友了，我是不是很傻啊。"

她拿出包里的蓝色指甲油把自己的手指染成天蓝色，再用手指搭成窗户的形状，好像真的看见夏吹向她走来她的泪倏倏地落下，大颗大颗地砸到手上。

4. 打成一团

是徐磊把白薇送回去的，醉醺醺的白薇缩在单车后架上揽着他的腰，懒洋洋地像只小动物。

她第二天清醒过来才猛然想起不知道昨天有没有在徐磊面前失态。小时候她一直躲他、怕他，长大了却变成忽视他、遗忘他。

她想着儿时，他就住在她家那条狭长的胡同里，他笑话她的丑陋。那时候他还经常蹑手蹑脚地跟在她身后，趁她不注意的时候跳出来吓她一跳，那时候的徐磊简直就是她的天敌。而现在却成了一个笑容明媚的俊朗少年了。

仲夏的一个午后，白薇从校外回来，看见围墙的拐角处许晴远被一个流里流气的男生纠缠着。黄昏的时候，白薇等在许晴远回宿舍必经的路旁。许晴远走过来时，白薇扑上去和她打了一架，两个女生闷不做声地打成一团。有同学过来劝时，她们的头发都被揪扯的零散开，两个女生坐到地上都哭了。

回到宿舍，许晴远说，你一直都喜欢夏吹，我现在把他还给你不好吗？

许晴远还说："你以为我喜欢那个家伙吗？可你知道他的背景吗，我毕业后要留在城市。我再也不想回去，不想面对爸爸，还有你和你妈妈。我恨你们，我想我应该离开你们。"

许晴远说着说着又开始哭起来，白薇从来没有见过她如此脆弱的样子。她记忆里的许晴远，美丽、骄傲，事事与她争高下。

许晴远和夏吹提出分手，她恶狠狠地说着，我从来不曾爱你，我只是在破坏，我是一个坏女孩，我讨厌白薇，她喜欢的，我偏不让她得到。

5. 槲树街七号的王子

夏吹变得沉默无声。

但没有许晴远的日子，他并没有一直沉沦下去，他穿梭于图书馆和自习室之间，这是许晴远曾经最爱去的地方，他每天忙碌地像一台上了发条的机器。或许是用忙碌来逃避现实的种种。

白薇总是比夏吹先到，她帮他占座位，帮他擦干净桌椅，她离毕业还远，课业并不忙，她觉得这么看着他就好了，只是他的沉默让人心疼。

接近毕业时，夏吹考上了北方一所大学的研究生，据说那里有一条槲树街，据说站在槲树街七号的阳台就可以等到真正属于自己的天使。临走前，白薇拉着他去有点唱机的餐馆吃饭。白薇唱王菲，唱《矜持》，唱《扫兴》，唱《眷恋》。唱很多王菲并不知名的歌，虽然唱得不如许晴远有味道，但两个人都热泪盈眶了。

白薇有些微醺，她说我多么喜欢你啊。她说那时候你总是站在阳台上看我，我一抬头就不见你的踪影了。

我真的不相信，你远远地注视着我，只是为了接近许晴远。

夏吹拍着她的肩膀说，其实一直关心你的人是徐磊，给你写信的也是他，他坐公交车穿过多半个城市到这边用我的名义寄信给你，我必须告诉你真相，他不敢亲口对你说，只是因为他怕你还在记恨他。

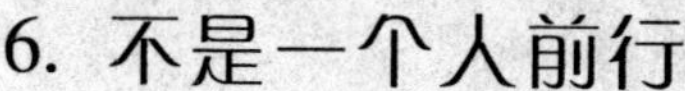

6. 不是一个人前行

许晴远后来离开了，其实她一直没有接受那个纨绔子弟，她只是给了自己一段时间来思考，而结果发现，她是真的爱着夏吹的，她给白薇发了条信息，说我去找真正属于我的王子了，让报复的想法见鬼去吧，虽然我以前很不喜欢你这个姐姐，但我仍然谢谢你。

几年之后，白薇在这个北方城市稳定下来，这里也是可以看到高大的槲树，叶子巴掌一样在风里翻飞，陪在她身边的还有徐磊。他陪她走过失去夏吹以及四处求职的最黯然的时光，他一直都陪在她的身边。

后来白薇在 QQ 上和许晴远视频聊天，她开始叫她姐姐，她说以前的我是不是太执拗太傻了。她看见夏吹在旁边笑得像梦一样美好。

白薇没来由地想起她看过的一部电影。

故事的主人公很信仰上帝，他每天行走，身后会留下两串脚印，一串是自己的，另一串是上帝的。但是在他最困苦的时候，他发现自己身后只有一行脚印。等他摆脱了困苦，他质问上帝，“为什么说和我同在，却在我最需要你的时候离开我?”上帝回答说，“在你最困苦的时候，你看到只有一行脚印，那是因为是我背负着你前行。”

而白薇也渐渐明白，真正的爱，也许不是站在你面前让你知道我爱你，而是在你不知情的情况下，仍可以站在你身后默默地爱着你。

或者，放慢脚步等等你。

旧时光年

驶过青春的那一班车

■ 林特特

珊瑚是我的高中同窗。那时我的同桌是一个像只猴子似的黑瘦男生，皮肤是一种洗不干净的脏。我时常同他争辩，有时上自习，全班同学闹着闹着陡然安静下来，只听见我们两个你一言我一语地恶斗，一旁的人听得出奇，轰地笑出来，我一下便深感耻辱。

我那时十几岁，穿一件苹果绿的小圆裙，骨头还在生长，但是心却已经长齐了许多奇异的棱角，轻轻一碰就会被触痛。更可恨的是有时被老师逮住，一起被拎到走廊里罚站。即便这样还不肯罢休，暗暗用眼神毒视对方。

珊瑚的到来使我和同桌的格斗变成固定模式，珊瑚推倒他砌在课桌上的书，同桌伸手抓她，我用一把尺子“啪”地狠狠敲在那只黑手上，然后我们拔腿就跑。慢慢地，同桌就学乖了。

那年的珊瑚穿一条洁白的淑女裙，有着安静、恬淡的笑容，内心却藏着比我更加不安定的气质，稍稍一触碰，便泄露出去。

不久便是高三的春天。有时抬头从窗子看出去，山一点一点绿起来，身边珊瑚的脸一点一点消瘦，我做数学卷子做得着急，哗啦啦全推到地上，珊瑚替我一本本捡起来，说：“马上就过去了，马上。”我却觉得熬不到第二天。

高考时我和珊瑚不在同一个考场，也没有考到同一所大学，但两所学校离得近。我用了全部心思来写信，大部分是写给珊瑚的。珊瑚的信回得很快。我们那时不知为什么苦恼，在信里引用了许多忧郁的字句。我记得我在信末尾写：“人生哪信有华颠?”珊瑚也会在信里写，她在英语话剧节时演斯佳丽，穿了湖水蓝的长裙从楼道咚咚地跑过去，伏在楼梯扶手上笑到死。

信里的语句，有着不符合日常生活的华丽，因此只能用手写，用最工整的字迹、用蓝黑墨水才能衬托出它们的郑重。我们狂热地通着信，最密集时一天一封。现在回想起来，那些信件里絮絮叨叨述说的，究竟是一些什么样的少年心事呢？它们曾在我和珊瑚的青春岁月里呼啸而来，然而如今其中的大部分故事，已经悬挂在记忆之外，远远地俯视着我们，再也触碰不到。

我们几乎每个周末都见面。珊瑚的学校总是放露天电影，夏日的夜晚，幕布上光影流离，一束一束光线从人群中扫过，照在那些年轻热切的面孔上。我们其实每次连一部电影也没看完过，总是坐在人群里低声交谈。交谈的内容曾经是关于一个男生的，他在课堂上塞给珊瑚一封信，那是一封晦涩的情书。我们就着银幕昏暗的光线读那封信，信里的一句话我依然记得："好姑娘，教我如何消磨好青春……"

那些飞快划过的时光，或许正是一些这样的消磨：和珊瑚沿着护城河散步，走了整个晚上，像一场没有目的地的旅行，一圈又一圈。我们并不焦急，以为可以一直这样走下去，以为我们会一直是 16 岁、17 岁，或者 18 岁。25 岁吗？不，那太老了。

珊瑚何时恋爱的，我不知道。我知道时，她已经开始每天给他打很长时间的电话。他就是我当年的同桌。珊瑚的电话频繁占线，我开始一个人去图书馆找海明威的书来看，把一只耳塞塞在耳朵里。图书馆的桌子很大，光线明亮，空气安静，是一个适合在信纸上铺陈情绪的地方。

"珊瑚，这个周末我们学校电影院要放《芳芳》，你是否来看？""珊瑚，你假期曾去打工的那家书店已经拆迁了，我买回许多《中国国家地理》杂志……"原想把这些都寄给她，却怕打扰她恋爱的气氛，最后还是作罢。只用简短的电子邮件联系："你好吗？他好吗？我很好。"我像是一只迟疑的蜗牛，每每爬向与珊瑚相反的地方，总是忍不住一再地回头张望。

假期我们一同去九寨沟，珊瑚的男友拿着一台小小的相机，不停地为我们拍照。开始一切都很愉悦，但渐渐地他们便忘记我，我蹲下系鞋带的时间，他们已经说笑着走出很远，被冷落的感觉充斥着整个旅程，终于在回家的车上，我独自坐到窗边。一路上我告诉自己：成长就是这样一件事情，它包含着疏离、孤独和遗忘，但是你必须忍住疼痛步步前行。

临到毕业，珊瑚计划着要出国，每个周末她都在背英语单词。她是固执的，我也是固执的。我与她争吵，请她留下。我恨极时说："你别把人心都说淡了！"其实自己心里已经一点点冷了，只需半个小时的车程我也不愿意去和她见面，见面只是争吵。

年末珊瑚和男友分手了，是珊瑚提出来的。他们谈了一下午，说些什么我无从得知。我接到珊瑚的电话，和她一起出去喝酒，结果喝醉的是我，珊瑚却表现得很平静。寒假我与珊瑚一同回家，我们在30多个小时的车程中很少交谈。我听一盒Eagles的磁带，她一直在看《百年孤独》。晚上我醒过来，轻声问："喂?"她说："我在这里。"我于是又转过脸睡去。

一年后，珊瑚终于拿到了签证，当时是初夏。我们站在学校门口的水果店里买樱桃，珊瑚对我说："我的猫要交给你照顾了，交给别人我不放心。"我害怕柔弱的生命被托付给我，但是我无法拒绝珊瑚的要求，就如同当年第一次见到她，她微笑着伸出手："我是珊瑚，以后就是朋友了。"

珊瑚先到北京再搭乘到澳洲的班机。我送她上了去北京的火车。车子开动前，珊瑚把脸贴在密闭的车窗上，努力地夸张唇形要我读出她说的话。我微笑，挥手，但始终辨认不出她说的究竟是什么。

如今偶尔在MSN上聊天，珊瑚对我说："下个月是你的生日啊。"我微笑着回答："是啊，第二个16岁。"

在我的第二个16岁时，我的朋友珊瑚在地球的那一面与金发碧眼的异国人生活在一起。她每天读书、写报告、打工，依旧像一株顽强的植物，执着地向上生长。那些她曾经爱过的男孩子们，现在又散落在什么地方呢?而我，在一个炎热的城市里写下上面的这些故事，我和珊瑚远离故乡，远离彼此，在陌生人之中互相挂念。

而我一直没有告诉珊瑚这样一件事情：我在回家的列车上想起她时，火车正穿过一座大桥，桥下江面宽阔，太阳照射其上，金光万丈。我并不恐惧，因为我的朋友珊瑚永远和我坐在同一趟列车上。

疯丫头，如果能看到就回来吧

■ 竹雨芭蕉

楔子

翻开大脑记忆，只为寻求你的足迹，看看当年你的模样，在我脑中是否还安然无恙。

一

你走了，时间很长。

我一直以为我做的这一切都只是为了你好，却不料中了时间的圈套。如今我不顾安危的或者说心甘情愿地去寻找这种圈套，只求能再一次套出我们的回忆。

其实想告诉你，分别不是我最怕的，后悔也不是我最心疼的，而我最怕最心疼的是在多年之后，你还会小声地哭泣着，拨打着我的电话号码对我说："怎么办？我突然记不清你的模样了。"

有时回过头来想想，时间真的不是一个能惹的东西，现在算来，我们离别已有两年有余了，我想对你说，在这个寒冷的北方，除了每天想你，我一切安好，那你呢？任性的脾气消减了多少？无赖的要求还在不断的增多吗？我想如果此时你就在我身边，我这样说你，肯定是会遭殃的，因为这一切都是你的专长。

一切安好，除了对你说这句话，我真不知该如何向你转述我的生活，可我偏偏又喜欢向你转述，生活或喜，或悲，或恋，或倦，但总找不到一个能安稳下来的词来定义我，或许这也将是我多年来未能改掉的怪脾气吧！

二

不知在什么时候，我开始迷上了在清闲午后试着给你写信，但从不寄出一封，因为我想让它们替我守住心中的那个梦。当写完整封信之后，我都会用很精致的信封将它们装进去，因为我的梦是彩色的，我不想用单调的外壳来包裹我彩色的梦，粉红色的信封散发着淡淡的清香，随之，封口之后，我都会将它夹在我最厚的书本里，因为那样有易于我找到。

你说，你特别喜欢看我写的东西，誓死当我的第一个粉丝，但每次看完之后你都会红着眼睛对我补上一句说："一个大男生，干吗整天搞得这么矫情，来给妞笑一个!"我当时还是蛮听你话的，结果我就真的咧开嘴给你笑了一个，可你又说我笑得太过于难看，不忍心伤害自己的眼睛，就把脸转了过去。

那时我的小屋不大，不像现在什么都有，那时就一张小椅子还是留给我写东西坐的，所以每次你进来的时候都会直接躺在我的床上，脚上还套着我的大脚码拖鞋，显得是那样的笨拙、可爱。

这时我都会停下笔问你喝白开水还是果汁？你甚至连头都不抬一下地对我说："老规矩！白开水。"

你还是那么一如既往地爱喝白开水，并且一次可以喝掉两大杯都不带眨眼的，还记得当时你喝掉两大杯白开水的情景吗？真的是把我吓到了，我还问过你是不是从非洲逃难过来的呢！结果就会遭到你的人身攻击。

你常常对我说，性格跟我妈似的，果汁里含有大量的色素，对人体有害，我不喝，所以也不准许你喝。你说这是哪门子的道理嘛！自己不喝还不允许别人喝，当时我真想用降龙十八掌拍死你。

你还别说，自从与你相识之后，我就真的没有在喝过果汁了，就像出家人受戒之后就不再吃肉了一样，真没看出来，你这个疯丫头对我产生的影响力会是如此的大。

三

疯丫头是你给我的第一印象，其实我本不该叫你疯丫头的，因为你是我

学姐，我很喜欢叫你丫头，但你非逼着我叫你学姐，你还说这是学校历来的规矩，所以我就会连起来叫你疯丫头学姐，

疯丫头的专业是学美术的，却天生又有一副好嗓子，曾经在大一参加校园歌手大赛时，竟然把几名音乐系的才子给淘汰掉了。

我说："疯丫头，你这样做是不是有点残忍了?"

疯丫头却伸伸懒腰无所谓地说："大不了下次我拿第二名好了，这已经是最低的底线了。"当时那个表情绝对是世上最欠扁的。丫头的性格很要强，要强到如果你敢跑过去亲她一口，为了不吃亏，她肯定会抱着你的头回吻过来，前提是你要敢先亲她。

有时疯丫头提出的问题真是有点野蛮，野蛮到连我这个学中文的都难以在长时间内组织语言回答她，哪怕你问些工科类的问题比如说圆周率的取值，我都能一口气背出小数点后二十多位来回答你，也总比你问的那些问题有水平。

下面就是我截取的一段我和疯丫头的对话：

疯：邵伟，你亲过女生吗?

我：疯丫头问这干吗?

疯：叫学姐，不准叫疯丫头。

我：疯丫头学姐。

疯：快点回答我的问题。

如果我回答没亲过，那多没面子，我就用手把垂在眼帘的头发狠狠的向后甩了一下说：

我亲过。

疯：不要脸，亲人家女生。说完疯丫头就把脸转了过去不在看我。我：怎么？生气啦？我刚刚是骗你的！和你闹着玩呢！

疯：我就说嘛！哪个女生会给你亲，哎！都这么大的一个人了，连女孩子都没有亲过，也怪可怜的。她又恢复了原来的神态，继续玩她手机里的俄罗斯方块。

我:??????

这就是我的疯丫头学姐，对于她的出现，如果世界文化遗产组织给我权利，允许我这么做的话，我会把她列为世界第十大奇迹，那第九大奇迹则是

我和疯丫头学姐的相遇。

四

谈起那次相遇，我算是迷路碰巧回故乡——丢人丢到家了。记得那天天气风和日丽，赶巧又是双休日。当时也不知是哪根筋由于忙碌而搭错了线，竟然想去爬山，可天有不测风云，这里不是指下雨了，是我在半山腰中遭到歹人的围劫，将我身上不多的二百块钱和一部山寨手机抢了去，在这荒山野岭的，我想真是叫天天不应，叫地地不灵，但我还是尝试性的叫了两声救命，即使没人，也要吓吓歹人，不能就让他们这么顺利的得逞，最起码也要让他们留下几个恐慌的表情吧！但是说时迟那时快，突然就从林中跳出一只白眼吊睛大虫（不好意思，我在看水浒）不是大虫，是女侠，我亲眼所见她三下五除二的就把歹人给打倒了，从他的身上又把我的东西给抢了回来，哦！不是抢，是拿，因为那东西本来就是我的。装好我的东西，我双手合十的弯身作揖道“敢问姑娘为哪里人士，为何要一人待在这荒山野岭?”

“我是山下师专的，今天来这里写生。”她三步并作两步用的又回到了原来的地方。

“这么巧！我也是山下师专的。”听到是同校中人，难免会有些激动，因为前面我说过这是荒山野岭。

“没那么巧吧?”她翘起两道眉毛好像怀疑我似的。我说我也是有学生证的人，为了证明我和她是同校同学，就匆忙去掏学生证，可没想到把饭卡也带了出来。

“你不用掏了，我知道你是师专的。”

“为什么?”

“因为我和你有一张同样的饭卡。”她也拿出了一张和我一样的饭卡在手中夸张地摇了摇。如果只是这样，我想我和疯丫头的人生是不会有任何交集的，但后面的台词还是属于她的，就是因为她的这句台词，所以才促进了我和疯丫头的关系。对于她三下五除二的就把歹人制服了，后来我才知道原来她是学校空手道社团的社长。

她起身收起摆在身边的画架对我说：“我的饭卡已经饿了很久了，不介意请我的饭卡吃顿饭吧!”就是这句话，我们才有了吃第一顿饭的机会。能与一位美女共度晚餐，那毋庸置疑的肯定会是件幸福的事，当然这也是每位男同胞怀春的最初理想。不过后来事实证明，这并不是一件什么幸福的好事，因为自从那次我把她的饭卡喂饱之后，她就像讹住了我一样，理由是：我和你非亲非故的，还浪费了我那么多的青春，就是因为和你在一起，至今我连男朋友都还没有找到呢！无怨无悔的跟着你这么长时间，你暂时不养我几顿都不行啊！当然这些话都是我和疯丫头熟悉后才说的，这个在后面我还会提到的。

五

对于一个英语三级考了三次都敢挂科的人来说，我无疑就是一个战神，屡战屡败，越挫越没劲的战神。直至升到大二，我的英语三级分数还算是挺平稳的，总体趋势呈等差数列，分别为 49 分、50 分、51 分，考到最后三级试卷没有混熟，倒和监考老师的关系熟了，这几位监考老师看到我就和看到了饭店里的回头客一样，我估计他们在这之前一定是开饭店的，因为当我考完临走的时候他们还不忘对我说声欢迎下次再来，这都什么老师啊！不知道对于说下次再来最忌讳的三个场合一个是医院，另外两个分别是考场和殡仪馆啊！他们关爱学生的热情度是不是有点过火了。

每当我拿着这惨不忍睹的分数条给疯丫头看时，她就会用双手捂着腹部说头痛。

我问：“你是不是捂错地方了，头痛你应该捂额头啊！为什么会捂腹部呢?”

“你问我为什么？我还想问你为什么呢？每次都考得这么均匀，还真是难为你了。”

疯丫头是艺术系的，她的专业课当然就是画画了，可没想到她真的是太“残忍”了，因为再过两个月，她的英语四级证书就可以拿到手了，并且开始着手忙于实习的事。

在我们学校，如果毕业时英语三级还未通过的话，那是无法通过正常的途径拿到毕业证的，也就是说，如果在大二下学期我还无法通过英语三级考试的话，我将直接面临无法顺利毕业的问题。

疯丫头的实习地方就是在我们学校附近的一所小学里当美术老师，她实习的这段时间，也是我人生最黑暗、最枯燥的阶段。因为她在校外租了一套两室一厅的房子，硬逼着我搬进去住，理由是替她分担房租的费用，顺便监督我学习英语。

这套房子的房间分东西两个卧室，她在门上分别写上东房和西房四个大字，她说她怕晚上起来上厕所时会跑错房间。

在分房间的问题上，她强行夺取了东边的那间。东边，早上是太阳升起的方向（废话），充满着朝气，生机勃勃，而且采光度极好。这肯定是不公平的，因为我们交的钱一样多，都是人民币，为什么要我住西房她住东房。西房俗称偏房，再放大点说就是西宫，不掌实权。

其实我并不是真的要和疯丫头计较钱的问题，因为被她欺负了这么久，总该为被欺负者讨个说法吧！疯丫头从东房里走出来，拍拍因搬东西而粘在手上的灰尘，指指门上的字说："你把这两个字反过来读一下。"

"东房反过来读当然就是房东啊！这么简单谁不知道啊！"说完我就后悔了，因为我又中了疯丫头设的圈套。"你都说了我是房东，所以我要住哪都行，别在这瞎胡闹了，一会我过去帮你收拾东西。"说完疯丫头转身进了东房，不再理我了。

"搞了半天，原来是我在这胡闹，还讲不讲理了。"对着疯丫头的身影我做了几个凌空动作，真想把疯丫头当成空气狂揍一番，可我打不过她。

"告诉你，别在我身后动手动脚的，我有习惯性防狼术，小心你的小身板。"疯丫头始终都没有回头，她还是在收拾她的衣服。

这些话是我在疾驰到西房的时候才听到的，听疯丫头的语气，我估计我再多待三秒钟小身板就没了。

六

何晓小，疯丫头的闺蜜兼好友，也是搞艺术的。天生容姿俊美，俏丽非凡，性格清淡、秀美、文雅、恬静……其实对于何晓小的性格描述是没有那么复杂的，只要是能和疯丫头性格相反的词都能用，在这我就不做过多的描写了。

有句话说"物以类聚，人以群分"，疯丫头和何晓小都算得上标致的美人了，感觉把我放到她们中间似乎就能更好的显示出对比艺术的效果来似的。其实疯丫头平时如果能克制住少说话或者不说话，那也绝对是个顶呱呱的淑女。但是，每次都是因为有了这个但是，所以才会有了可惜，都是学艺术的，为什么差距会这么大。

自从我搬进来之后，疯丫头就很少出门了，除非她买的零食吃完了，才会下去，偶尔还会逼着我下去给她买，一买就是一箩筐。其实作为男性买零食不难，难的是替疯丫头下去买生活用品。

七

疯丫头每天早上五点就起来了，对着我的房门就是一阵猛敲，叫我起来背英语单词，等我把门打开的时候她已经又回到了床上继续睡去了。

四月末的天气，气温微微的有点上升，疯丫头身上的衣服覆盖面积也渐渐少了，或许这一切在学艺术的疯丫头眼里，只不过是一场人体艺术的展现罢了，不过疯丫头的身材看起来还真的不错。

同时疯丫头还有一个怪癖，那就是关于穿着上的事。都说女孩子特别喜欢穿鲜艳的衣服，而她则不然，世间衣服千万种，她就偏偏喜欢穿我们师专的校服，其他的衣服她一概都不喜欢穿，并且校服每穿一天就会洗一次。借疯丫头她本人的一句话说："人长得漂亮穿什么都漂亮，这就是天生丽质的好处。"

疯丫头穿校服时，里面只穿一件紧身的白色吊带，却从不穿女生里面该穿的东西，她说穿那东西不舒服，感觉身体像被什么东西缠住了一样，还有一点就是有碍身体的正常发育。

疯丫头上厕所时却从来都会忘记关门，但她却严重警告我上厕所时一定要关好门，因为她说她没有敲门的习惯。

再过一个多月又要考英语三级了，疯丫头提前一个月结束了实习时间，在家帮我补习英语，回想起那些日子真是睁眼闭眼全是英语，早晨起来背单词，晚上教我练写作，这段日子枯燥的要命，不过好在偶尔她出去逛完街回来的时候都会给我加餐，并且还很丰盛。

这不，今天她又跑去和何晓小出去逛街去了，留我自已在家继续“奋斗”着。前几天她监督的时候我还能学上几句，现在她出去了，我仿佛就像一匹脱了缰的野马，驰骋在这不大的客厅里。由于客厅太小，我一不留神就撞开了疯丫头的房门，突然有种想进去看看的冲动，因为自从我搬进来之后，疯丫头进我西房如入无人之境，而我想进东房却比进中南海还难。本来还在思考要不要进去的问题，结果两只脚已经向前迈了好几步了，这事你不能赖我，是我的脚不听我的使唤。

打开房间里的灯，疯丫头的房间给人一种心旷神怡的感觉，到处都充满着疯丫头身上的香味，再看看疯丫头的床，我敢断定这丫头平时肯定很懒，因为她的被子此时就像遭到了别人的虐待一样，横躺在那里，上面还摆着几件女生都应该穿的衣服，疯丫头不穿，我还以为她没有这样的衣服呢，没想到她有这么多。我推开窗，外面的场景让我大吃了一惊，因为在窗户的对面是一个建筑工地，时不时地发出很嘈杂的声音，我现在才明白，疯丫头起初霸道的选择住入东房，就是想把安静的西房让给我学习英语。

关上窗，我默默地走出了疯丫头的房间。

八

疯丫头这几天的表现怪怪的，脾气还特别的坏，难道她知道我上次在没有经过她的允许下，私闯了她的闺房？可是没有理由啊！今天我只不过读错了一个单词而已，她就大发雷霆，罚我连续把这个单词读 50 遍。昨天还是大明湖畔的夏雨荷，今天怎么就成了讨人厌的容嬷嬷呢？差距太大，以至于我无法在短时间内接受，最后她干脆就弃我回房睡觉去了。

第二天早晨我睁着眼等她来敲我的房门叫我起来背英语，可是我等了好久都没有听到客厅里有人活动，就起来去观察了一下，仍是没有人类活动过的迹象，疯丫头今天到底是怎么啦？不会为了昨晚的事还在生我的气吧！我轻轻的来到疯丫头的门前，听到里面疯丫头发出痛苦的呻吟声，由于担心我没有敲门就进去了，这种感觉真自在。我看见疯丫头把身子蜷缩在床的里角，双手捂着肚子，脸上可能是因为疼冒出了很多汗珠。我问：“丫头，怎么啦?”她说：“没事，等一会就会好。”她这一会让我足足等了两个多小时，我就一直坐在她的身边陪着她疼，后来我才知道原来疯丫头有痛经症，医学上称痛经不是病，但也医治不好。

疯丫头有七天早上没叫我起来背英语了，也就是说疯丫头整整疼了七个早上。再过两天，就要考试了，可疯丫头的身体还是不佳，我很担心她自已待在家里，本想打电话给何晓小，让她过来陪疯丫头，却突然发现我没有她的号码。所以当考试的那天我草草的答完题就跑回来了，结果被疯丫头关在门外，说什么都不让我进屋，还说我糟蹋了她给我补习的时间，为这事疯丫头差点没上来把我咬死，因为她说学艺术的，咬要比打充满艺术感。都到这步田地了，她还有心思想着艺术感。不过后来好在我考过了，并且还取得了一个不低的分数。

六月底疯丫头和何晓小从学校拿到了毕业证书，开始了她们的职业生涯。为此学校还为即将毕业的学姐学长们举行了一场不小的欢送会，那天我也去了，其实是疯丫头威逼我去的，理由是三级过了，要找个喜庆的地方冲冲喜，看能不能下次把四级也过了。在欢送会上，各系的老师都会把自已学生的招牌作品展示出来，比如中文系会把这一届获得过奖的作品贴出来，数学系会把得过大学生奥数的奖杯摆放在人群最显眼的地方，当然艺术系也不例外，大大小小的画卷铺满了整间教室，像一个小型的画展，当然能在这种场合摆出来的画，那可都是镇系之宝，不轻易视人的，只有到了他们毕业之时，我们才有这么好的眼福。

我进去之后，并没有看见疯丫头，这么多人我索性也就不找了。抬起头，我看到了摆在门口的第一幅画，一个署名叫丹青的人。能排第一，想必算是宝中之宝了吧！画卷上出现一条静静的小河，河边像是栽满了树，其他的就看不懂了，这可能就是艺术上所说的抽象派吧！越是让别人看不懂的，就越有成就，并且下面还配有一段说解文字，此作品曾获得全国美术作品展铜奖，全国大学生美术作品展金奖。第二幅、第三幅、第四幅署名依然都是丹青，看来这个人的才华非比寻常。就在我被眼前的画卷所吸引的时候，突然从后面有人拍了我一下，我知道肯定是疯丫头回来了。

“跟我来，认识这么久我们还没有照过合影呢!”疯丫头把我拉到人少的地方，请了一位叫水灵怪的学长为我们拍照，在疯丫头的威逼之下，我无奈地拍了三张，水灵怪学长把相机还给我们的时候说：“担心，祝你毕业后的生活快快乐乐。”他说的很匆忙，好像有急事要去办的样子，转头就离开了。

“谁叫担心?”我问疯丫头，疯丫头说我哪知道啊！这个水灵怪学长明明就是对疯丫头说的，可疯丫头怎么会说不知道呢！看来疯丫头还是有事在瞒着我。欢送会在晚上九点就结束了，临走的时候，一不留神我在墙上也看到了水灵怪学长的画，画的是一位端庄、典雅的古装女子，这个女子的面容看着有点熟悉，可我怎么就是想不起来在哪见过，举起手里的相机我把这幅画也顺带拍了下来，后来由于疯丫头临时有事，让我先回去了。

九

从欢送会上回来之后，我有一个多星期都没有看到疯丫头，我也没有主动去找过她。疯丫头不在的这段日子，我又变懒了很多，就连我平时最宠爱的文字现在我都不想去写了，我一直熬到第十七天，因为从疯丫头出去到现在已经有十七天了，每一天对于我来说都是熬过来的。

疯丫头还如往常一样的不讲礼貌，进我房间的时候从来不敲门，更可恶的是如果她做面膜的时候，由于走动两只手需要按住脸上的面膜，她就会直接用脚“砰”的一声把门踢开，让我出去帮她倒水喝，踢的次数太多，以至于我房门上的西房二字不知被我重贴了多少遍。这次也不另外，只不过她不是在做面膜，而是手里提了很多东西，踢开门，看看我，把东西放到床上，这连续的三个动作，除了看看我没有那么粗鲁，她不准许我说她粗鲁，其实她也知道自己的行为，顶多只能允许我说她不温柔，但绝对不能说她粗鲁。一进我的房间，她就喊着渴死了，我用两个杯子给她接水，因为我知道她一下可以喝掉两大杯水。喝完水，她坐到床上说：“我有两个消息，一个好的，一个坏的，你要先听哪一个?”对于这样的问题来说，选择前者的肯定是属于乐观派的性格，而选择后者的那当然就属于悲观派，本来我是想说听坏消息的，没想到疯丫头抢断我的话说：“我告诉你一个好消息吧！这个坏消息对于你来说未必就是坏消息，这只是我自己把它想成坏消息了。”疯丫头从背后拿出一本书对我说：“你看看这上面可有你的文章哦！你的梦想就快要实现了。”

从来都只是自己写疯丫头看，也没有投过稿，这本书上怎么会有我的文章呢？疯丫头转身把买的东西都拿了出来说："这些都是买给你的。"

"买给我？为什么？你哪来的这么多钱？"

"关于钱的事，等你的稿酬下来，我从里扣就是了。"疯丫头说话就是直接，本来还想好好的感激她一下的，现在看来不必了。原来疯丫头偷偷地把我写的东西寄给了杂志社，所以才有了后来疯丫头利用稿酬狂购物事件，其实谁都知道，一两篇文章能赚多少稿费，大部分购物的资金还是疯丫头自己掏的钱包。

十

疯丫头这几天似乎很忙，经常都是很晚才回来，她不回来我睡的也不安心，所以每天我都开着灯窝在客厅里的沙发上等她回来，有时早上当我醒来的时候，身上只剩下疯丫头在夜间回来替我盖的被子，我知道疯丫头又出去了。

不知不觉，疯丫头已经毕业快六个月了，我也没有听她说有关上班的事。十二月的天气似乎有点嚣张，刚赶走了十一月，它就开始酝酿着下第一场雪，而我也趁着十二月的嚣张，不自量力的报考了英语四级，结果当然是顺理成章地挂了。

疯丫头今天回来的特别早，这让我有点惊慌失措。进来看到我的神情她似乎想笑却又没有笑出来，就像吃果冻一样，本来是想在嘴里多咀嚼几下再下咽的，结果由于果冻很滑，一下子就滑到肠胃里去了。疯丫头换上拖鞋，我才发现疯丫头的眼睛红红的，像刚哭过的一样，她换好拖鞋径直的走回了卧室，没有和我说一句话。

我就走到疯丫头的门前，刚想敲门，从里面传出来了疯丫头的声音说："进来吧！门没关。"疯丫头站在她的橱窗前，触摸着我送她的每一件礼物。说明一下，只要我和她一起出去买东西，她都会要求我买一样东西送她，哪怕是花她自己的钱，也算是我送的，所以说疯丫头的性格谁也琢磨不透。进去之后，我不知该说些什么。突然疯丫头拿起一个小瓷人就往地上摔去，那是我们在地摊上买的，也是我送她的第一件礼物，当时她说她第一眼看到这个瓷人时想到的第一面孔就是我，所以非要我买给她，价钱也不贵，就三十块钱，可对于一个身上只有二十块钱的人来说，那十块无非就是一个捣蛋鬼，当时疯丫头的钱也花光了，因为那天是三八妇女节，我和老板砍了半天的价，他提出的价格依旧稳如泰山，少了三十不卖。最后还是劳驾了疯丫头亲自出马，她把我身上的二十块钱全拿了去，硬是把价钱杀到了二十，最后老板无奈的还赠送了她一个。借疯丫头的原话说："电视剧里不让他们在一块，今天我就做一回月老，非让他们在一起，并且是永永远远的那种在一起。"疯丫头摔碎的是广寒宫里的嫦娥，而另一个大家都知道，乃上一届的天篷大元帅。

疯丫头像着了魔一样，手摸到什么就摔什么，我上前拉住疯丫头，她转身紧紧地靠在我的肩膀上，不停地抽搐着，像前生所受到的委屈都要在今天发泄出来似的，疯丫头也不管是眼泪还是鼻涕就一个劲儿地往我身上擦，还不断的骂我猪头、混蛋、大笨蛋，这是我第一次这么亲密的和疯丫头抱在一起，但感觉不是很好。我拍拍疯丫头的背叫她别哭了，她才用手擦擦眼泪说："邵伟，如果哪天我被外星人带走了，你会去找我吗？"

"不会，因为他们也不敢带你啊！你在地球上也算是一个正宗的害人精了，如果把你带到他们那，你还不把人家星球给毁了。"

"死邵伟，你嫌人家是害人精，那我第一个就把你害了。"说着疯丫头就张牙舞爪的向我扑来。看见疯丫头不哭了，我的开心值也在一点点的回升。

十一

疯丫头今天收到一个通知，是关于她上次参加画展比赛的情况，听疯丫头说她的画在上海艺术节画展上获奖了，举办方邀请她去上海参加颁奖典礼，希望能给她做个专访，但从疯丫头的表情上看，她不太乐意去。

"疯丫头，这样的机会可不是谁想去就去的，你要好好地珍惜，说不定这一次你会出名的。"

"别人是别人，我是我，别人想出名，我不想。"

"你个疯丫头，领奖不积极，脑袋有问题。"

不过后来疯丫头在她的美术导师的带领下还是去了趟上海。

那天早上，疯丫头走的特别早，因为她走的时候我全然不知道，直到何晓小的出现我才知道疯丫头已经去上海了。毕业后的何晓小在一所初中教美术，不过离这里挺远的，坐车要三个小时。我看看手机上的时间才九点多，也就是说何晓小在早上六点就往这赶了，到底有什么大事需要这么急呢？何晓小今天穿着一套职业裙，蹬着黑色的高跟鞋，配上棕色的丝袜，全然褪去了学校里的那种幼稚气息，何晓小看我站在门口一动不动的，就问我怎么啦？我这才支支吾吾地把何晓小请进屋，没想到她后面还拉个大箱子，这是打尖还是住店呀？我说你这箱子里装的该不是送我的见面礼吧！

“那我打开你需要什么你就拿，别客气。”到了客厅何晓小脱掉高跟鞋不停地揉着脚。

我把疯丫头的拖鞋拿给她穿，她穿上拖鞋之后就拉开箱子，里面全是她的衣服她随手拿起一件丝袜问我要不要？接着就是疯丫头不喜欢穿的衣服问我要哪件，她说这都是名牌，过了这个村就没有这个店了，后来我遁逃回房。

何晓小不是打尖，她是属于住店的，是疯丫头安排她过来住的。具体做什么，我就不知道了，难道怕我一个人在家无聊，找个人来陪陪我。可打死我我也不相信疯丫头会平白无故的那么好心。所以我就先从何晓小下手，看能不能从她嘴里知道些什么，当晚何晓小就住进了疯丫头的房间，可再也没有出来。

这些天学校里正在举办一场金秋学术文化节，所有人都必须要参加，尤其是男生。因为我们中文系全系六百多人只有九十多个男丁，端茶倒水搬椅子又是非男生莫属的工作，所以我也有幸“被参加”了。

何晓小这几天就一直待在家里，也没有去上班。看见她坐在客厅的沙发上修指甲，我换上拖鞋也坐了过去。

何晓小修指甲的表情特别的专注和细心，不像疯丫头，帮我修指甲跟杀猪似地，就连工具和别人使用的都不一样。看见这么温柔美丽的女子是谁都会赞美几句的，我说：“晓小，你比疯丫头好多了，尤其是你温柔的性格，我忒喜欢。”何晓小听到我这么说，满脸的笑意，抬起头看着我，我想哪个女孩子不喜欢别人夸呢！

何晓小说：“真的吗？”

“当然是真的了，我什么时候骗过你。”

“那我可以是这样理解吗？你现在对我有好感，正在用语言调戏我。”

“我……”

“谁要调戏谁啊？”这时门被推开了，是疯丫头回来了，我知道我今天肯定是逃不了这一劫了。

何晓小上前拉住疯丫头的胳膊，把头靠在疯丫头的肩膀上还不停地抖动着，我知道我今天是彻底的完了。

那天疯丫头回来之后并没有和我发生惨不忍睹的不平等斗殴事件（她打我）。下午何晓小说学校还有事就回去了，直到现在我才知道原来是疯丫头找何晓小来监督我的生活作风，一旦发现腐败现象，立即向她报告，等她回来再找我算账。由于前几次我的文章在期刊上被发表，在学校里也算小有名气，博得一些女生的暧昧，疯丫头怕我会带女生回来，就叫何晓小过来当她的钦差大臣。

十二

回来住了几天，渐渐的疯丫头就不再出门了，整天在家陪着我，等我上课下课。我说过我不会去问疯丫头的事，所以我也不知道疯丫头这些天为什么会一反常态，把屋子里收拾得干干净净，把我写的东西都整理了出来，就窝在我旁边不停地看，恨不得一下子就能看完似的，最大的反常就是她不再喝白开水了，有时看着看着就躺在我的床上睡着了，静静地看着疯丫头，长长的眼睫毛向上翘着，有时我都怀疑那是不是假的。由于趴在床上，疯丫头的脸部肌肉被压的有点走了形，不过怎么看，疯丫头都是完美的。

平时我都不敢说，因为疯丫头的睡姿不是很雅观，或许这就是她的硬伤。每次当她醒来的时候，只要我坐在她旁边，不管我有没有偷看，都会被她骂成臭流氓。

每次对着疯丫头睡着的脸，都有一种想上前吻她的冲动，但了解疯丫头的脾气之后，我也只能把这种冲动闷死在腹中。疯丫头睡觉的时候你可以从她的面部表情来推断她是否在做梦，并且还可以推断出她做的是噩梦还是美梦。如果是噩梦，那她的面部肌肉就会紧紧的堆在一起，眉毛会上下跳动。如果是美梦的话，那更简单，她的嘴角会轻轻的上扬，然后会哈哈大笑的从梦中笑醒，但这次丫头却又一反常态的从梦中哭醒了过来。

再过些日子我也要出去实习了，疯丫头给我买了一套正式的西装，看质量价格肯定不便宜，至少能上四位数，真不知道这丫头从哪弄的钱。她教导我说："为人师者，必须要一表人才，正衣冠才可以树榜样。"后面的正衣冠我还可以接受，至于一表人才，我又不是去相亲，干吗要在穿的上面做文章呢。但在她的威逼之下，我人生中第一次穿上了西装，并且还系上了领带，疯丫头围着我连转了三圈，跟进了动物园似的，然后一只手放在下巴上，此时又像一位欣赏大师在欣赏一件艺术作品。

疯丫头摆摆手说："不行，不行，穿上西装太正经了，我还是喜欢你不正经的样子。"

"我什么时候不正经了。"本想跟疯丫头理论一番的，结果可想而知，我还没说完，西服就被她扒掉了，还建议我以后在家不要穿，其实这哪是什么建议，这简直就是圣旨，不过这套西服也是疯丫头临走前给我留下的最后一件东西。

解密篇

解密一：

由于办离校实习的事，我经常是老家和学校两头跑，这一跑就是一个多月，抽不出半点时间回到租的房子看看疯丫头，也不知她现在过得好不好。计划今天要赶回学校取档案，看看时间还有剩余，就跑到疯丫头租的房间去看看她，本想给她一个惊喜的，可打开门口之后，却没有看到疯丫头的身影。这是我第三次进入疯丫头的房间，可里面却没有了疯丫头身上的香味，墙角的镜面上飘落着一些灰层，看来疯丫头已经很久不在这住了。我推开自己的房门，或许是由于惯性，又或许是外面吹进来的风，把我桌子上的纸张吹的满地都是。我一张一张地捡起来，突然发现有的纸上有字，这可能是疯丫头留给我的，也只有她才会用这种方式，留个信都不好好留，非要把所有的纸张都用上，每张纸上只写几句话或几个字，这么多张我还要一张一张地

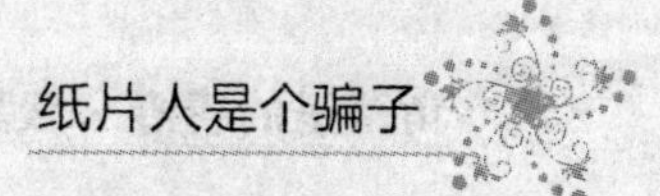

找，然后还要重新排列，再组成一个完整的句子，最后才能看完整封信，这个疯丫头，连走了都不让人安心。经过半个小时揣摩疯丫头的语法和句子连接成分，一封完整的信总算出来了。

天蓬：

天蓬，我就喜欢叫你天蓬，你别不乐意，当然也不能拒绝，这封信我就是坐在你此时的这个位置上写的，现在信的正确读法你排列好了吗？如果好了，那我可就开始了哦！我走了，并且走得很远，像月亮上的广寒宫一样远。你不要来追我，因为我已经飘走了。虽然广寒宫的信息交通不怎么发达，生活也比较艰苦，但我相信嫦娥是幸福的，如果现在有人问我世间谁最幸福，那我会毫不犹豫地回答说是嫦娥，因为天蓬一直都在想着她，虽然天蓬后期当上了国家公务员，但对于天蓬的思念，或许你抬下头就能看得见。

其实我喜欢你叫我丫头而不是学姐，因为我看起来还不是很老，对于疯丫头这个名字也只有你敢叫，不过还好，里面也有丫头二字，哪怕是疯丫头也好。时间过得真快，再过一个月，你就要出去实习了，我也将要奔赴墨西哥去进行新的环境学习，或许是学校的介绍和我个人的努力吧！所以在墨西哥有一位艺术大师答应收我做她的学生，你应该替我高兴，因为我喜欢画画。

还记得每次我逼你陪我上街买东西时，非让你买个礼物送我吗？你知道你一共送我多少次吗？88 次，谐音为拜拜，你说巧不巧，如果你当时能多送一次或少送我一次，说不定我还会留下。

走了，不知何时能回来，三年？十年？三十年？

疯丫头

解密二：

让我们把情景在拉回疯丫头的毕业典礼欢送晚会上。

“丹青，跟我一起去美国吧，我答应你那里有你想要的一切。”

“水灵怪，对不起，我在等一个人，今天我出来的时候就和他说过，让他来参加我的毕业典礼，如果他胆敢真的不来，我就跟你一块去美国。”

“等人？他是谁？”

“他来了，站在门口看画的那个，我们一起过去吧！”

原来疯丫头画完画之后都会署上丹青这个名字，久而久之，丹青这个名字在艺术系也就成了一个标志，艺术系的学生可以不知道疯丫头的真名，但提起丹青这个名字是没有几个人说不知道的。不但在艺术系，就是在我们中文系那也是赫赫有名的，更何况疯丫头的画那是在全国都是能上榜的。和疯丫头待了这么久，我竟然还不知道原来疯丫头就是丹青。当初水灵怪给我们拍完照之后，他说的是："丹青，祝你毕业后的生活快快乐乐。"而我却听成了担心，我当时真够笨的。后来毕业照洗了出来，拿到照片的那天，疯丫头责问我是不是乱拍了一些东西，硬是不让我看，回想起那天，我除了拍下水灵怪学长的一幅古装女子图外，其他的我都没有拍，但疯丫头说什么就是不让我看，只给了我一张我和她的合影，照片上疯丫头笑得很开心，紧紧地挎着我的胳膊，可我当时怎么会没有这种感觉呢。

鲁班好奇，锯出来了，道家好奇，汞出来了，我一好奇，麻烦就出来了。这天，我趁着疯丫头出去购物，就偷偷地把她藏起来的照片给翻了出来，是一个很大的相册，这里记录的疯丫头的成长，看着疯丫头小时候的照片，我都快笑疯掉了，没想到疯丫头小时候是这样的。从小学到初中、高中、大学，真所谓是女大十八变。我找出疯丫头毕业时照的照片，其中的一张就是水灵怪学长的画，画中的女子就是疯丫头的肖像，柔雅、脱俗。把柔雅、脱俗二字安插在疯丫头身上，打死我我也不会相信，水灵怪学长画上的女子就是疯丫头，有时我也会试着把疯丫头想成一个柔雅、脱俗的女子，然而……

"要死啦！谁让你偷看我的相册的。"疯丫头柔雅、脱俗的画面还未来得及在我的脑中拼凑时，疯丫头就踢门进来了，从我手中夺过画册，睁着大眼睛瞪着我，如果眼睛可以杀人的话，我想早已被疯丫头的眼光给碎尸万段了。合上相册，疯丫头非逼问我都看了些什么，一个大男人为什么会偷窥女孩的东西，需要我给她一个解释。没想到当时我还真有一股不怕死的劲，我笑笑说："没想到你小时候发育的就这么好啊！"真是找打，疯丫头凌空一个飞腿，结果我躺了两天。

解密三：

疯丫头，到现在我依然不知道她叫什么。我猜测她肯定不是一个寻常百姓家的孩子，要不就有一个富爸，要不就有一个官妈，因为她的生活习性与常人不同，即使不上班也不会缺银两，每天的开销又这么大。还有一点就是从我搬进来住之后，没有交过房租，她每次都说："我先替你垫着，等你下次的稿酬寄来时再还我"，就这样拖着。

前段时间由于要办理出国的手续，疯丫头不得不被她父母扣押在家，一个女孩子整天在外面胡混成何体统。但疯丫头就是疯丫头，白天还老老实实的待在家里充当爸爸妈妈的乖乖女，晚上就会翻窗而出，回到我们租的房子里，一大早还要起来赶回去，这就是她那段日子早出晚归的原因。

结束篇

疯丫头去了墨西哥，没过几天，这边的天空就飘起大雪，白白的世界，白白的思想，白白的疯丫头，都随着这场白雪被埋在了我的内心深处。对于有关疯丫头的记忆我从来都是小心的伺候着，就像她本人在我身边的一样，从不敢怠慢。

疯丫头走后一个月，春节就赶来了，从西房里收拾完东西之后，我去找真正的房东来结算一下这两个月的房租，可没想到房东说："这房子的租期是没有时间限制的，你可以继续留下来住的。"我知道这肯定又是疯丫头的主意，拿人民币不当钱花的家伙。我谢绝了房东的好意，依然搬了出去，站在客厅里，我似乎又看到了疯丫头的身影，她一身校服装扮，但里面还是不穿女生该穿的衣服，房门上的东房两个字可能由于主人的长时间冷落，也变得耷拉了。

过完春节，我的毕业证书顺利地拿到了，我选择留在了大学附近的一所小学校里当语文老师，在教语文课的同时，我还喜欢让孩子们画画，因为孩子是天真的，他们幼稚的画笔像在告诉我有些人，有些东西只能放弃，有些记忆只能埋于心底，有些过去只能选择遗忘。

（PS：疯丫头，如果你能看到，就回来吧！我不管是三年、十年，还是三十年，我一直都在这里，不曾离去）

一头母猪也不会看上叶小花

■ 佚名

十六岁的春日。班上开展了一次有趣的活动，为了让全班男女同学能够和睦相处，老师特设了下周一为女生节，要全班的男生为女生做一件好事，并且赠送一件有意义的小礼品。

我选了她，叶小花。一个在此时几乎被全班男同学遗忘的农村女孩。靠窗的角落里，她安静地低着头。当台上的我大声叫出她名字的时候，她猛然吓了一跳。全班男同学开始起哄，大笑。

那样的笑声里，我与她一同陷入了年少的尴尬。

我与她不同。我选择她，完全是出于仁慈，甚至是一种对弱者的可怜。虽然我知道这对于叶小花来说是那么残忍，可我想不出还有其他理由。她接受我，估计也是无可奈何的选择，因为大家都知道，除了我之外，不会再有第二个男生选她。

每一堂课她都听得非常认真，尤其是外语。而我，痛恨所有的科目，我和年级中甚至是全校不爱学习的坏学生都认识。我们一起通宵上网、抽烟；偶尔用拳头对着别人的鼻子出气；背书包去果园里偷果子，大口大口地吃完果子，把剩下的残碎放在上课起立时前排同学的板凳上……

几乎所有的坏事我都做过。我讨厌外语，以至每次考外语的时候，听力题还没有放，我已经把所有的选择题做好，就等着交卷的时间到来。

班上有一个规矩，每次期中期末考试后都要进行一次排位大调整。全班同学走出教室，按照考试成绩的先后一一入场，挑选自己想坐的位置。

我记得很清楚，那次叶小花的成绩排名第一。她在所有惊羡的目光中，缓慢地迈进了空荡的教室，朝着那个靠窗暗黑的角落走去。

坐定的那一刻，我不知道怎么了，感觉胸膛被什么东西压了一下，沉沉的。

老师问她为什么选择角落的座位，她用略带惊慌的语气回答老师："我比其他同学都高，我坐后面也能看见，坐前面可能还挡到某些同学了。"

十五岁的清晨，一个极端讨厌外语的坏男孩，闻到了善良的味道。

我选了叶小花作为女生节对象的消息还是传了出去，在整个学校的坏学生联盟里传得沸沸扬扬。在厕所里抽烟的时候，雷明和一群高我一年级的坏同学过来问我，是不是看上了叶小花。我说："你放屁，我就算看上一头母猪也不会看上叶小花。"

所有的人都知道我很少发火。一看我那样子，都没话说了。最后，雷明撂下一句话走了。他说，叶小花就是一村姑，以后是要回家去种田喂猪的。

我的心里忽然有些难受。我知道，我和叶小花是没有任何关系的，可我为什么会难受呢？她回去就回去，种田也好，喂猪也好，我为什么要难受呢？

清早，老师在上面讲课，我歪斜着睡觉。睁开眼睛，正对着叶小花的位置。她紧捏着笔在"沙沙"地书写着。我的心猛然地有些酸楚起来，因为这时我才看到，她瘦弱的手背上长了几个大大的冻疮，她时不时地用手搓搓它们。

路过雷明家的服装店，我看到一双粉红色的，嵌有一朵小花的手套安静地陈列在柜台里。我硬是花 9 块钱把这双标价为 32 块钱的手套拿走了。雷明在身后一个劲儿地骂我，说我那手套一定是送给村姑叶小花的。我还是没回头，但在骑上自行车的时候大声说了一句："我就是送给那村姑的，这手套是买给她跟我一起种田用的。"

雷明在后面没声了。我迎着急速的风，大声地笑。

叶小花戴手套的时候不敢看我。因为只要她一戴上那手套，班里最后一排的男同学就会大声叫嚷。我懒得去管他们，我才没时间理会这些凡夫俗子呢。况且我也不知道，为什么我送了她那双手套之后，她每次见我都要远远地躲起来。实在没法躲了，就脸红着急急跑开。

我开始以为是我太过敏感了，但时间一长，大家都习惯了。或许，是淡忘了这件事。

她从那时开始会主动给我送一些英语笔记，让我好好看。我接受，可我从来不会去翻阅那些东西，天知道我有多么讨厌英语。

高考终于结束了，多年的读书生涯，包括那些我做坏孩子的经历，终于可以告一段落了。

和一群朋友正准备大醉的时候，叶小花忽然出现在酒吧。褪去陈旧的布衣，一袭不同于往常的打扮使她看上去那么明艳动人。十七岁的年华，终是如一束阳光般穿透了我的瞳孔。

在场所有的人都保持着与我一样的惊讶，对于叶小花。

她对我说."谢谢你当初送我的手套，很暖和。"我没说话，只是笑笑。

接着，她又调侃地问我："说实话，你知道手套的英文怎么写吗?"

她明知道我讨厌英文，还故意问我这样的问题。我当时就回答她，"所有的英文里面，我就知道写'I love you'，因为追女孩子要用。其他的，我一概不知"。

大概，这就是我与叶小花的最后谈话了。

后来，我靠父母的关系进了一家电力公司做文秘。没几个月，实在适应不了低人一等的感觉，辞职和朋友合伙开了一家广告公司。

忙碌的社会生活中，我开始逐渐淡忘学生时代的一切，包括那个村姑——叶小花。

有时候想想，真的可笑。当初还说别人村姑，以后注定了回家种田喂猪。现在人家身在名牌大学，前途一片光明，怎么可能回家呢?

记不清是几年以后，我接到了一个关于服装和手套的宣传策划。因为时代的问题，传媒这一块都必须接触到英语，所以我不得不打开电脑查询起服装和手套的英文拼写。

Glove——手套。当这个简短的英文出现在电脑屏幕上时，我忽然懂了一些什么。那个不断将英语笔记借给我的女孩，那个遇见我就急急躲开的女孩，曾怀揣了怎样的一份热情。关于那双遥远的手套，当时，英文那么好的她一定知道，那手套的含义是什么。

Give love，给爱。我一遍遍地用英文轻读着，忽然想起那个骑着自行车的午后，大声说着要用那手套和她一起种田；想起，那日在讲台上大声叫着她的名字；想起，那日，她在最后的时刻褪去所有少女的矜持，问我手套的含义。凝思中，突然的领悟带着某种遗憾从脑海闪过，我是不是要弥补些什么?

我开始极力寻找叶小花的消息。终于，通过其他同学得知她已经结婚，我按照朋友给的地址找了过去。最后，在她家门前的一个餐馆见到了她。

她叫出了我的名字，我微笑着点点头，忽然无语。挽着身旁高大的男人，对于我的突然出现，她并没有半点儿的反常。

只是，她玩笑式地告诉我一句："一定要把英文学好哦。"

回到家中，再看着那串被我反复抄过的英语单词，猛然地痛哭起来。那些难以言明的疼痛，连带着青春里的悔憾，一并沉重地流淌着。

连夜，我将手套广告的策划案交到了客户手里，客户代表一致通过。

天刚蒙蒙亮的春日里，整个城市的户外站牌、楼塔，都被一张同样的手套广告覆盖了。广告语是简单的一句话：手套——Glove——Give love——给你我的爱，温暖新时代。

叶小花，我为什么直到现在才感觉到你的温度。

夏末针弦，逆时针流失

■ 安梦

你说，你要给我找个好嫂子，她一定要疼我！

你说，多年后在黄昏的落地窗前，你一定会想到我，想到最好的年纪里遇过爱笑的我。

可是现在，你的女朋友，我不认识，何提来疼我？

——题记

1. 初见，你那么熟悉

16 岁的夏末，青春的心开始因荷尔蒙澎湃，毫无防备，你走进我的世界，怦然心动的喜悦，是上帝亲切的礼物。

开学第一天，狼藉的教室，大家望眼而退，抱怨学校设施差。当时我一身纯白色衣服加之家里的养尊处优生活，连迈入灰尘布满的教室的想法都有。拉着初中时我最好的朋友在校园里逛了一圈，又回教室时，那个在我看来像菜市场一样的教室已经整齐了许多。我的目光转向穿着白色 T 恤，合体大方的运动裤，背着单肩书包，戴着黑色半框眼镜的你。那一刻，你没有表情，只是认真地说着几个必要的词，井然有序地边搬桌凳边指挥着几个同学，像小魔女的魔法棒让本来脏乱的小教室瞬间温馨。

阳光透过窗外树叶间的缝隙散散落落打在教室，轻风拂过时，微微闪耀，我有些忐忑地冲它们笑笑。打小我就和大自然的微小恬美有着心灵感应。对着太阳没心没肺地笑，因为那温和的光芒像妈妈的手暖暖地敷在额前，被宠溺的幸福让我不忍张开眼睛；静静躺在岸边听溪水潺潺的窃语，像是闺蜜悄悄在耳畔诉说着小秘密；闭眼微微侧脸，让春风拂过脸颊，像是奶奶爱怜的亲吻……

此刻，我似乎听到那些闪动的光斑是在起哄，脸不由有些发烫。随而在散发着阳光味道的你、我和那些调皮的光斑组成的世界里遐想。那熟悉的脸庞却真的只是初见，是前世有今生不见不散的约定吗？这种幼稚的想法在那时幼稚的大脑里条件反射，激起下丘脑分泌了某种激素，我嘴角坏坏一扬。

忘了怎么走进教室开始帮着他们搬起了桌子，没干过体力活的我摇摇晃晃却乐此不疲地直到把教室打扫的“人模人样”。也许我只是希望你会看我一眼吧！彼时，我不由想起了他，那个我以为会让自己喜欢一辈子的男孩。因为他，我觉得我再也不会喜欢上其他男生了。这种沉睡了的心动突然苏醒，让我有些按捺不住的脸红。转念一想，比起对他的感觉，那种深深的喜欢和眷恋，这也许只是一时冲动而已吧。

“老师来了，老师来了！”

教室在一阵躁动后安静下来，目光都转向从门口走进的老师。是一位长相很有特点的男老师，尖嘴猴腮，面庞泛深红，一身西装革履，大家后来都叫他“红脸猴子”。“猴子”面带微笑地走到讲台。

“哟，同学们都把教室打扫干净了，今天早上我过来看了一下，教了这么多年书，我还是第一次见如此小的教室。”说这话时，他很夸张的拉长语调。

大家轰然笑了。

“还脏乱不堪，不过经大家这一打扫还温馨了不少。不错，大家先找个位子坐下来，我们先开个会，过两天再调座位。”

我随便找了个位子坐下，你也在一片混乱中坐在了我的旁边，我们中间隔了一女生。我和她认识，我们曾毕业于同一所学校，但并不熟悉。晚自习时，你小声地问她：“她以前是×××中学的吗？”

“不是啊，我们一个学校的。怎么？”

“那她去过×××吗？我好像在哪见过她。”

我转过头礼貌地笑笑，克制着小激动：“没有啊，我没去过。”

“看着你挺眼熟的。”你也很礼貌地回答。

难道真有一个浪漫的前世约？你也觉得我熟悉，难道这就是传说中的缘分？这种小女生想法在我这绝对不新奇。我虽然表面文静又很有主见，可隐藏了一颗顽皮的心和满脑子的幻想童话。

在闲谈中，得知你曾担任过七年班长兼体育委员，你确实很优秀。那种班干部的气质和才华在第一眼见到你时，我便能感觉到。

2. 那撒了一地的军装

第二天就开始新生入学军训了，你也很称职的当选为体育委员，但班长由班主任指定给一个身材魁梧的男生，也许班主任觉得他的外表很有震慑力吧。你的声音浑厚有力，胜任这个职位对你来说游刃有余。没记得训练的细节，后来的记忆就只剩下一片艳阳天下，我们有些烦躁地站军姿，阳光直射在你的侧脸颊，你眉头有些紧蹙，汗水在酷暑里蒸腾。经过两星期的魔鬼训练，终于到了汇报表演那一天，我们租了迷彩服，远远看着真有气质。你穿军装的样子，像军事电视剧中的帅气指导员。

那一天，我们的表演被全校熟记，因为在我带着幸灾乐祸的心情想要看看哪个班级会在众目睽睽下兵分两路的混乱场面时，我们班光荣地满足了我的愿望——因为紧张。表演时你喊的口号和训练时的口号换了顺序，由于惯性，一部分同学按平时的训练转换方向，一部分则是头脑灵活的听口号办事。谁都没有你难过，大家很快重新站好队互相鼓励着，为你加油。可能因为失误是大家都意料之外的，所以就更加卖力的表演，声音、气势、整齐度都超越了其他班，心里都憋着一股劲，可我们还是“骄傲”地得了倒数第一。你觉得都是你的错，很内疚。

后来我想如果没有那天我们一起去还军装，会不会就没有后来的苦甜?

表演结束后，我们是还服装的代表。整理好衣服，我们每人分拿一部分，你装在书包里，我抱在怀里。你借了同学的单车，是黄色的，那黄色在记忆里和夏末中午的阳光一样刺痛着青春。我坐在单车后面，紧紧抱着怀里的衣服，除了你，我忘了周围的其他生物。你突然加快了速度，我紧张地拉住你的书包，一直喊着要你慢点。我是真的害怕，我不会骑车，搭别人的车也只是第二次，你却骑得更快，拉到书包脱离了你的背部，我怕勒疼你，喊得更大声，你骑的也更快，10 秒间的反应，我扔掉了怀里的衣服：“衣服掉了!”

你起初完全没理会我，以为我只是想让你停下，坏坏地笑着骑得更快，直到听到后面的同学喊着要你停下，你回头看着撒了一地的军装，像看着怪物似的看着我：“喂，你来真的?”

我特无辜、特紧张、特委屈地看着你：“都说让你停下了，谁叫你不停

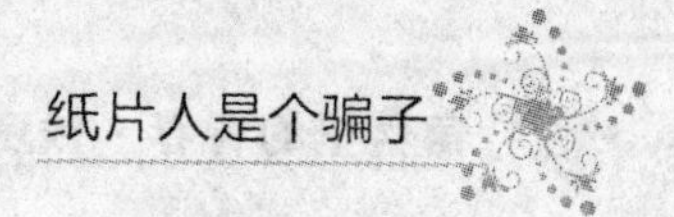

的，有本事别停啊!”

你咬了咬嘴唇没让自己笑出来。帮我拾起衣服后，我们并行着走在夏末的暖风里。

3. 我恋爱了

初秋的一个早晨，他很意外的给我表白了，这个在梦里都不可能发生的事忽然间呈现在眼前，我是激动无比的。但我沉默着没有回答，假装着什么都没发生。我犹豫了，我害怕爱太早，情太涩。我害怕太小不懂爱，我害怕哪天爱上你，因为你，我闪过动摇的念头。不过那时最害怕的是成绩，好学生的帽子戴久了，压力也充斥了生活。当惯了乖乖女，缺少早恋的勇气。接下来的一星期，我当那天他什么都没说，依旧见面打招呼，开开玩笑，说说学习，可是他开始逃开我，看见我他的眼神里闪过失落，很多时候只是沉默着。我心疼了，我是深深喜欢他的，我舍不得他难过，所有的顾虑和犹豫都抛到脑后，就让我也叛逆一回吧!

你，你，也许就是一时好感，有了他，这种好感应该很快就消失了吧!嗯，应该是这样的!

我所有的热情和少女单纯的情怀，都扑到他身上。买早点，我会想着给他带一份；买文具，我挑贵的给他；我会挑一些可爱的小礼物，有情侣标志的送给他。他总觉得无所谓，没有一点高兴或者不高兴，或者直接回答我：“我不喜欢这些东西，多无聊!”每当这时我都像做错事的孩子，低着头：“哦!”也许我那个时候也是委屈的，可更多时候我只是怕他不高兴。

我们每天一起上下学，看到他我就高兴得像个小兔子，蹦着乐着，可他总面无表情的问我：

“你高兴什么?”

“嗯？没事，没事。”

我只是看见他就那么开心而已，他不懂吗？他看到我的时候从来没有表情，哪怕只是个礼貌的笑容。

我身体不舒服的时候，总想跟他说说，我想生病应该会唤起他的一点心疼吧。

“我今天肚子不舒服。”

“哦，坚强点！回家睡会吧！”

“好吧……”

“我感冒了，头有点疼！”

“哦，你这身体，多喝点水！”

“哦……”

“今天头有点晕，上课没精神。”

“你就那样，经常一副快死的样子。你看我身体多好。”

“如果这是我的错，那么你觉得我该怎么改？你有没有那么一点点心疼过我？你会不会想想我病了更需要的是关心啊？”

“我哪有不关心？是你身体本来就不好嘛！我又没别的意思！”

“你有真的喜欢我吗？为什么你追的我，可你对我的态度却冷得像块冰啊？”

“能不能不想那么多，我只是不会甜言蜜语，我就不是那种人。”

“你觉得你仅仅是不会甜言蜜语吗？难道你的家人病了你也会说经常要死的这种话吗？”

“我家人就没你这么多毛病！大小姐，那么激动干吗？”

“你知不知道你这样的态度时间长了我会很累啊？你什么时候才能长大？我要等到什么时候你才会对我有点温度呢？”

“我也在努力啊，就你这点事你至于说出这种话吗？我怎么就没真心了？我怎么冷了？你累什么呀？”

“滚啊，死了也不要你管！”

结果是，他不理我了。他委屈的像被深深伤害，我心软了。其实他只是个孩子，我们本来就太小，他被家里娇惯着长大，又是男孩，不太会关心人也正常，我想多了吧。我给他道歉，他冲我撒够气，我们和好，我在等，等他长大。

我是个比较高傲的人，从小各种优秀导致我从来没想过对谁低微着说话，可是见到他，我低在尘埃里。我真的陷入了那份年少的爱情，他是喜欢我的，不然他那样倔的性格怎么会跟我表白。他只是年龄太小，男孩子没女孩子成熟的早嘛，没关系，我可以守得云开见明月的！

有的时候我也会想，也许他只是喜欢我，而我傻傻的一点点爱上他，我们的爱是不同步的，注定快一步的人会先累。

4. 我夹在你的心疼他的冷漠之间

恋爱后，我很少跟你有交流，我想尽量逃开你，我怕日久生情。可是你像几年的好朋友那样懂我，我什么都不说，你什么都知道。我难过的时候，你眼神里的心疼印在我心里。可是，我骨子里很传统，我只想恋爱一次，我想耐心地等他长大。答应做他女朋友我就有了一份责任，我始终做不到背叛。你又何必那么傻，我只希望是我想太多，我祈祷着你不要喜欢上我，我不想你受伤，我会心疼。

你总能猜到我的心情，发短信拐着弯安慰我，我怎么会不明白你的好。

"对不起！"

"呵呵，傻丫头，我只希望你开心。"

"你一定会很幸福的，一定有个很有福气的人在等着你。"

"嗯，但愿，他才幸福呢！做我妹妹好不好？我没有亲妹妹，我一定会像疼亲妹妹那样疼你！"

"呵呵，才不信，可能吗？我从来不信这些。"

"真的！我妈妈很喜欢女儿，所以把我当女儿养，还想养个干女儿呢！你做我妈妈的干女儿吧，她一定会很开心的。"

"哈哈，看你那么诚恳，我可以答应，不过我有一个条件。"

"没问题，说吧说吧。"

"我可以答应这辈子只做你一个人的妹妹，但你也要这辈子只认我这一个妹妹。"

"没问题啊！一定！"

"拉钩。"

"拉钩。"

"我的嫂子一定会很幸福。"

"我不急，以后要找也一定找个疼你的嫂子。"

"为什么？"

"没事，没事……"

和你一起的点滴是很快乐的，你的温柔让我体会到初恋的甜美。而他，更多的是委屈。

我是有过动摇的，我们渐渐熟悉后，我也会向你诉说，很多时候，我是想过你乘虚而入吧，只要你在我难过的时候拉我一把，我一定会有控制不住的一天。可是你，总是很心疼地安慰我，总为他美言几句，让我想开点。我知道，你只是希望我的伤痛减轻，你总耐心地陪着我，安慰我。

你说，他敢做对不起我的事，你一定第一个给他一拳。

我开玩笑说你那么瘦，打不过他。

你说，你的拳头很有力，你受过专业培训。

英语课，老师给我们看夏威夷的风景图，我想那美丽的地方，我这辈子都见不到吧。

你说高三毕业你就带我去，只要我愿意。

那次我抽风，同时给你和他发短信说我感冒了，我想看看你们的答案有多不同。

他依旧平静："坚强，睡一觉就好了。"

而你，发了好长一条短信，大概内容是："怎么那么不小心？你身体本来就不好，着凉了？看医生了没？严重吗？"

"没事，放心吧，就有点不舒服，死不了。"

"什么叫死不了？这么不会照顾自己，吃药了吗？"

"没事，真的！不用担心，我睡一觉就好了。"

"那好吧，你盖好被子，别再重感冒了。多喝点水，好好休息啊！"

"嗯嗯，哥，有你真好！"

"傻丫头，哥有你也很好，睡吧睡吧。"

我哭了，我纠结的心终于裂了缝，我该怎么办？我没有勇气，我不知道怎么选择。

后来，我好朋友打电话告诉我，你打电话要她来家里看看我病的重不重，要不要你帮忙。你真傻，我家里有父母在，只是感冒，你怎么会那么担心？你们反应的差距我该怎么体会？

"几年后的我们还是这样吗？我们会不会失去联系？"

"怎么可能呢？傻丫头，我永远都是你哥。"

"如果我们不联系了，你会不会有那么一秒间突然想起我？"

"肯定会，当然会。哥会怀念你的小酒窝。"

"我也会，一定会。认识你，很知足。"

“我也是，很开心。”

我在你的背影里哭泣，你却已看不到

高一很快过去，面临文理科分班时，你说你选文，因为你理科跟不上。而我，很讨厌那些记忆的东西，我选理。快期末考试的时候，你要我给你补理综。我能感觉到你心里有挣扎，你想去选理，可落下的要补起来太吃力，你放弃了。

“你一个女孩子家，干吗理科学那么好啊？选文吧，求你了！”

“可我选文和你选理一样痛苦啊……”

最后，我选了理，你选了文。

我和他的大部分时间都在吵架中度过，一次我实在没忍住哭着给你打了电话，下午放学时你叫我去吃饭，你不知道怎么安慰我，就是默默地看着我。那个眼神，在他那里是不会有的。

后来，我发现他见到别的女同学打招呼时笑脸相迎时的热情，原来他懂，他也会见到别人笑笑。他妈妈生病，他的体贴让我难过。我没有想和他的家人比，只是，其实他都懂，他不是没有长大，只是对我没心。这颗洋葱让我失眠，让我心碎，让我流泪，最后的最后，才知道原来他没心。

我想放开他了，但我害怕这样一来我们三个的学习生活都被打乱，对谁都没有好处。就暂时忍着吧，只要你愿意等，高三毕业我会告诉你，真的很在乎你，真的心疼你的心疼。最怕的是你不再忍耐，不再等待，你那么用心，怎么能不累？你能不能撑到高三毕业呢？

又是一辆单车，那天，你在我家楼底，打电话让我下去。我推开窗户看着你，我们开着玩笑调侃了一会，我以为你只是去同学家顺路路过，马上就走了，所以没下楼。电话里你的声音有些低沉，我感觉你在失落什么，你说我想多了。看着你的背影，像电影里离别前故意放慢的镜头，隐约间我突然害怕你会逃开我的世界。

事实上，那次之后，你开始渐渐不给我短信，有时甚至我发给你，你也不回。在学校见了面，你也尽可能避开，装作没看见。有几次，我叫住你，你也只是很表面的招呼，没心没肺地笑笑。好多次，我都是看着你的背影一点点模糊。我怨不得，只是很失落，很无助。我知道，都回不去了，我在你给的美好里无法解脱，我躲在墙角哭泣，只是你不再关心，你再也听不到。我还记得问你为什么那么懂我，你说用心自然就懂了。终究你心不在了，留

下我在记忆里割爱，那样的不舍你也有过吧？这是我该得的报应，谢谢你，祝福你！只是没来得及说爱你！

5. 原来是命运

现在想想，命运的捉弄总让人无可奈何。

当我决心扑向你的时候，你留下一个背影，没有一句告别。

当我决心离开他的时候，他给了我一腔热情，开始用心呵护我。

我爱你，这三个字埋在我心底发酵。

分手吧，这三个字埋在我心底腐蚀。

终究，我们没有在一起。我和他没有分手。

我们没了联系，毕业后，听同学说你有女朋友了，是你们班班花，你们应该很幸福，你那么好，她那么美。

我没有遗憾当初的来不及，因为最终我们的成绩都不差。如果当初我足够勇敢，那片青春一定不会那么明媚。心就那么大，为懵懂的爱情想太多，我们拿什么来安心读书？不是什么代价我们都能负担得起。

这，该是最完美的结局。

只是你是否知道？

那个走过夏末的你拨动了时间的针弦，那辆十六岁的单车装饰了流年，那片可爱的阳光奏响了青春，那些刚好的温柔建筑了记忆。

只是我也不知道：

喜欢你用了一秒钟，爱上你用了一年，忘记你需要多久？

Hi，奥特曼先生，怪兽来了

■ 花裳

第一章　Hi，奥特曼先生

一

考！考！考！老师的法宝。

分！分！分！学生的命根。

为什么我的考试卷总是在及格线上徘徊着，我王佳慧究竟什么时候才能把命根子扎牢，我未来的志向可是清华北大。

“王佳慧，化学 30 分。”老巫婆的嗓门特别的大，隔壁班几乎都能听得见她的魔音。

30 分？苍天啊，大地啊，你在跟我开什么玩笑，难道你听错我的祈祷了吗？我是不想徘徊在及格线上，更不想不及格。

由于我的化学成绩单造成老妈气晕倒，老爸摔门而出，妹妹的火上浇油让我的双休日彻底的泡汤了。老爸为我请了一个家教，争取期末的时候，冲出及格线。

“你的底子很差！”

那个家教长的真帅，一个大男生睫毛那么长，皮肤那么嫩。

“是，我的底子很差！”我的皮肤底子差。他这皮肤真的好嫩啊，我一直使用大 S 代言的产品。难道这小子有更好的保养秘诀？

“这么幼稚的题目你居然考三十分，把这道公式给我抄五十遍，然后把这一百道题目给我做了。”

他酷酷地从书包里拿出一本习题摆在我面前。一百道？结果我恨死这个长睫毛的家伙。

二

他叫李天明，是省重点一中理科生。

我爸平时给我找的家教都是年纪一大把的大叔大婶级人物，这回怎么请了这么养眼的长睫毛小子。是老爸开窍了，还是这小子有什么障眼法？

“不要胡思乱想。”

我的脑袋被他K了N次，我怀疑他就是我肚子里面的蛔虫知道我想什么。他的成绩非常优秀，长得秀气又一表人才。相信有很多花痴暗恋他吧！我王佳慧当然是花痴，但绝对没有暗恋他。早恋是我们家禁止的行为，就算要违抗早恋禁制令，那也不会像他这种的。我坚信只有像奥特曼先生才能配得上我。

“孺子可教也。这次月考化学考了70分，带你参观一下重点一中作为奖励。”

重点一中？传闻中校草奥特曼先生就读的学校。天哪！封闭式教学阻挡了外界花痴，让花痴们勤奋读书争取考到重点一中，求得与奥特曼先生偶然相遇。

我王佳慧决定，重点一中是我第一个志愿，我一定要考上！那里环境太美了，我要和我的白马王子在这美丽又环保的校园里编织我的初恋。

“如果你努力的话，相信你也会考到这里，与我一起努力。”他很平淡地说，但话的内容很容易让人误解。

“我当然要考进来了，但不是为了你。”就知道敲我脑袋的家伙。

“我去给你买点饮料，你在这等我。”

这小子脸色突然拉下来了，头也不回地离开了。

“你怎么才来，老子最讨厌等女人了。”一个陌生的男生出现在我面前，还老子老子的称呼自己，我想地下的老子听见，肯定上来教训一下敢冒用他老人家的称呼。

“你认错人了。”光天化日之下，居然拉着我的手，我居然还不争气地脸红。

“你这丫头怎么这么啰嗦，这个礼拜天就你一个女孩站在这里，不就是等我的吗？”

他校徽上写着高二 B 班端木飞，像他这样吊儿郎当的男生都能考上，那我也能考上了。

那个李天明像鬼一般出现在我面前，很有绅士的微笑，那一秒钟被这张俊俏的脸所迷倒。李天明笑着说："她是我女朋友。"

扑哧！我刚喝了一口的饮料喷了出来，今天是什么日子啊，都喜欢认错人吗？

那个端木飞哼了一下走了，时不时回头对我笑，那种笑隐藏了不祥的预兆。

我小心翼翼地跟在李天明后面，他的肩膀很宽，背影却很凄凉。我想作为优等生也有不为人知的无奈和孤独吧。

"佳慧，做我女朋友吧！"

"嗯……"我想的太入迷，还没反应过来他话的内容。

"不要。"我还未成年呢，老爸肯定不允许。

"为什么？"他的表情很悲伤。

"你是我家教，我可不想师生恋。再说了我们相处才一个多月，我对你还不是很了解……"

李天明没有说话，一个人走了。

三

再次见到端木飞的时候，是我家门口。他还是吊儿郎当的样子，不知道还以为是小偷。

端木飞什么话也没说，只是默默无闻地把我送到学校，然后离去。反反复复一个星期，我不知道他为什么这么做，我也不敢问他。很快班里就有关于我的绯闻了。

传闻中重点一中端木飞看上我们班的"哥斯拉"。

我一个弱不禁风的小女生怎么会像怪兽哥斯拉？就算我是，也是被欺负的好怪兽。

还有一个月就要中考了，绯闻很快就消失了。除了端木飞每天都会出现在我视线里，可是事情终究传到我老爸老妈耳朵里。老爸让我请李天明到家里吃饭，为了酬谢他让我的成绩飞速的进步。我那么辛苦，也没见他们奖励我，真是不公平。

“佳慧，你还小，外面的花花世界现在不是你这时候该想的。”老妈的话很怪，表情也很怪。

“赶快和那个小子分手。”老爸说话很直接，但旁边的李天明突然抬着头看着我。

“老姐，你要给我找姐夫也得找像天明哥一样的，不仅能帮助你把成绩提上去，你带出去也有面子。”妹妹的话很开放，不愧是90后的少年。正所谓童言无忌，当姐姐的怎么能放在心上。

李天明跟我爸聊了很久，不知道他说了什么，老爸笑了说：“好，如果我女儿同意的话，你们就谈恋爱吧！”

这个李天明绝对是妖物，我那古板的老爸居然被他三言两语给迷惑了。原来他向老爸保证中考一定会考好。

四

和李天明交往的消息轰动了省重点一中每个角落，因为我是外校人，所以谁都不知道王佳慧何许人也。

我被绑架了。

我想了很久还是没有想明白，往往电视剧女主角被绑架的遭遇如今轮到我王佳慧身上。我突然想笑，可是那绑匪手中的刀子很锋利，无奈忍着。但是我为什么会被绑架呢？我家里条件很平凡，一家四口紧巴巴过着小日子，劫匪是不是绑错了，就像当初端木飞认错人了一样。

“叫你男朋友来。”

“我的男朋友很多，你让我叫哪一个呀？”听这声音就很嫩，像这社会不良青年没事拿着小刀恐吓胆小的人。

那个拿刀的混混准备打我，可是被另一个混混在耳边说了两句就到一边去了。我听见他们说什么一定把奥特曼教训一顿，真是动画片看多了。不对，不会是说省重点一中那个打抱不平的奥特曼吧？但是绑架我有什么用？我跟奥特曼没关系呀！

我看见一个身影出现在仓库门外。

端木飞？他为什么会出现在这里？

“怪兽，这不关你的事。”那群混混明显慌乱了，端木飞有那么可怕吗？

第一次见到端木飞那么凶，眼看那刀子就要捅到他，一个身影将刀子踢得老远。是李天明，那个温柔的少年变得那么凶狠。不，他不是我认识的李天明。

“奥特曼，你连你妹妹都保护不了，现在连女朋友也要受牵连。”

原来我的男朋友就是鼎鼎大名的奥特曼，可是我一点都不开心，李天明的脸色显得很沉重。他将我深深搂在怀里，我深刻感觉到他在颤抖。

后来我才知道，李天明的妹妹被小流氓玷污自杀死了。那些小流氓是李天明得罪过的，为了报复他。

五

我们分手吧！

第二天，李天明像往常一样接我一起上学。他想了很久，提出了分手。

“为什么？”如果一开始就不喜欢我，那么就不应该招惹我。

“我连你都保护不了，我没有资格做什么奥特曼。”他表情是那么的难过。

“李天明，这不是奥特曼说的话。奥特曼不是无敌的，他也有软弱的时候，需要亲人的关爱和支持才能强大起来。我知道我很渺小，但我希望永远做你的光，给你力量。”

我不知道我们说了多久，后来我们都哭了。

端木飞来找我的时候，我正在大扫除。他还是老样子，吊儿郎当的。

他说：“跟我交往吧！”

我转身看见那凄凉的身影离去，是李天明。他听见端木飞的话了。

对不起，端木飞。小怪兽不喜欢同类，即便她被奥特曼伤了，也心甘情愿。有一天你会明白，怪兽也有爱。

六

李天明，你给我站住。

我跑到他的面前，深深的一个拥抱。我知道千言万语不如一个拥抱。

那年的夏天，小怪兽哥斯拉认识了奥特曼李天明和怪兽端木飞。

那年的夏天，小怪兽哥斯拉用一张省重点一中的录取通知书征服了奥特曼，他幸福地对哥斯拉说："我勉强和哥斯拉一起并肩作战吧！"

Hi，奥特曼先生，哥斯拉王佳慧，来也！

第二章 Ya，怪兽来了

一

端木飞盯着那幅画很久，一股怒火燃烧起来。这画里面是一个纯洁的少女牵着类似于长江七号的怪兽，端木飞不是被画中少女所吸引，而是她手中牵着的怪兽正是自己的象征记号，那怪兽带着的链子写着：端木飞。

端木飞是轻工高中校草，也是风靡各大校园怪兽王子。他第一个喜欢上的女孩王佳慧拒绝了他，成了奥特曼的女友后，端木飞的脾气变得更冷酷了。

"Hi，阿飞。你喜欢这幅画？"王佳慧看到他盯着这幅画的眼神有种想吃人的样子，好可怕啊！

喜欢？他恨不得将这画的作者捏死。敢拿他的象征当宠物，可恶。

"这是谁画的？"端木飞忍住怒火。

"是我妹妹王梦，她的作品可获得……"

王佳慧津津有味地讲述妹妹如何如何的优秀，端木飞一句也没听进去。他的眼光冒着怒火咬牙切齿挤出："王梦。"

从此，端木飞和王梦的仇就这么结下了。哎，缘分呀！

二

当王梦来到姐姐学校的时候，一阵诡异的寒风让王梦直打哆嗦。

"你好，请问高一三班怎么走？"王梦一向是很有礼貌的。

"滚。"端木飞吼道，像这样借问路接近他的女生见多了，恶心。

“不说就不说嘛，干吗这么凶，哼！”王梦气得不轻，要不是看这个家伙吊儿郎当小痞子样子，她早就吼出来了。冷静，冷静，淑女形象很重要。

王梦转身要走，却被端木飞拦住，一脸凶神恶煞朝着她身上某个方向看。王梦随着他眼光低头看，顿时火冒三丈。

啪——

一个响亮的耳光打在端木飞脸上，女孩丢下一句色狼，就转身跑了。

端木飞一愣，他第一次被女孩打，居然还骂他是色狼！他只不过看到她怀里抱着的资料很熟悉，对，就是那个拿他象征当宠物的作者。可恶！

端木飞朝高一三班走去，他相信她会到那里找王佳慧。

“姐，小说插图我设计好了，这是手稿。”王梦见到姐姐那兴奋劲儿，真是达到忘我的境界。居然没发现一个可怕的眼神一直盯着她。

王梦觉得有人盯着她看，很不熟悉，才注意到姐姐旁边的人。

“啊——姐他是色狼！”

王佳慧看看端木飞，怪不得他今天来找她，原来是为了妹妹来的。呵呵。

“梦，他是端木飞。”

“他是端木飞哥哥？久仰大名，你的怪兽设计得太完美了……”王梦叽里呱啦地说着，完全忘了刚才出手打他的耳光。

“道歉！”

道歉？王梦恍然大悟：“误会，误会。对不起把你当色狼了。”

李天明忍不住笑出来，堂堂怪兽王子被骂成色狼，哈哈……王佳慧笑得肚子都疼起来了。

“不是这事。”端木飞朝李天明丢了一个白眼。可恶！

“那是什么事呢？端木飞哥哥，我可是好孩子，不会做坏事的。”

端木飞怀疑这个女孩 IQ，她是王佳慧的妹妹，不能生气。忍！

“那幅‘快乐’画。”这几天端木飞就为了那幅画生气。

“我觉得画得很好啊，还得了少年美术大赛一等奖呢！老师还说怪兽设计得不错，端木飞哥哥，你太有才了。”

端木飞从小到大都被别人夸聪明天才，怎么从这小丫头嘴里吐出来就很生气。李天明知道端木飞的性子，不喜欢别人碰他的东西。

“小梦，请你吃肯德基庆祝一下。”

“好啊，谢谢姐夫!”

王佳慧不高兴了，这个贪吃的妹妹为了吃的就把亲姐姐给卖了。端木飞头也不回地走了，姐夫？多么讽刺。他的背影更加孤独寂寞了，王佳慧叹气，希望这个妹妹能带给他快乐。

三

我喜欢你。

一个胆小的女生向端木飞表白，女孩脸颊红红的，鼓起很大的勇气说出我喜欢你这四个字。端木飞皱皱眉，显然很不高兴：“滚!”

呜呜……女孩哭着跑开了。

“端木飞哥哥，你为什么那么凶呢?”

不知道王梦从哪儿冒出来，端木飞的表情变得温柔了。她是王佳慧的妹妹，不能对她吼。端木飞这么想的。

“这些蜜蜂很烦人。”

王梦噗嗤一声，哈哈大笑起来：“端木飞哥哥这朵鲜花很艳，才吸引蜜蜂。只要哥哥找个女朋友不就消灭蜜蜂了。”

“你喜欢我?”端木飞突然冒出一句。

“我姐姐说了，我还小，不能谈恋爱。”王梦一本正经地回答道。

除了王佳慧外，王梦是第二个让端木飞没有发火的女生。所以关于端木飞新的流言飞语开始蔓延起来。

八卦新闻：风靡全校，人见人爱，花见花开的怪兽王子有女朋友了，这神秘的女孩究竟是谁呢？据说是王佳慧的妹妹，是不是对王佳慧余情未了……

广播主持声音突然消失，只听见广播室哐啷响，麦克风就这么报废了。

端木飞对这些八卦本来不上心，但听到有损王梦的流言，他不许。端木飞没有发现身后那张笑颜依偎在某个男孩怀抱里，很幸福：“明，看来阿飞喜欢上梦了。”

“那你还灌输信息不让小梦谈恋爱……”

“这样才好玩啊，明，咱们帮阿飞一个忙。”

李天明浑身发抖，他这个女朋友鬼点子真多。端木兄，祝你好运。

四

端木飞不知道为什么每天按时到王梦的学校等她放学，然后送她回家。

“端木飞哥哥，这回我姐让你来送什么？”王梦问道。第一次见到端木飞站在学校门口接她的时候，说是她姐让他送画笔的……接二连三都是类似的借口。

“……”端木飞答不上来，他喜欢静静地跟在她身后。

“你每次出现给我造成很大困扰，我的闺蜜小小喜欢上你了，非问我要你的电话，我说没有，她不信……”王梦埋怨着。

“158……”端木飞说了一串数字。

额？王梦莫名其妙还没有反应过来，就听见端木飞说：“这是我的号码，不许告诉别人。”语气很霸道，但也很温柔。

端木飞喜欢上小梦了，是因为佳慧吗？端木飞不知道。

王梦和王佳慧被绑架了。

当李天明等到端木飞赶来的时候，脸上的表情开始变得复杂起来：“阿飞，这次不是黑势力他们那帮人干的。他们将佳慧和小梦分别关在仓库和体育馆。”

“我去救小梦。”端木飞想都没想说出心里的话。

当端木飞身影消失在拐弯处，王佳慧一脸笑意出来：“希望他这次能看清楚自己的心意。”

“你妹妹被男孩拉走，你不担心吗？”李天明担心王梦出事，其实这不是绑架，是王梦被一个男孩叫到体育馆了。

体育馆很明亮，少女气喘吁吁地说：“哥哥，你的功夫又进步了。”

少女正是王梦，三岁开始学武术，至今也算小有成就。许成是她师兄，这次转学来到这个城市就来找她比武。

“小梦还是那么可爱，有男朋友了吗？”许成像大哥哥一样宠溺着小梦，这动作让刚进来的端木飞看到，心里一股怒火和酸味。这小妮子居然笑得那么灿烂。

“我没……”

“我就是她男朋友。”

王梦还没有说完，就听见身后端木飞的声音。

“端木飞哥哥，你在开玩笑，你什么时候……成了我男朋友?”王梦还没有说完，就被端木飞吼了闭嘴。

许成看到眼前的男生有股霸气和傲气，但从眼神看来似乎是那么在乎王梦。便有了想试一试他有多在乎的想法，许成搂过王梦的肩膀：“这位同学，小梦好像说你不是她男朋友。”

挑衅！端木飞彻底火了。他的拳头朝那张得意的脸打去，许成快速的接住他的攻击。然后反击，两个大男生就这么打起来了。

“哥哥，你下手太重了。怪兽，你反攻，朝他腿攻击啊——”王梦一边心疼端木飞，一边在旁边指导端木飞怎么攻击。这让许成分了心，被端木飞打倒。

五

不许跟别的男生说话，不许让男生接近你……

自从体育馆事件后，端木飞向王梦告白了。王梦只哦了一下，算是答应了吧。不然许成哥哥变成猪头了。

“我们去约会吧！你要去哪?”端木飞牵着王梦的手，却被王梦闪开。

“我姐说了，我还小，不能和男孩子牵手。”王梦认真地重复姐姐的训话。

端木飞咬牙切齿地说：“该死的王佳慧，又玩什么逻辑。”

“你姐还说了什么……”

“我姐还说了……”

唔——端木飞吻上那叽叽喳喳的小嘴，终于安静了。

呜呜～～我姐还说，“少在怪兽面前提起姐说的话，不然会被惩罚的!”呜呜呜～姐，你说的都是真理啊！

彼岸烟花

你欠我一个全剧终

■ 半岛璞

十

我以为我今生都不会再遇见你们。

但我还是从一个在加拿大留学的同学的相册里，偶然看到了那张结婚照片。

就像所有发生在青春时代的爱情故事一样，我们之间避免不了那些因为青春期荷尔蒙过剩而产生的俗气剧情。

我的故事没有多特别。也许这个世界天天都在上演着两女争一男的爱情。

而我一直没写这个故事，其实是因为我始终被欠一个结局。

这个结局是我给不了的。我只能默默等它发生，等它最后的那一刀痛快。然后我就将爱情的尸体碾成文字，然后强加给那些我虚构出来的陌生人。

而此时，我看着那张婚礼照片，脑子里突然出现了一片空白。

照片里的人，和我一直所想的结局画面，差了大概一米的位置。被时光偷去的这一米，却足以推翻我早已预设好的大结局。

我想，这么多年了，我终于可以问你要一个风轻云淡的倒叙。

好了，我现在要开始用第一人称记叙了，而请你在我费尽全力才要到的那个越洋电话里，开始你记忆的倒流。

可以开始了吗?

九

我当然也记得与他第一次见面的那个夜晚。

是的，那一晚。那晚我放学回到家，扔下书包就钻进浴室洗起了懒懒的泡泡浴，躺在浴缸里的我却突然收到你的一条短信。

“出来玩，我在锦宝街，一起逛夜市去!”

“大姐，今天很累的好吧，而且已经蛮晚了耶，我都躺进浴缸了。”

“那就给姐姐我立马从浴缸里起来……快点嘛，一起逛街，乖。”

于是我赶紧冲了冲，然后随便扯了件旧布裙穿上，就那么披头散发素面朝天地朝锦宝街去了。

谁让你梨苏是我最好的朋友呢。

你说你在一家港饮社等我，我走进去才发现里面除了你之外，你身边还围着一大群人。

你长得很漂亮，身边一直都没少过男生360°立体环绕，但今天我以为只是我与你的姐妹行……

此时的我尴尬地拽了拽自己身上那件皱巴巴的棉布裙，然后怯怯地在门口叫了声“梨苏”。

你看见我之后便用力朝我招手叫我快过来，你身边的朋友们只回望了我一眼，然后又继续回过头去说自己的话，只有坐你旁边的一个男生朝我举了举手里的杯子，然后示意了我一个问好的微笑。

“我跟我姐们儿逛街去了，你们接下来就自由活动吧。”你挽起我的胳膊，然后朝身后的人群飞吻了一个，但是走到门口时你又突然朝里回望了一下，你故作随意的眼神却被我不经意撞上了。你是看向刚才坐在你身边的那个男生的。

他真的很帅。

我们路过一个个小吃摊和衣服店，你都有些心不在焉。

你突然扯了扯我的袖子：“浅浅，你说我把光希叫过来，你会介意吗?”

“光希？谁是光希?”

“就是，就是刚才坐我旁边的那个呀，长得挺帅的，我一个朋友的朋友，会马上转来我们学校。”

“让我当你们的电灯泡呀？沈梨苏你咋这么狠呢，大半夜的把我从浴缸里叫起来就是为了照亮你约会的前程吗?”

“唉，你们这种有老公的人是不会懂得我们这种单身汉的悲苦的……”你把下巴支在我的肩膀上，然后一只手噼噼啪啪地按着手机键盘，“光希说他一会儿就到，让我们去哈根达斯里坐着等他，他请客，哈!”

话音还没落，你就已经把我拽过了马路，然后直往哈根达斯里钻。

爱她，就带她去吃哈根达斯。这是该冰激凌品牌的一句相当矫情和恶俗的广告语。不过说实话，路逊还从来没有带我来吃过。

我想和他分手了。但原因绝对不是因为他没有带我来吃过这种贵得要死的冰激凌。

在等光希的这段时间空隙，我想和你说说我跟路逊的事。

“浅浅，你到底觉得他怎么样啊?”

“谁?”

“当然是光希啊，欧阳光希。”

“我都不认识他……梨苏，我跟路逊……”

“哎呀浅浅，这么大一个帅哥站在我旁边，你都没有多看几眼?跟你说啊，他初一那年就跟他爸去加拿大了，今年又被他妈给接回来了，他爸妈为了争夺对他的抚养权一直吵得不可开交呢。”

“你对他家蛮熟悉的嘛。”我舀起一勺冰凉的奶油扣在舌头上，然后颇为无聊地望向窗外的车流。

你还在兴奋地絮叨着关于欧阳光希的种种，而我却在脑子里盘算着怎么和路逊说分手。

他是从初一的时候开始追的我，从初中一直追上了高中。曾经在麦当劳外用上百听可口可乐摆出一个巨大的心形，但城管比我先到，声大气粗地呵斥他，最后帮忙的朋友赶紧把东西给收了，别妨碍市容和交通。我坐在出租车里没有下来，然后直接让司机按原路返回了。

无视或者拒绝过很多次，但绯闻一直都环绕在我和他之间。别人比我们先同意了我们就是应该在一起。然后那些取悦与关心，于是就只好一次次被迫接纳下来了，于是就只好稀里糊涂地在一起了。

你曾笑着对我说：“哎，跟谁不是谈恋爱啊，我看路逊这孩子对你挺好的呀，和你挺般配!”

他对我是很好，但是我不喜欢他。真的不想再这么将就下去了。

“美女们，我来啦!”光希不知何时已经像一阵风似的刮到我们身边，然后紧紧挨着我们坐了下来。他应该是一路小跑过来的，此时还大口喘着气，额头上是一片晶莹细密的汗。

“坐对面去呗，跟我们挤什么挤。”你把勺子含在嘴里，故作埋怨之色。

“不，我就是要和美女们坐在一起。”他像小孩子一般朝我们做了个鬼脸，然后又努力往我们这边靠了靠。

被夹在中间的我，尴尬地只顾埋头喝手里的一杯柠檬水。

即使只有一个朋友的交集，你们也可以有那么多话可以聊。而我只能附和着笑笑，说一些“哦”“是吗”“真的呀”之类的语气词配合一下，以免被人误以为是错坐到了别人的座位。

他跟你说着话，但和我挨得最近。我甚至能闻到他衣服上散发出来的一股清新的西柚味道。跟他的眼神不经意碰触到，然后发现自己的心脏竟跳得好快。

自己明明还在吃着冰激凌，却突然脸红耳热起来。后来完全不知道你们都在说些什么。

终于挨到两人叙旧完，我们站在百货大楼外的冷风中告别。

“以后要多在一起玩啊，光希。”你把被风吹起的碎发朝耳后别了别。

“会的，浅浅和你都很有意思。”他为我们拦了出租车，“下次约你们去我家玩。”

“这么快就要见父母了哦。”你打趣他。

“啊哈哈，我家里没人的，我一个人住呢。”他突然看了我一眼，好像一副欲言又止的样子，然后转头对你说，“你们快上车吧，外边怪冷的。”

我想回家再重新洗一个澡，脱衣服的时候突然闻到自己右边的衣袖上有淡淡的香，是光希身上的味道。我把脱下来的衣服抱在怀里，然后靠在床头发起了呆。

他说，浅浅和你都很有意思。他把我的名字放在了你前面。

替我们关车门时，他小心翼翼地替我收起了裙角，以免被车门夹到。

没想到这么多琐碎的细节全被我攒在了短促的记忆里面。即使这些全都是他的无心之举，我却还是为之心潮澎湃了。

八

第二天，你对我说的第一句话就是，浅浅，光希跟我发短信说他很想交你这个朋友呢。

你眼睛里的小心和紧张，我怎么会看不出来呢。你应该是在试探我吧，你是喜欢光希的，这我更看得出来。

“没必要刻意发个短信说想交个朋友之类的话吧。”我不紧不慢地从书包里往外掏书和作业本，“梨苏你少跟我在那儿开玩笑啦。”

你听完我的话，便软绵绵地靠在我的肩膀上，“哎呀，那就算我开玩笑好咯，只是我当然希望我最好的朋友也是我最好的朋友的最好的朋友。”

“说绕口令吗，快早读了！”我抖了抖自己的肩膀，然后你就咯咯地笑着走开了。

而我笑不起来。

因为路逊发短信过来说他今天放学后会来找我。

我不想见到他，因为我害怕开口说分手。或许我就想这么一直拖下去吧，也许拖到某一天，把我们捆在一起的那根绳子就那么自然而然地解开了。

路逊的学校跟我的学校隔了四个街区，骑车过来一刻钟便能到。下午放学时，天突然下起了灰蒙蒙的小雨。隔着学校铁门，我看见路逊撑了一把橙色的伞，一脸期待地向里面张望。

我突然转过身逆着人流往回走，我给路逊发短信：今天你就别找我了，我有事。

他立刻将电话打了过来：“浅浅，我今天要是见不到你，我就不回去。”

“你今天到底是怎么回事啊？”

“怎么回事？我见我女朋友有什么不对吗？”

不知道为什么，当听见“我女朋友”这个身份词时，我忽然感到心里特别难受。

我，真的，不想，再当你的女朋友了。

但我终究还是没有勇气把它说出口。

因为路逊已经跑进学校里来，然后将那把橙色的大伞从我的身后打了过来。“浅浅，走吧。”我回过头，迎上的是他那张诚挚而温柔的笑脸。

“你没有骑车吗？”

“在下雨呢，骑车不方便，我小跑过来的。浅浅，我带你去吃扬州路的蟹黄包吧。”

他握住我的手，然后奋力划开拥塞的人流，而我最后放弃了挣脱，任由他带着我在一片雨雾的城市里穿行。直到，直到我的手机突然在我的裤兜里呜呜振动了起来。

我要看信息。我终于可以理由充分地将手从路逊掌心抽了出来。

“浅浅，你现在能来锦宝街吗？我想见你。光希。”

我原地立定，头顶的伞却来不及随着我突然的站住而暂停。

“我有事，要先走了。”雨水像黏腻的蛛丝一样扑了我一脸。

路逊停了脚步，转过身来，然后把伞往我这个方向努力倾斜，“都放学了还有什么事?”

“总之，就是有事。”

他眼里的失望就像此刻的空气一样潮湿。

“梨苏找我。”我的视线绕过了他的眼神，然后来回搜索着马路上的空出租车。

他抿住唇沉默着，然后伸手替我叫了车。

他替我伸手开门，而我并没有从他臂弯下钻过，坐进后面的车位。我自己拉开前面的车门，坐在司机的旁边。

司机正要开车，他突然按住我摇上去一半的窗玻璃，“可以不去吗?”

我看着他湿润的眼睛，终于狠心地摇了摇头。

七

还是那家港饮社，还是举着杯子微笑的光希，还是一大群人。

他并不是单独要约见我。

人群这次不再对我不闻不问，而是一片长长短短的叹息。

“输啦输啦，一人50啊，都塞到光希胸前去吧，哈哈。”一个男生拍着光希的肩膀，然后指着众人大笑。

“浅浅，浅浅，我就知道你对我最好了。”他抖落一身的人民币，然后把我拉到他的身边，凑近我的耳朵，“他们非要跟我赌，刚回国的我能不能10分钟就call来一个美女……不过我是真的很想见你呢，这些贱人们的钱正好够我们去吃哈根达斯。”

人们发出一片“切”声，他已经拉上我出了港饮社大门。

我今天来了例假，不能吃冰，但我没有告诉他。

天天带她吃哈根达斯，就能天天爱她吗?

“我们要叫梨苏出来吗?”我说。

“可我今天约的是你呀。”他突然伸手用纸巾擦了擦我的下巴,“奶油都滴下来了,傻瓜。”

明明才见第二面,为什么就可以这么亲密,而且还亲密地如此自然。但我的脑子里突然浮现出路逊的许多张脸,我慌张地朝落地窗外看去,外面是匆匆的行人,我没有搜寻到那样的一双眼睛。

“浅浅,我们会是很好的朋友,对吧?”

他伏在我对面,用拳头抵着下巴,眼睛笑起来有好看的弧度。

“我们还一点都不熟好吧。”

“那你觉得怎样才算熟?”

“但我们毕竟才见过两次面啊,离熟还很远吧?”

“两次面,可够一见钟情两次呢。”光希朝我做了一个调皮的表情。我尴尬地瞪他一眼,然后便只顾埋头吃冰激凌。

我想,梨苏早上应该没有骗我,光希八成真的跟她说了想和我做朋友的事,还要了我的电话号码。

一个男生迫切地想和一个女生做朋友只有两种可能:他想当她的男朋友;他不想再当她的男朋友了。显然第二种可能已经可以排除。

但我现在还没有和路逊分手。

“嗯,朋友。”我拿起自己的外套站起身来,“我要回去了,晚回家会被妈妈骂。”

他坐在那里仰望着,然后说了一个“哦”。

我必须要回家了,因为我肚子真的好痛。

六

今天的体育课我请了假,一个人坐在操场看台上晃着头听MP3。

“真讨厌跑这该死的800米!”你一脸通红气喘吁吁地在我旁边坐下,然后用诅咒的眼神瞪着远处掐表计时的体育老师,“你真是好运气,又逃过了这一劫,来例假都来得这么有水平!”

我分了一只耳麦给你,“我宁愿跑八百,如果可以永远都不来的话。”

你瞪了我一眼,“那你就已经不是女人了。”

“那我是什么人？”

你仰脖喝了一口纯净水，然后把嘴角一擦，“老女人。”

又是一阵如常的打闹。完后你突然说：“浅浅，你跟路逊要好好的啊。”

但我觉得，你的语气里似乎还有着暗示与警告的成分。

只是我已经决定，无论如何，该是和路逊摊牌的时候了。

“为什么突然提他？”

“因为路逊昨晚上跟我打过电话。”

“他给你打电话干什么？”

“没什么啊，就是问我有没有和你在一起。”

“然后呢？”

“然后？然后我就说没有啊。”你捏着手里空了的塑料瓶。

我慌忙将视线转往别的方向，但你兀自说了下去，“他说他要给你买蟹黄包，要是我跟你在一起的话，就也帮我买一份。你看你们家路逊多体贴。”

他不是要给你带蟹黄包，他是已经不再信任我了。

也许昨晚我跟光希在一起的画面，真的就被他看到了吧。

但我此刻不想再跟你说我要和路逊分手的事情。我想要这件事就在我和他之间解决，我不想让你觉得我跟路逊分手，和另外一个人有什么关系。

真的没有什么关系。

但是我还是怕你多心，怕你感觉我正在形成某种竞争与威胁。

我开口说分手的勇气储蓄罐终于攒满。

它被我端到路逊面前哗啦一声摔下，然后滚得满地都是。

雨已经下了一周了，他眼里的雾气和雨里的雾气朦胧成一体，他说：“余浅浅，你别以为我不知道，你其实是见异思迁移情别恋了。”

我摇了摇头：“跟别人没关系，对不起，我是觉得我一直……”

我没有再说下去，因为“我一直都没有喜欢过你”，其实比“见异思迁移情别恋”更具有杀伤力。

“就是，不想在一起了。”

我们站在傍晚的街边，细雨过后，梧桐树叶紧紧粘在潮湿的地面上，像揭不下来的膏药贴。

“浅浅，那个男生真的就比我好吗？”

“你跟踪我了？”虽然我早就知道这会是个肯定的答案。

“因为你余浅浅不会撒谎，你一撒谎耳朵就会红。”

我转身离开，他从后面疾步追了上来，“浅浅，你真的要为了他和我分手吗？”

我停住脚步，“对，路逊，我真的要和你分手，但真的不是为了他。分手我早就想说，只是以前一直都没有足够的勇气，你对我太好，让我觉得提出分手对你是一种亏欠，我不想当这个坏人，但我知道自己已经是一个坏人了，因为我不够爱你，那么当初就不应该决定跟你在一起。”

我哭了，然后使劲推了朝我靠近的路逊一把，便跳上了刚刚进站的一辆公交车。

好吧，就这么结束了吧。

但真的，就能这么结束了吗？

过完周末一来学校，我首先迎接的就是你的拷问，你说路逊星期五晚上哭成了一个泪人。“浅浅，有什么话是不能好好说的？干吗非要用分手来惊吓彼此呢？”

“梨苏，你受到惊吓了吗？”我突然问你。

你的目光微微摇晃了一下，“谁让你们家路逊三更半夜喝醉酒，打电话来向我哭诉，你看我今天都有黑眼圈了。”

“他哭诉什么？”

哭诉我见异思迁移情别恋吗？

我感觉欧阳光希这个名字就快要从你的嘴里呼之欲出。

“哭诉你不好伺候呗，不爱他了呗。哎呀，浅浅，你们两个就别再折腾我了好不好，我也是有感情生活需要经营的呀，总不能让我打一辈子光棍来衬托你们龙凤呈祥吧？”你笑着抚了一把我的脸，然后跑去走廊接电话去了。

“光希要过生日了，约我们去他家开 Party，亲爱的，别愁眉苦脸的啦，看我搞定了某人之后，一定全力帮你修复感情的创伤！”

“不想去。”我也不知道自己为何立马就拒绝了。

你笑着拖我的手，“来嘛来嘛，到时候肯定会来好多帅哥，花痴余浅浅怎么能错过呢？”

上课铃响了，你蹦蹦跳跳地回了座位，这时我的手机在桌子里振动了。打开短信息，是光希发来的。

“我想你来。”

五

光希的家很大，复式的两层。

敲开门后，嘈杂的声浪扑面而来，我在人群中央看见了你和他。

他揽着你的肩膀，跟身边的朋友哈哈大笑。

他说："浅浅你来啦，快过来坐啊！"

但我不是你，我在男孩子的环绕中总是无所适从。我摆摆手，随便拿了一杯饮料，然后靠在窗边无聊地看着不怎么好看的夜空。

我承认那一刻，我真的很羡慕你。羡慕你总是能那么容易就成为人群中的焦点，总是能哄着一干男生都围着转。

我的目光不由自主地朝光希的方向蔓延而去，在我对接上光希的眼神之前却先撞上了你的眼睛。

"浅浅，我有话跟你说。"你从人群里抽身过来，然后拉住了我的手，"我今天晚上要跟光希表白。"你忽闪着你那蝶翼般的睫毛。

"真的吗？那你不会把自己当生日礼物送给他吧？"

"啊哈哈，浅浅你真是太讨厌啦！"你将我的肩膀一撞，却差点撞出了我的眼泪。但我还是用力抱了抱你，"梨苏，那我祝你告白成功。"

0 点时关灯吹蜡烛，我在一片漆黑里悄悄摸出门，出了大楼我收到光希的一条短信："浅浅，你已经走了吗？我怎么找不到你了啊。"

"光希，我身体不舒服，先回去了，祝你生日快乐。"

对不起，因为我没有勇气去亲眼见证你们的幸福。

只是后来，后来我看见你和光希并肩走在一起的背影，为什么我的心会那么痛？原来真正爱上一个人的感觉是这样的，是即使他从来都没有专门为你做过什么，你也宁愿会错意，相信那一切是他只对你一人的别有用心。

在我泪光淋漓地注视着别人成双的背影时，他却依然那么不识相地昭彰着一脸的诚恳："浅浅，别为一个不值得的人伤心，我们虽然做不了恋人，但是我还是不愿意看到你难过。"

我转过身，饶有兴味地看着路逊："那你说，什么样的人才算是值得的？"

"认真地对一个人好。"

听见“认真”二字我突然就笑了。以喜欢的名义就绑架住对方的感情，这样的认真只会令那个人想拼命摆脱和逃离。

俗话说谁认真谁就输了。我可不想认真地跟他继续探讨认真的问题，我伸出一只手：“我们还是朋友，对吧，路逊，只是朋友。”

“嗯，朋友。”他垂下了沉沉的目光，向后倒退两步，转身就走进了街市的人潮。

我握住自己那只再也不会被人强行牵住的右手，相信它甘愿的冰凉比强加的温暖会更让我好受。

而你，我相信，你那只被温暖的右手，并不会让你好受到哪里去吧。

四

对欧阳光希这个刚转来的新晋热门校草，女生们的八卦粥还没有煲到烂熟的程度，却被人一锅端走，连一点遐想的机会都没有留下一口。而男生们又被梨苏吊了这么久的胃口，如今名花有了主，也都抱着吃不到葡萄说葡萄酸的心理，于是各种八卦各种中伤，各种看不惯便在校内四起，而我则在心中感叹一声：沈梨苏啊沈梨苏，谁让你在人前大晒甜蜜大耍高调炫耀你对他的所有权。

人群的力量就是这样，它就像倒塌的墙一样，突然而厚重，你若是不逃开，就会被齐齐埋葬在成百上千的砖块下面。

在大众对你渐起的排挤和孤立面前，我没有再站在你的那一边。

而且，我还向众人贩卖着我所了解的你们之间的各种可供八卦的谈资，因为只有这样才能更加划清我们之间的“阶级界限”，我也才更能赢得人群的接纳和信任。沈梨苏，你是不是从没想到我也终于有了被人瞩目和围绕的这一天。哪怕这一切是以出卖友情为代价，可是，沈梨苏，谁让你先出卖了我的爱情。

是的，在我和路逊握手言和后，我们四人曾有过一次一起出游。

我们骑着单车在空旷的林荫路上风驰电掣，而我的车子却突然出了问题。好胜心强的你和路逊早就追逐得没了影，光希从前方不远处骑了回来，他走过来捏了捏我的车胎，然后仰头一笑：“怕是一时修不好了，把车先锁这儿，我载你一程吧。”

我有些尴尬地坐上他的车后座，他悠闲得开始蹬车：“哎呀，在负重情况下我可就骑不快啦。”

那天，光希骑得很慢很慢，似乎故意想与前面的你们拉开越来越大的距离，或许，这又是我一个人的一厢情愿吧。

“浅浅，你不知道当初我第一次见你时有多喜欢你！”他笑得那么阳光，语调也如阳光一般透明而干燥。

可我的眼睛和我的心却如梅雨季节里的吸潮剂一样迅速饱胀，似乎在一瞬间就沉重得不堪负荷。

原来，原来光希也喜欢过我。

“我还曾想着在我生日那天向你告白呢，只可惜梨苏说你和你男朋友的感情深得不行。哎呀，我可是做不来当第三者这样的事情的，也就只好和梨苏将就将就啦，谁让她追我追得那么紧，哈哈！”

我揽着光希的腰，看不到他的表情，在一片清淡的西柚味里，我不知道他的这番话认真度究竟是有几分，或许这只是他讨女孩子欢心的一套说话方式，我在心里拼命规劝自己认真不得认真不得，于是我终于呵呵一笑：“谁叫咱们没缘分呢！”

只是那句“只可惜梨苏说你和你男朋友感情深得不行”，就像是风裹挟而来的沙砾，突然就红了我的眼睛。尽管当初我没有告诉你我和路逊已经分手的事，但你一直都清楚我和路逊的感情不是太好这样的事实。我想起自己曾经的隐忍与谦让，便突然觉得自己真像一个傻子！

后来，我站在人群里看着你高昂着脖颈被人孤立，在那一刻，我终于明白女孩和女孩之间的友情真是扯淡。只需要一个男人，再深的姐妹情也可以一拍两散。

而我和你之间并没有彼此说破什么，但似乎什么都已经心知肚明。你紧紧拽着光希的胳膊说：“亲爱的我们看电影去吧”，于是光希笑着朝我挥挥手，“浅浅，再见。”我下意识地也揽住了身畔路逊的胳膊，“你们走好，我们要回去赶作业。”

而当那两人转身走远，这次是路逊先除下他胳膊上的那只手腕，“浅浅，我们已经分手了，你没有告诉他们吗？”

我说：“这不就是你想要的吗？”

路逊笑着摇了摇头：“浅浅，如果我同意了和你的分手，那便真的就只是朋友了。”

就在这时，我才注意到他的身后早已站了一个女生，她怯怯地看着我们，然后娇柔地叫了一声：“路逊。”

一个男生迫切想和一个女生做朋友只有两种可能：他想当她的男朋友；他不想再当她的男朋友了。显然第一种可能已经可以排除。

他转身向她走了过去，在她耳畔柔声安慰了几句，我看着那个女孩名正言顺地挽上了路逊的胳膊，然后他回头说了一句：“浅浅，再见。”

浅浅的两句再见，似乎就这么掠去了我浅浅的一切。

三

但这都还不够。

那一天，一早到班上，兜面泼来的一个爆炸性新闻就是光希要带着你一起去加拿大留学了。

这一记重拳似乎将人们都打懵了，所有的人似乎都闭紧了嘴巴，只露出一双羡慕嫉妒恨的眼睛眼睁睁地看着人家伉俪情深。

我像电影里演的那些情场失意的女人一样，在街边的烧烤摊一瓶又一瓶往肚子里灌着冰凉的啤酒。我调出手机通讯录里光希的电话号码，朝那早已谙熟于心的 11 个阿拉伯数字轻轻吻了上去，但眼泪却不争气地纷纷坠落，打湿了暗下去的手机屏幕。

我讨厌自己，讨厌自己为什么只能坏到一半，如果一早我就一心要把光希抓在手里不去想什么狗屁姐妹情，那么今天和光希一起远走高飞的人就是我了。醉意朦胧的我摇摇晃晃地就去了光希独居的公寓，我蹲在他家门口像一只被主人遗弃的小狗。

不知过了多久，我听见耳畔有一阵温柔轻暖的呼唤，浅浅，浅浅。我睁开眼，看见他捉着我的肩膀轻轻轻晃着，在那双晶莹的黑眸里我看见了自己狼狈而落魄的脸。

“浅浅，这么晚了，你在我家门口干什么呀？”

“光希，我舍不得你走……”

也许是酒精给了我肆无忌惮的力量，我抱住微微讶异的他，“我一直都喜欢着你……"

我没有想到他竟然也抱住了我，他笑着摸了摸我的头："傻瓜，我喜欢的人，也一直都是你啊。"

"光希，你能不能不要跟梨苏一起走？"

他笑着点了点头，揽住我的腰就要把我带进他的屋。

就在这时，电梯口响起一声凄厉的惨叫："余浅浅，你们要干什么！"

那声尖叫让我的酒醒了一半，我看见睁大了一双泪眼的你，你用食指指向对面这对搂抱在一起的男女，"你给我放手！你们要是敢进那个屋，相不相信我敢报警！"你哆哆嗦嗦地拿出自己的手机，身体摇晃得似一张薄脆的纸。

你当时的气场还真的就那么把我给震慑住了，我犹犹豫豫地垂下了自己的手，而你红着眼睛，一字一顿地对我说："你，马上，给我，滚。"

世界在那一刻安静得像已死去，我怀着最后一丝希望回头看了一眼光希，我希望像偶像剧里演的那样，男主角会坚定而用力地握住他身边那个女人的手，不会让她受辱不会让她走。而光希却垂下他的目光，将头侧向了一旁。

我一步一步走向了你身后的电梯，在与你擦肩而过时，我冲你笑了笑："沈梨苏，你赢了，你赢就赢在，我的心始终还是没你狠。"

电梯门合上，我徐徐下降，而你们，你们将升往猎猎高空，一起飞去，我永远也到达不了的远方。

二

你们飞快地办好了赴加手续，行将离开这里。

我不知道自己为什么还会犯贱地偷跑去机场。

我看见我曾经深爱的男孩和女孩在家长的簇拥下如金童玉女一般走进了登机口。在入闸前的最后一秒，突然回头的并不是我心心念念的光希，而是你。

你的眼里并没有我想象的一派趾高气扬，而是冥蒙成一片的鸽子灰。

在飞机巨大的轰鸣声里，我大声哭大声骂，我发现我在自己狼狈而短促的青春里，已经把什么都输了个精光。

爱我的人。我爱的人。爱我且我爱的人。

而最令我难过的还是，那个穿着旧棉布裙，在港饮社门口怯怯而立的余浅浅，她因为这段蹩脚的三角恋情，就此已面目全非。

只是所幸，所幸除了你和路逊，没人知道我这段可悲又可笑的爱恋，不然在你离去之后我不可能过上史无前例的平静生活。

他们只是觉得我不爱说话了，还宽慰我少了这么一个朋友不值得这么伤心。

然后时光就开始了加速跑。

我高中毕业，大学毕业，我后来的故事里再也没有了你们的穿行。

我想我就此已用浩浩荡荡的时间将那段过往风光送葬。

不管你们后来是分手了，是结婚了，还是结了婚又离婚了，我想我都可以做到波澜不惊。

都10年了。10年，有什么是不能原谅的，又有什么是不能遗忘的?

如今在高中同学会上，我都能边吐着烟圈边说这些当年他们都没有八到的八卦。可是当我看到那张照片时，我的心脏还是漏跳了一拍。

因为站在照片中央的新郎和新娘不是他和你。你们站在新郎与新娘的两侧。你们的背后，是一个写着“恭祝欧阳富林先生与苏雅雯小姐喜结连理”的花篮。

苏雅雯是你的妈妈，而欧阳富林，毫无疑问是欧阳光希的爸爸。

我点开照片属性，看见拍摄时间是你当年去了加拿大后的第二年。

你和欧阳光希竟成了兄妹，看来现实远比小说要狗血劲爆得多!

一

你在电话那头喃喃讲，这么多年都过去了，那段事我本打算永远都不要再说。何况我现在都是快要结婚的人了，欧阳光希后来也一直浪荡在澳洲，和他交往的洋妞都不知道有多少个呢，呵呵。

我笑：“就是因为我们马上都要变成中年妇女了，才抑制不住地想再回首嘛。”你笑得还是如当年那般万种风情：“啊哈哈，你还真是难为我们这种浪迹天涯的游子，国际长途老贵了。”

原来当年的光希是脚踩两只船。

他在你面前说的那一套是，他爱的只是你，可是我却对他穷追不舍。

当年同样被蒙在鼓里的你，其实也一直在忍让着我。后来你提议一起去加拿大留学，你们双方的家长为商量上学的事碰过头，然后坚决而迅速地要一起带你们出国。

出国前你偶然看到了光希手机里存的对我的暧昧短信，还发现他甚至同时跟除我们之外的好几个女生暧昧不清。而那晚在光希家门口的偶遇，便更加证实了你的猜疑。

但你选择什么都没有告诉我。

“浅浅，我比你傻，所以请原谅我当时用情用得比你深。其实就算后来我是多么不愿跟他一起出国，但在当年，面子上也是已经放不下来的啦，你也知道当时学校里的情况……浅浅，我当年让你滚，后来我又带上他滚得远远的，是不想让他伤害了我之后，又再伤害到你。光希的那扇门你若进了，就足以令你后悔一生，相信你姐们儿的……”

电话的那头是一段短暂的沉默。我听见你打响火机的声音，然后你接着说：“去了加拿大后我们就分了手。可是谁能想到后来我妈倒是跟他爸走到了一起。真是人算不如天算哟！”

我们在电话两头哈哈大笑起来，只是笑完之后，眼泪却抑制不住地往下落。

梨苏，你知道吗，其实我多么希望你现在说的这一切都是骗我的。我多么希望他真的是一个值得我们抢着去爱的好男孩。我多么希望照片中间的人是光希和你。我多么希望我最好的朋友抢了我最爱的男孩，去了那个美丽的枫叶国喜结连理、百年好合。

这样，你的幸福就能成全我的被害妄想，我可以把你在我的记忆我的文字里往死里丑化。这样，我就可以永远不必承认我曾在你离开我之后深深地思念过你，也就永远不必相信你在被那段感情伤害后首先想到的是保护我不再被伤害的事实。

梨苏，希望现在陪伴在你身边的人是一个值得的人。一个认真地，只对你一个人好的人。

祝你幸福，梨苏。

路逊，也祝福你。

葱茏时光，静待花开

■ 林悦子

一

杜小若在“席殊”书店里看见姚雨舒时正是下午一点多钟，街道两旁那些已快过花期的淡紫丁香花被阳光晒得有点打蔫儿，但仍旧有花的芬芳被夏风吹得满街都是。姚雨舒捧着一本橘红色封皮的诗集在一个清静的小角落专心致志地读着，旁边一盆开着淡色小花的玉兰把穿一件桃粉色裙子的姚雨舒衬得很是娉婷。

杜小若一直觉得姚雨舒是班上最漂亮的女生，窈窕的身材，白皙的瓜子脸，小酒窝，长长卷卷的睫毛，桃粉、朱红、亮紫是姚雨舒打扮自己的主色调，如果用一种植物来比喻她，杜小若觉得紫罗兰最合适。杜小若听说姚雨舒的妈妈是一名口腔科医生，这大概也是姚雨舒有一口炫白如雪的好牙齿的重要原因。

杜小若和姚雨舒打招呼时，姚雨舒只是抬了抬眼皮，稍微动了下嘴角挤出一个有点冷淡的笑来算是回应，但杜小若并不生气。在班级里，姚雨舒就坐在杜小若的后面，姚雨舒总是喜欢把她穿着皮鞋的双脚搭在杜小若的凳腿上，这明显对凳子有一种向后向下的压力，但杜小若从来没开口说过让姚雨舒把脚拿下去的话。

杜小若还知道姚雨舒家开有一家精品屋，里面有许多让女孩子们爱不释手的小物件，风铃啊，万花筒啊，唇彩啊，琉璃手链啊。姚雨舒时常会低头在手里摆弄一些精品屋里卖的小玩意儿，柔软的发丝半遮半拦地掠在额间，脸上一副旁若无人的陶醉神态。当班上的大多数同学都觉得姚雨舒的性格很好的时候，杜小若却固执地觉得姚雨舒的气质其实是忧郁的沉静的。比如她总是喜欢托着下巴凝视窗外的树叶和天空，比如上语文课时，当老师读一些优美真挚的句子时，她总是听得极其投入，圆润亮泽的眸子里泛着点点的

光亮。

杜小若其实并不是一个热衷于去观察别人的女孩儿，但姚雨舒就坐在她后面，那么近的距离，很容易发现彼此的样子和动作，就像同处一个屋檐下的燕子一样。杜小若在课外最喜欢的是用铅笔素描，她似乎很有这方面的天赋，随着挥动的手腕在纸上“沙沙沙”地画着，深深浅浅的铅灰色在纸上绘成各种生动好看的图画时，是杜小若最开心的时候。杜小若一直想把姚雨舒当成模特画成一幅素描，但一想到姚雨舒对她总是一副冷兮兮的样子，想法也就搁浅掉了。

杜小若的妈妈是一名理发师，杜小若的头发乌黑光亮，披散开来就像一道耀眼的黑色瀑布，这显然都是按照妈妈说的方法保养出来的结果，就像姚雨舒有一口无与伦比的漂亮牙齿一样。看来，有个有手艺的妈妈真的是一件很幸运、很吃香的事。这几天，杜小若的妈妈要去北京进修，临走前把杜小若一件上衣缺的纽扣认真缝好，又给杜小若修剪了一下头帘儿，望着镜子中那很有几分 Kitty 猫般俏皮小巧脸庞的自己，杜小若柔柔地笑了，几根发丝掠过鼻尖，是一种甜丝丝的痒。

二

上午九点多钟时温热漫散的光线透过那排已逐渐茂盛起来的杨树林照射到教室的窗玻璃上，杜小若似乎听见了光斑射在玻璃上时发出的快乐的“叮叮”声。

“姚雨舒，把你手里摆弄的东西交到讲台上来!”教代数的肖老师一副不满的神色盯着姚雨舒，有点严厉地说。有许多同学把目光朝姚雨舒那边投过去。

姚雨舒交到讲台上的是一把淡绿色花饰的小指甲刀。杜小若已经记不清这是姚雨舒交到老师那的第多少样东西了，每当这时，姚雨舒的脸上会出现忐忑和不愉快，但是风声一过，她还是照玩儿不误。或许她真的稀罕这些小东西吧，杜小若在心里替姚雨舒开脱。

做练习题的空当，杜小若看见窗台下有一株淡绿色的毛茸茸的狗尾巴草在风中一摇一摇的，旁边还有一棵已开起圆笼笼淡紫小花的灯笼草。杜小若觉得灯笼花是这世界上最好看的花，薄而柔的花瓣拢合成一个个淡紫的圆蓬蓬的小“灯笼”，多美多奇妙。杜小若又无端地想起班级里正在选校花校草的事，对于这个评选大多数同学都是饱含热情的，毕竟青春年少，活力无限。但也同样有人不喜欢这个评选，比如姚雨舒，她给出的理由很简洁也很有力，两个字“无聊”。

下课后肖老师捧着教案离开教室时，杜小若瞥见姚雨舒的目光一直追随着肖老师到门口不肯放松，她是在心疼她的那把小指甲刀。做眼操的时候，有值周生在杜小若的凳子下捡到一片小纸屑并扣了分。知道这件事的姚雨舒似乎暂时忘记了指甲刀被没收的事，嘲笑杜小若道：“又给班级抹黑，真是个扫把星。”杜小若就抱歉地朝姚雨舒笑了笑，然后去看那纸屑，结果杜小若很快发现纸屑上竟然是姚雨舒的笔迹，但她选择了沉默。

三

六月的阳光愈加耀眼和暖热，夏的气息正逐渐浓烈起来。

课间的时候杜小若班上的同学就“校花”“校草”的评选问题又你一句我一句地品评起来。杜小若看见英语课代表曹雯站在其间，眼睛亮亮地参与着讨论。曹雯的成绩很优异，长相也很出众，尤其一双丹凤眼很有美感。许多同学选“校花”时都提及她的名字，而她自己似乎也对这个称号很看重。杜小若看了看还在关注着讨论的曹雯，一缕纤柔的阳光把曹雯的鹅蛋脸映得像个好看的水蜜桃，杜小若无奈地轻轻笑了笑。

杜小若听到一个平时就喜欢对别人评头论足的男生说曹雯哪都很好，除了一点爱化妆之外。男生还振振有词的样子说，化了妆那就不是“天生丽质”也不是“原味”了。

“涂点唇膏也能算化妆吗？和那些打扮得花枝招展的比起来还不是小巫见大巫，再说我涂唇膏是因为怕嘴唇太干，不湿润，又不是为了美。”曹雯反驳着，应该说曹雯的声音真的很好听，叮铃叮铃的就像风吹动着一个琉璃风铃。这时，一个梳蓬圆扣扣头的女生很小声地提到了班上女生苗慧子的名字，女生小心翼翼地说了句：“苗慧子的审美观很独特，穿的裙子总是很养眼。”

“苗慧子吗？算了吧。这几天穿的那件橘色的大蓬蓬裙，风一吹，简直就是一个惟妙惟肖的大南瓜。”曹雯说着，又不屑地撇了撇嘴。

“干吗嘲讽我呀，谁像大南瓜啦？”苗慧子本来并不在班级，但这时候她恰巧走进来。“以为就你曹雯会用比喻句吗？我还说你现在像一棵栩栩如生的大叶菠菜呢！”苗慧子也学曹雯用了一个形容的成语。

“姚雨舒，你说我和苗慧子到底谁更配当校花？”曹雯向一边的姚雨舒发问，她平时和姚雨舒还算合得来，此时她是希望姚雨舒给她当救兵帮她说话。

“魔镜啊魔镜，请你告诉我曹雯和苗慧子谁更漂亮吧！”姚雨舒一边摇着双手把头歪来歪去一边假装成虔诚又无奈的滑稽样子，对着手上握的那面镶着水晶绿边的小镜子发问。

有几个同学忍不住笑了起来，杜小若也回过头冲姚雨舒翘了翘嘴角笑了，心想：以前还真没见过说话也能这么诙谐的姚雨舒呢！曹雯见姚雨舒不肯帮她，气咻咻地回到座位里用左手托着腮，不再吭声。

这个课间有人提到了杜小若的名字，说杜小若平时不声不响，但见到谁都会扬起一张友好的笑脸来，倒很适合“校花”这个称谓。杜小若听了淡淡地笑了，细弯好看的眸子里跃动着波澜不惊的安然与平和。窗外的细风仿佛长了脚，耳朵很灵的杜小若听见风吹杨树叶子时发出的阵阵温柔的“哗啦”声。

四

早晨的时候杜小若又是第一个来到班级的人，她放好书包后就迈着轻快的步子朝校园里的那几排桦树走去。粉润的晨光散落在桦树上那些还并不很茂盛的淡绿叶片上，显出几分空灵的娇媚。杜小若在林子里采了一束开淡黄色小碎花的高茎草，还有一束开清蓝色圆形花朵的蒿草，还有几朵水润的红色萱草花。杜小若打算把这些花草插在讲台上的一个罐子里面。

杜小若回到教室拿着那束花草在讲台上比量的时候，姚雨舒拎着书包走了进来，穿着一件朱红色的长裙，裙摆底部绣满了疏疏离离的青色小花朵。

“你可真爱献殷勤，以为这样老师就会选你当生活委员吗？”姚雨舒表情漠然地说。杜小若看见姚雨舒的发间别了一枚半透明半镂空的淡红色卡子，杜小若猜想这卡子肯定又是最新款的。其实杜小若对姚雨舒的话并不很介意。

“多美呀，你闻闻，这花可香呢。”杜小若把那束花往姚雨舒鼻子那挪了挪。

“拿开，拿开。花心儿里都是小虫子！”姚雨舒推开杜小若的手往自己座位上走，走到座位后把书包轻轻甩在课桌上。

课间的时候一个浓眉大眼的高个子男生对别的同学说道：“雨花路靠着右侧一个大商场旁边有家‘秀丝岛美发厅’，剪头剪得既有型又那么有美感，我超喜欢！”杜小若听了，脸上就悄悄绽开一抹幸福好看的笑，因为男生说的那家理发店就是她妈妈开的那家。

下午放学的时候杜小若特意去卖特产的小市场给妈妈买了一些木耳，杜小若听别人说，理发师剪头时总会接触头发茬子，多吃些木耳好。买好木耳，杜小若就去了妈妈的理发店。进门时竟然看见姚雨舒手捧着一本杂志等在长椅里，杜小若就喊姚雨舒的名字，姚雨舒抬起头看见杜小若也有点意外。

“我上午听大家说这家理发店剪得好，想来修剪修剪头发，原来是你家开的呀，真是巧啦。”姚雨舒表现出高兴的样子来。

“是呀！是我妈妈开的，我妈妈去北京进修刚回来没几天。”杜小若也笑着说。

两个女孩坐在长椅里聊了一会儿，就轮到给姚雨舒剪了。“姚雨舒的头发很柔顺呢，就是稍微地有点干。”杜小若的妈妈用手轻轻掠了几下姚雨舒的头发，开始修剪。后来她提到了学校里的事，“我家杜小若平时很听我的话，她有时也会跟我提起班级里谁最娇气任性，谁最爱打小报告，谁最爱上课时摆弄些小东西，现在你们还小，花的是父母辛苦劳碌挣来的钱，可能还体会不到他们的艰辛，但慢慢地终究会明白的！”

“妈，你别说了。”杜小若怕姚雨舒会多心，因为刚才她妈妈提到了关于上课摆弄小东西的话。但杜小若看见姚雨舒的嘴角微微挑着，一副若有所思的表情。

头发很快修剪完了，姚雨舒在镜子前照了照满意地笑了。“阿姨，你的手艺果然名不虚传，我妈妈要是理发师该多好！”姚雨舒一边说话一边把她的那个淡红卡子重新在发间别好。

“那你的牙齿就不会像珍珠那么亮白好看啦！”杜小若调皮地说。姚雨舒听了就甜甜地笑着，眸子晶亮亮的，一对小酒窝很优美地浮现出来，杜小若

愈加觉得姚雨舒长得真好看，就像一朵沾着晨露的玫瑰。

夜色已经在小城里漫散开来，缤纷的灯光交相辉映，西天上一弯浅金色的半月悠然地躺在一朵云边上。

五

转眼就又快到周末了，这天早自习的时候班主任表扬了姚雨舒，说她上课比以前专心多了，并且也懂事和知道上进了。

“姚雨舒，如果你能把这些优点保持下去，我可以出面向那些没收你东西的老师们帮你把东西讨回来的。”班主任满眼鼓励地看着姚雨舒。

杜小若看见姚雨舒似乎微微红了脸，两只胳膊叠在课桌上，很专心地望着班主任，杜小若猜此刻的姚雨舒心里一定泛着既欣喜又有点意外的小小波澜吧。

周末的时候又是云朵蓬松天空湛蓝的好天气，但上午时阳光依旧耀眼炙热，街道两边的丁香花已经落光了，只剩下茂密敦厚的枝叶在夏风里“哗哗”作响。杜小若决定傍晚时到公园里去写生，她已经很久没有画素描了，再不动动笔就会生疏了。

公园的花坛里开满了五彩缤纷的花朵，杜小若坐在花坛边缘上，正准备展开画板，却突然看见了姚雨舒。

姚雨舒戴了一顶宽檐的蓝色凉帽，帽檐压得很低，穿了一件深青色缀小红亮片的短裙，裸露出的小腿像藕一般洁白。姚雨舒正漫步在一排榆树的旁边，她似乎是在想着什么事情，脚步细碎缓慢。夕阳的粉红光芒在她身上投射出淡淡的光影，像是罩在了一层淡红色的细纱里，有点像一幅简约婉柔的油彩画。

多美的一幅画面呀，如果画成素描也一定不错，但是姚雨舒会介意把她画进画板吗？杜小若顾不得想很多，就已经在画板上描了个大致的轮廓，在杜小若刷刷的动作中，已把姚雨舒画得有了几分韵致。可就在这时，一个时髦女郎突然撞向了姚雨舒，接着就抓住她的手不松开：“你这个人怎么走路不看路？把我的手镯都撞坏了！”

姚雨舒惊讶地看着时髦女郎，发现她正拿着手上断开的镯子比画着。姚雨舒害怕地说：“明明是你撞过来的……”杜小若一看就明白了，这是个职业“碰瓷儿”的，她急忙跑过去，“姚雨舒，别担心，我去叫值班的民警叔叔。”杜小若见不远处有个派出所就假装往那跑，想吓唬那个时髦女郎。果然，那女郎惶惶地朝派出所的方向看了看，松开手急匆匆走开了。

“真的谢谢你，杜小若，还是你脑子转得快，没有你的话，我可就惨了！”姚雨舒拉着杜小若的手，很亲热地说。“没事啦！”杜小若拍了拍姚雨舒的肩膀，示意她放宽心。

“今天多亏你……”姚雨舒似乎也忘掉了刚才的不愉快，说话的口气轻松了许多。

“瞧，夏天的星星出得多早！”杜小若欣喜地指着天际上的一颗刚出来的银闪闪的星星，那时天空还是素蓝色的。

两个女孩儿张开双臂时，柔软的风让炒青菜、煎带鱼，还有可乐鸡翅的香味拥进了她们仰起的鼻孔中，两张柔柔的笑脸似乎将世间所有的忧愁烦恼都覆盖住了。

六

周一做值日的时候杜小若弄脏了曹雯的新裙子，曹雯一副不依不饶的样子说裙子很贵，就算杜小若把自己卖了也赔不起，还说裙子是为了下个月的艺术节准备的。杜小若眼泪都快下来时，姚雨舒对曹雯说，裙子她来赔。曹雯听了就没有刚才那么傲气了，只是又说了杜小若一句“笨手笨脚”。

后来曹雯没有让任何人赔她裙子，并且向杜小若真诚地道歉，说那天只不过是一时生气才那么说的。曹雯看见了杜小若为姚雨舒画的那张素描时，就显出很喜欢的模样，并说想求杜小若为她画一张譬如在落日里沉思，在桥栏边眺望之类的素描，杜小若很开心地答应了下来。曹雯还到杜小若妈妈的理发店加了会员，她说杜小若妈妈不仅手艺好，还那么温柔可亲。

学校一年一度的艺术节里，杜小若班上表演的小合唱获得了三等奖，其中穿着雪白连衣裙演唱的姚雨舒、曹雯和杜小若被大家亲切地称为“三朵白茶花”。这一年大家评选出的校草出炉了，竟然是杜小若。校花还没有最后评定下来，但姚雨舒在候选名单里，而且姚雨舒也不再像从前那么拒绝这些评选了。

原来，在那些漫然又葱茏的时光里，只需静静地等待，花就会盛开。

零和负一是不会有结局的

■ 四夕殇

夏秋零，她的名字给人一种凄凉的感觉。在她小时候算命的说她的名字不吉利，她的名字就像一棵茂盛的大树在经过漫长的夏天后，等待它的只有凋零。因为秋天一到，它的叶片会枯萎、凋谢……而名又属命，或许她的命运会和她的名字一样，一样的凄凉。只是他的父母都是文化人，不相信这些。而夏秋零如今一直活得开开心心的，她活泼开朗、调皮好动。所以那个算命的那番话，他们也随着时间流逝忘了。

蓝清泽，他那帅气的脸庞就像他的名字一样清净而附有光泽。他喜欢蓝色，喜欢安静。他喜欢仰望蓝天和看海，因为那蓝蓝的天空和海水、那广阔无边的天空和大海，能使他那烦躁的心安静下来，能冲淡他的忧愁和不开心。他认为只有在蓝色的世界才能洗净他那充满忧郁的眼神，只有蓝色安静的地方才是他理想的世界。只是他不知道，蓝色代表忧郁，独爱蓝色的人，注定永远忧郁。

本来是不同轨道、不同世界的两个人，因为缘分而走到一起。她的平凡和他的高贵，她的开朗和他的忧郁，他们的一切都成反比。他们的相遇，导演了一场戏，只是他们在演戏的时候，忘了看剧本的结局……

1. 相遇，总是那么偶然

开学那天，夏秋零飞快地骑着自行车奔驰在路上，嘴里一边还不停地碎念和抱怨着老妈没叫她起床，让她睡到这么晚，一边祈祷上帝保佑她不要迟到。

终于，夏秋零要到校门口了。而就在这时，她的自行车不小心踩到香蕉皮，“啪”的一声，她已光荣地趴在地上了。

"哎呀，好痛啊！我怎么这么倒霉啊！"夏秋零吃痛地抱怨道。

这时，一双白皙的手出现在夏秋零眼前。她抬头一看，心里"扑扑"跳个不停，估计脸也红了。哇！好帅啊！皮肤好好呀！这就是传说的白马王子吗？我太幸福了！夏秋零一见对方是个帅哥，便犯起花痴来，只差没流口水了。

蓝清泽见她愣在那里一动不动地望着自己，便问："同学你没事吧？"但在心里却想着不会是摔成脑震荡了吧？

夏秋零回过神来，急忙拉着他的手站起来说："我……我没事，谢谢。"

"没关系。"蓝清泽说完便往前走去。

"哎、哎、哎！"夏秋零喊着，"我还没问你姓名呢！"但是蓝清泽并没有回头。没关系，既然我们同校，我相信我们还是会再见面的，夏秋零满怀信心的对自己笑道。

她愣着笑了一分钟后……

"唉，遭了，我怎么忘记了，我要迟到了！"于是夏秋零扶起单车继续前进。

放好自行车后，夏秋零边走边抱怨着："真惨啊！早上太匆忙了，忘记穿校服了。想不到那个守门的阿伯又有些痴呆，我都拿学生证给他看了，他还说我不是本校学生，硬叫我绕着操场跑个 3 圈，说这才足以证明我是本校学生。可气的是当我跑完后，他却笑嘻嘻地说看在你这么听话的分上，我就承认你是该校学生了。其实……我早确定你是本校学生了，只是……我手痒痒的，想整人罢了，嘻嘻！现在想起他那奸臣般的笑容，我就想扁他。气死我啦！可怜我的脚啊！"夏秋零的口水一直喷个不停，自言自语地阐述着刚才的遭遇。

教室里，班主任正在点名……

"陆小枫？""到。"

"何仰丹？""到。"

"王瑞杰？""到……"

"夏秋零？""……夏秋零？"

"奇怪，夏秋零咋没来？"老师低声嘀咕着，当她刚开口喊下一位同学的名字："蓝……"时，夏秋零气喘呼呼地出现在教室门口，"报告，老师。"

"进来吧，下次早点到，你是夏秋零吧？"

“是的，老师。”

“你就坐那个位置吧。”

“是。”夏秋零顺着老师指的位置走去。

“好，我们继续点名。蓝清泽?”

“到。”与夏秋零同桌的男孩举手报到。

夏秋零刚坐下去，便转过头对她的同桌说道：“你好！我叫夏秋零，以后请多多指教!”

她的同桌扭过头笑着说：“你好！我叫蓝清泽，以后也请你多多指教哦!”

“你不就是刚才……那个帮我的人。”

“嗯，有那么惊讶吗?”蓝清泽笑着说。

“不是啦！只是……好巧哦!”

“嗯!”

夏秋零心里暗喜：太好了！没想到我竟和他同桌。这就叫缘分吧！看来我跟他有的是时间。呵呵，我的白马王子已经出现了，嘻嘻!

下课后，夏秋零对蓝清泽说：“蓝清泽，早上的事真是谢谢你!”

“不用客气，同学之间应该互相帮助嘛，以后你叫我清泽就好。”

“嗯!”

2. 你的耀眼，让我自卑

聊天中，秋零才知道，原来清泽是个富家少爷。他们家的公司在山东省青岛市，从地图上看刚好和上海隔海相望，上海这边虽说是他们的家乡，但他父母却很少回来，也就一个星期回来一次。空荡荡的房子也只有蓝清泽一个人住，因为蓝清泽喜欢清静，家里也就没请什么佣人，只是请了一个管家和几个临时工。

夏秋零本打算初三毕业后就不读了，可她父母却坚持让她读到高中毕业，虽然家庭经济不佳，但这是他们的愿望，因为他们也是读到初三就没读了，于是他们把读高中的责任交给了秋零。所以，秋零来上学只是为了完成父母的共同愿望，顺便多学些知识罢了。但现在，她来上学除此之外，那就是为了见到蓝清泽。和他聊天，她会感到自己是世界上最幸福的人。她虽然喜欢他，但她始终不敢向他告白。因为学校已经有许多女孩子向他表白了，但都被他拒绝了。她怕他一旦拒绝了她，那他们有可能连朋友也做不成了。或许是因为家境相差太远的原因吧，这让秋零产生了一丝自卑感。

教室里，蓝清泽趴在桌子上睡觉，夏秋零也趴在桌子上。但她没睡，只是静静地端详着他，斜斜的刘海盖过他的额头，遮住了他的右眼，长长的睫毛微微翘起，挺直的鼻梁，玫瑰般红润的嘴唇……秋零看得目不转睛（只差没流口水罢了）秋零不禁用手摸蓝清泽的脸。这时，清泽醒了，她急忙收回手，“嗨，你……你醒了啊?”

“嗯，有事吗?”蓝清泽疑惑地发现秋零的脸怎么红红的。

“没……没事。”秋零心想，还好，没被他发现。不过，他刚才真的好帅哦，可是……

清泽伸了个懒腰说：“刚才睡得好舒服呀!”他又将脸贴到秋零的耳朵悄悄说道：“不过刚才我感觉有人在观察我。”

“啊!”秋零被他这话吓得叫了出来，脸火红火红的，蹭地站起来跑出去。

“奇怪?我刚才只是随便说说而已，她干吗反应那么激动呀?”清泽一副莫名其妙的表情。

跑出教室的夏秋零回头看着清泽又趴下去睡觉，心想：也许就这样默默地看着他就足够了，我和他，毕竟是两个不同世界的人……

3. 如果时间可以停留

一次数学课上——

“夏秋零。”数学老师生气地叫着。

“夏秋零。”（这时，夏秋零正目不转睛地盯着清泽看）

“夏秋零。”数学老师大声地叫着，把夏秋零吓了一大跳，猛地从座位上站起。

“到。”全班哈哈大笑。

“你知道我们现在上到哪了吗?”

“嗯……这个，这个……”夏秋零结结巴巴地说道。

“不知道是吧?”数学老师问道。

夏秋零点了点头。

“那就给我到教室外面站去。”数学老师生气地说道。

“哦。”夏秋零感到很委屈，不过，谁让她上课总是盯着蓝清泽看呢？

夏秋零刚走到外面去，蓝清泽便跟了过去。

“清泽，你怎么也出来了。”夏秋零问道，他不会也是被老师赶出来了吧。

“没什么啦，只是觉得上课无聊有些乏味，出来透透气，呼吸一下新鲜空气。”

“这怎么行呢？你赶紧进去，不然老师会向家长和学校告状的。”

“没事的，这个学校有一半是我们家的。别说老师了，就是校长也管不到我。”

“好大的口气，有钱人就是不一样。”夏秋零在心里说。

“秋零，你刚才上课怎么走神了？”

“没，没什么！因为我在观察老师啊！”夏秋零忙找个理由，总不能说是因为看他吧，那还不如拿块豆腐撞死算了。

“观察老师？”

“嗯，你没发现，数学老师的头就像失火的森林，只剩那么一丁点毛。整个人就像倒插的菠萝，眼睛又凸又黑，活像一只盗版的国宝。耳朵比猪耳还大，连远在百米的蚊子声都听得见……”夏秋零滔滔不绝地描述着。

“太好笑了，秋零。原来你有这么幽默的一面啊，超搞笑啊！”清泽一边捂着肚子一边大笑着。

在他们尽情大笑之时，被气得黑了脸的数学老师出现在教室门口，可他们却不知道。

“咳咳！”数学老师干咳了两声，他们两个忙站好不语。

“哈哈，在干吗呢？聊得这么开心！”数学老头皮笑肉不笑地说。

“没……没有！”两人齐声说道。

“没有，笑得那么大声还敢说没有，放学给我打扫教室去。”数学老师朝他们吼道，虽然校长怕他，但他可不怕，谁让他是一个教授，到哪里都吃香的。

“老师，打扫教室未免太……”夏秋零的太夸张还没出口，就被数学老头吼回去。

“太什么？再啰唆连厕所也给我一块打扫!”

没办法，看来学校老师真的气疯了，他们只能乖乖认命。

“蓝清泽，你不用干活啊?”夏秋零朝着靠在墙边玩手机的蓝清泽吼道。

“大小姐，你真会开玩笑，我从小到大连张桌子都没有擦过，更何况这个。反正你是女生，多干些活也死不了!”

“喂!”秋零走到清泽面前，插着腰说：“可是你现在是在学校而不是家里。而且，你现在还是被老师罚耶，懂得什么叫承担责任吗?”

清泽听完后睁着眼直看着她，秋零被盯得有些害怕地说：“对……对不起啦，我好像说错话了。”夏秋零在心里想，我怎么可以那样说呢？为自己喜欢的人做些事咋啦？我真笨啊！他好像生气了。

清泽拿起拖把说：“你还愣在那里干吗？快拖地啊!”

“哦，来了。”还好他没生气。

秋零认真地拖着地，这时，由于用力过猛，拖把上的水珠溅了蓝清泽一脸。“夏秋零。”蓝清泽咬牙切齿道。

夏秋零见他那副模样不禁笑了起来，还边说：“对不起，我不是故意的。”

“不是故意的!”清泽双手捧着水往她脸上泼，然后说：“噢！我也不是故意的!”

“哼！蓝清泽，你死定了!”秋零咬着牙说。于是她将拖把往他身上一甩。

“夏秋零，你知道吗？这是西班牙特制牛皮鞋，几百块钱一双，被你弄成啥样了?”清泽生气地说。

“哦！是吗？几块钱一双的鞋有那么重要吗？回头我买两双给你!”说完，她咯咯地笑了起来。

清泽将拖把往水里一浸，猛得将它甩向她，她被泼得更惨。“蓝清泽，你知道吗？这是我心爱的白色球鞋，我早上花了半小时才把它刷洗得这么干净，你竟然……我跟你拼了!”

“拼就拼，谁怕谁!”

哗啦啦……水战之中。

过了一会儿，秋零有些疲困地说：“全身湿透了，别玩了!”

“好吧，那就不玩了!”清泽拨弄着刘海说。

“可是，你看……”秋零指了一下地面：“接着说，怎么办?”

清泽看一下，不屑地说：“那就重新打扫吧。”

“啊，又要拖地呀！我刚拖得那么辛苦，况且我现在全身湿透了，怎么拖呀?”秋零无奈地说。

清泽犹豫了一会儿，说：“好了啦！算我倒霉，我全包了，这样好了吧!”

“哦！万岁，太好了，清泽，我就知道你是个大好人。”秋零在心里高兴地想，如果时间能永远停在刚才玩耍的那一刻那该有多好。

清泽微笑着，心里想，没想到我堂堂的一个少爷今天却要清理整个教室，而且还是帮一个女生……

4. 用心做给你的礼物

“明天就是情人节了，我要送什么给清泽好呢？怎么说，他从开学到现在也蛮照顾我的。而且，我又那么的喜欢他，不能送他太俗气的，可太贵我又买不起。哎呀，真是气死人了!”放学的路上，秋零一个人自言自语，还时不时地唉声叹气。

回到家后，秋零问正在做饭的妈妈说：“妈咪，你说要送一个人礼物。不能太俗气，也不能太贵，又能体现出送礼人的那一种诚意，你说世界上有这种礼物吗?”

“嗯……”妈妈想了一会儿说：“对了，自己制作的不就OK。”

“对喔，我怎么没想到呢！妈咪，你太聪明了!”

“那当然，你老妈我是什么人，有什么事，我会不知道的呢!”妈神气地说。

吃完晚饭后，秋零独自一人在房间思索着，要做什么好呢？做卡片……不太好。让我想想要什么好呢？太简单又不好……

嘀嗒！嘀嗒！嘀嗒……时间不停地走着。

“对了，我可以制作一个塑料半圆球呀！然后在里面放些雪花，嗯，就是这样。”秋零兴奋地说。

于是，她找来了一片透明塑料，一些硬纸板、泡沫和一盒有颜色的星星片。材料都准备完毕了，秋零望着它们笑了一会儿又拉下脸来说：“可是……这好像很难做耶！但是，为了清泽，再苦再累我也无所谓啦！所以，加油，开始做咯。”

首先，秋零剪一个半径为8厘米的大圆为“盖”，但这个“盖”还必须用火烘弯，烘成碗形。于是，她拿来了一小油煤灯和一铁钳子。用铁钳夹住塑料片放在火上烧。而在烘的过程中，她失败了两次，还被烫伤了手，但她却一心只想着清泽，一点也不在乎。

“耶！终于做好了，接下来就是小房子。”秋零欢呼着，终于成功了。

接着，她拿起剪刀，在硬纸上剪啊剪，可她始终剪不出个“房样”来。于是，她在草稿纸上画了一个房子的模型，她照着自己画的模型重剪。过了一会儿，她总算剪好了。接下来，她得将它们粘起来。这一过程较简单。OK，房子做好了！但是，房子是白色的。所以，秋零拿来水彩，挤了些蓝色在调色盘上，用水搅和了一会儿，就给房子上色了，不知是色彩太“液化”了（液化，就是搅和的是水太多，然后有点水水的）还是她太笨了，给房子上完色后，她手上这里蓝蓝的，那里蓝蓝的。

“现在，我要做‘爱情使者’了！”秋零抹了抹额头上的汗水说。

为了使“爱情使者”给人有种文艺感，她将一块硬纸板剪了两个有拇指大小的小天使，然后将它们黏在一起，再给它们上色，上完色后将它们粘在屋顶上。然后将小房子置于小圈圈的正中央，再将一小盒泡沫和星星片洒在周围。最后，把“盖子”盖上就好了。但是，还得用火将盖子和小圈圈黏住，为了美观，秋零在小圆圈的边缘（火烧过的地方）涂上一层“万能胶”，再撒上一些有颜色的碎塑料片。

“当！当！当！大功告成！等下，我再做一个盒子，然后将它包装起来。”

刷刷刷几下，夏秋零片包装好了，她用手扶着下巴说：“不知道清泽喜不喜欢？不管了，先睡了，明天再说吧！”

也许是太累的原因吧，她一躺下就入睡了。还做着有清泽的梦，不知不觉中嘴角上扬……

第二天，夏秋零在座位上磨蹭了许久才鼓起勇气转头对清泽说：“清泽，我……”

“有事吗？”

“没有。啊，有……有！”

“那有什么事啊？”

“……”

“你快说啊！”清泽有些不耐烦地说道。

秋零红着脸将礼物提到他面前说：“这个送给你！”

清泽先是一愣，随后接过它说：“这里面是什么呀？包装得那么漂亮。”

“你打开来看看呀！”

“嗯！眼光不错！”清泽仔细端详着。（秋零心里乐开了花）他看了一会儿说：“但是，这是你买的还是自己做的？”

“是买的，在礼品店买的。”秋零慌张地说道。

“真的吗？”

“真的！”

他一把抓过她的手，问道：“那，你手上这红红绿绿的水彩和这些小泡泡怎么解释呢？”

“这……”还是承认吧！秋零犹豫想了一下。“是我自己亲手做的。”

“那你刚才又为什么不承认呢？”

“因为，因为我怕你知道是我自己做的后不肯接受。”

“怎么会呢？我现在不就接受了吗？”清泽微笑着说。

“真的吗？祝你情人节快乐！”

“我也祝你情人节快乐！呵呵！”

“清泽，你快看，下雪了耶！”秋零指着窗外激动地说。

“有那么激动吗？”

“那当然！因为这是你最喜欢的景物呀！”

“你说什么？”

“没……没什么！”

清泽突然觉得秋零好像很了解他，而从她送的情人节礼物就能看出来——蓝房子、雪花都是清泽喜欢的。清泽看着秋零，笑了！

自从情人节后，夏秋零和蓝清泽的感情日益亲密，班里的同学还以为他们在交往呢。

5. 当我爱上你的时候，你已不在理我

一天，蓝清泽家。

“蓝仔（蓝清泽爸妈对他的昵称），下星期办理转学，去青岛那边读书要不？”蓝清泽的妈妈问。

“不，我不要！”蓝清泽激动地从沙发上站起来。

“你干吗那么激动呀？”蓝妈妈有些疑惑地说。

“因为、因为我对学校，老师以及同学都产生了感情，所以我不要去青岛读书。”

“这样啊，那妈妈也不勉强你。看来，我儿子长大了，懂得珍惜感情了。”蓝妈妈高兴地说。

在蓝清泽的房间。

他捂着头说：“我到底在舍不得什么呢？学校吗？老师？还是同学？但这都不是什么理由啊！还是我舍不得她——夏秋零？怎么可能？她只不过是我同桌罢了，最多和我成为最好的朋友，但是我怎么会想起她呢？”他看了一眼秋零送的礼物后，摇了摇头说：“不可能的，我不喜欢她，我舍不得的不会是她！嗯！对！就是这样！”

第二天，他俩正在聊天——

有一女生过来跟秋零说：“秋零，外面有人找你！”

“哦！”她转身对身边的清泽说：“清泽，我出去一下，我们等下再聊。”

“嗯，出去吧！”清泽微笑着说。

秋零走到教室外去，大叫一声：“啊！小枫，想不到你回来了！”也不知那男生说了什么，她高兴地说：“你知道吗？这两年我想死你了……”他俩兴致勃勃地聊着，秋零还不禁地大笑着。坐在教室里的清泽却感到不舒服，而且还有种说不出的酸酸的感觉。

秋零进来后，清泽迫不及待地追问：“刚才那个男生是谁呀？跟你说什么？聊得那么开心。”

“他是……”咦！他怎么这么关心这个呀？难不成……秋零故作神秘地说：“你干吗那么关心这个呀？你不会是喜欢上我，吃醋吧！”

“你就美吧你！我怎么可能喜欢你呢？只是没见过你会和其他男生聊得

那么开心，好奇问问而已！”清泽心虚地说。

“哦，是这样呀。”秋零心里感到很失落。他就像王子一样，这么可能会喜欢自己这样的灰姑娘，又不是写童话故事……

接下来的每一天，那位神秘的男生都会来找秋零，而且还送她东西，秋零看起来也很高兴。有好几次，清泽亲眼看见她被他载着上学和回家。每当这时他心里都酸极了，可他却不知道那是什么原因。

有一天晚上，清泽在床上翻来覆去睡不着觉。他这才发现自己喜欢上夏秋零了，因为他的脑海里总是不停地浮现她的模样。于是，他决定向她表白，明天就立刻约她出来。

次日。

“秋零，中午我们一起吃饭吧！”

“对不起哦！清泽，我有约了，改天吧。”

“是和那个男生吗？”清泽有些生气、有些失落、有些酸气地说。

“哪个男生呀？”秋零有些不解地说。“糟了糟了，要迟到了，我先走了。”她急忙抓起包包冲了出去。

“秋零变了，自从那个男生出现后，她不再像以前那样和我聊天了。天天都有约，也许那是她男朋友吧。看来，我已没有希望了。”清泽独自一个人喃喃自语道。

晚上回家后，蓝清泽有气无力地说：“妈，明天就办理退学手续吧，我决定去青岛读书。”

“真的吗？蓝仔，你别到明天又给我反悔了。”

“不会啦！妈。”

“可上次你不是说你对学校和同学有感情了吗？”妈妈不解地问。

“但是，她已有男朋友了……”清泽小声地感叹道。

“你嘀咕什么呀？”

“没……没什么，我是想说，去青岛那边我跟你和爸爸待在一起的时间不就长了。”

“说得也对！反正只要你肯去就好。我现在就打电话给航空公司订明天8：00去青岛的飞机票，你先过去，妈妈要过两天才能把这边的事情处理好再过去。”

“等一下！妈，可以晚些吗？10：00的航班可以吗？”

“好哇，也不在乎那么2小时，当然可以。”

“谢谢妈。”

“说什么谢谢，又不是什么大不了的事。从小到大妈妈哪样不是都有征求你的意见。”妈妈开心地笑着，但清泽却皮笑肉不笑的扯出一个很假的笑脸。

其实，清泽是因为秋零才留在青岛的，因为他喜欢她。但他不想当第三者，不想涉入她的幸福生活，也不想让她难过。所以，他选择了逃避和退出。可是他却不知道，有时，逃避却不能解决问题。

6. 我们终究是两个不同时间的人

第二天早上8点多，“叮铃铃……”秋零家的电话一大早就响了。

“喂！你好，我是夏秋零，请问你找谁？”

“秋零，我是清泽。”

“清泽，是你啊！今天不是星期六不用读书吗？你怎么这么早起，不睡懒觉。”秋零笑嘻嘻地说道。

“我有事跟你说，十分钟后来‘西兰街’的路口，我在那里等你，你一定要来。不然，10点过后也许你就再也见不到我了。”清泽说完就把电话挂了，也不等给秋零回答和拒绝的机会。

“怎么回事啊？！”秋零郁闷地放下电话，心想：清泽怎么怪怪的，说的好像生离死别，听他声音挺低落，不会是出了什么事吧？还是赶快过去问一下好。于是，秋零急匆匆地出门，也忘了跟父母打招呼。

当秋零急匆匆赶到西兰街时，清泽已经在那里等了。

“清泽，你找我来有什么事啊？”

“这个，还给你。”清泽手拿着秋零的情人节那天送给他的礼物说。

“为什么，它是我送你的礼物呀！”

“因为我觉得我没有资格拥有它，小枫（就是这阵子经常来找秋零的那个男生）才有资格拥有他。况且，情人节礼物本来就是送给情人的，我又不是你的谁，你送给小枫吧，我祝你们俩幸福。”

“清泽，你误会了！小枫他是……”秋零焦急地说。

“你别说了，再多的解释也没有用。因为，我等一下10点就会去青岛。

可能，再也不会回来了。”

“是吗?”秋零苦涩地笑着说，“那祝你一路顺风!”都要走了，解释了又能怎样，算了吧。秋零在心里无奈地对自己说道。

清泽静静地看着秋零，什么话也没有说，俩人一起转身，在转身的那一瞬间，秋零的泪水哗啦啦地流下来，清泽的双眼微微红润，无奈地叹了一口气。在爱转角的瞬间，转角的爱，他俩都错过了!

秋零心想：这就是现实，灰姑娘打扮得再漂亮也永远只是灰姑娘，而王子是不可能爱上灰姑娘。童话就是童话，安徒生的故事都是骗人的。现实永远不会有童话的出现，怪只怪我傻傻的对爱抱有一丝丝的幻想。我的王子，打从一开始我就不应该爱上你，因为我不是你的公主。我祝你早日找到你的公主！清泽，你永远都是我心目中的王子，我会记得你曾在我生命里来留下的痕迹，给我带来的那些快乐，有你的日子，我真的很幸福满足。

清泽也在心里想着：或许，我真的和她有缘无分。为什么刚才不听她解释呢?算了，听了又能怎样，她和我始终不可能，怪只怪我没有勇气开口。为什么她也不开口，只要她一句话，我就为她留下来。也许她真的对我没有好感，无所谓吧。也许，这就是命运，命运总是这么爱捉弄人，它让灰姑娘在王子面前只有12点前才是公主，12点过后她又恢复原样。而王子再也找不到灰姑娘，因为灰姑娘不是自卑地藏起来，而是灰姑娘已有爱的人了，而那个人却不是王子。可是，她却不知道，王子真的很喜欢灰姑娘！秋零，我只能在心里默默地祝福你，你在他怀里一定要比在我身边快乐，因为你是我心中的公主!

这时，天空下起了雪，雪如此洁白，白到让人感到凄凉。秋零的泪水滴在地上，和落下的白雪融合在一起，分不清哪滴是泪、哪朵是雪。也许是因为太过痛心；也许是因为泪水模糊了双眼；也许是雪花遮住了视线。在过马路时，秋零没注意到来来往往的车辆，只听“砰”的一声，秋零被车撞倒了。人群立即围了上来，清泽听到秋零的叫声忙转身奔跑过来，大声叫喊着“让开，让开”挤进人群，一把抱起倒在血泊中的秋零喊道：“秋零秋零!”

秋零哽咽着说：“清……清泽，你……误会了，我……喜欢的人是你，小枫……小枫，他只是我的表哥。”

清泽擦掉她眼角的泪花说：“对不起！对不起！秋零，我不应该那么做，秋零，我喜欢你！却一直不敢说出口，我喜欢你，你知道吗?”

秋零勉强地挤出一个笑容笑着说："我好高兴！因为……我也喜欢你，清泽。但是，我已经……已经不行了……"她微微地闭上双眼。

"秋零！秋零！你快睁开眼睛呀！我不去青岛了，我要永远待在你身边。你快睁开眼睛呀！没事的，你会没事。"清泽朝着围观的人群吼道："打120啊，救护车怎么还不来?"

秋零微微睁开双眼，笑着说："忘了我吧！我祝你……早日，找到……你真正的……公主。"她再次闭上双眼，右手无力地向下垂到了雪地上。这次，不论清泽再怎么叫喊，她都没有再醒来了。

清泽将秋零拥入怀里，紧紧地抱着她撕心裂肺地痛哭："秋零，你快醒醒呀！你不要离开我好吗？我好怕！我真的好怕啊！为什么，老天你要这样折磨我们？等到你说爱我时，你却要离开我。明明相爱，却不能在一起！为什么？为什么……"

虽然，清泽和秋零都向各自表白心声。但，却再也无法挽留秋零。秋零，永远地离开了他。带着清泽最后给她的爱离开了……秋零的命运，就像她的名字一样，在得到幸福后，等待的却是无奈、凋零。

有时，有些人，有些事，一生中遇到的机会只有一次，错过了，就不再从来。世界上最痛苦的，不是我站在你面前你却不知道我爱你。而是知道明明彼此相爱却不愿说出口，等到说出来，却已错过不能在一起。

第二天早上，清泽还是决定去青岛，因为现在这里，真的没有什么值得他牵挂、留恋的了。因为自已心爱的那个女孩，已经不在了。其实他早该知道，零和负一在一起，是不会有结果的……

飞机起飞了，清泽坐在靠窗的位置上，手里拿着秋零送给他的情人节礼物，哭红得双眼一直望着窗外。现在，他和秋零隔着的不仅仅是海的距离（青岛和上海隔海相望），而是两个不同的世界。

这时，从机舱里传来了海明威的《老人与海》：

秋天的夜凋零在漫天落叶里面
泛黄世界一点一点随风而渐远
冬天的雪白色了你我的情人节
消失不见爱的碎片
翻开尘封的相片

想起和你看过的那些老旧默片
老人与海的情节
画面中你却依稀在浮现
然而地球另一边
飞机带走了我的思念呵
一个人的海边
海潮循环仍不变
空荡的世界
我们之间呼吸少了一些
老人默默抽着烟
和我一起失眠
直觉呈现
等待也是种信念
海的爱太深时间太浅
爱你的心怎能搁浅
老人的线紧牵爱的信念
岁月的帆渐行渐远
秋天的夜凋零在漫天落叶里面
泛黄世界一点一点随风而渐远
冬天的雪白色了你我的情人节
消失不见爱的碎片
铺满灰尘的乐章第二页
放在那里好久都没练
静静写下诗篇
等待从大海的另一边
却被季风变线 you know
爱所维系的生命线
在风浪中摇曳
我依然坚守这一切
老人他默默牵着线
和我一起哽咽

也许明天
也许很远很远
冬季终结纯白最后消失的那天
爱的诺言一点一点却走向长眠
宁静前夜老人守候着他的心愿
海的对面你我两个世界

7. 后记

不要等到失去后才想去珍惜，有些人走了就再也不会回来。所以，请珍惜那个对你生命有特殊意义的人。爱，就要说出来。埋藏在心里，最终只能是遗憾！

与你流浪过的旖旎时光

■ 未绪

1. 夜色的回忆难堪

赤日炎炎，空气中弥漫着夏季烦闷的气息，让人心情烦躁。

齐代沫找到我的时候，我正在网吧闻着包裹着烟雾的空气，一呼一吸地吹着凉爽的空调兴致勃勃地玩着游戏，代沫拔下我的耳机，俯视地看着我不悦地说道：“夏苏苏，为什么好几天都不来上学?”

我以为代沫是唯一真正关心我的人，原来是我想错了，你们都这样，可有曾想过我？我继续戴上耳机，耍着小任性不理他继续玩游戏，只有游戏里我可以忘记，忘记所有的不快乐。

代沫伸出他白净的手，将电脑给关了。瞬间黑屏，我一甩耳机，怒视地看着他，代沫毫不回避我的眼神，轻柔地说道：“为什么？难道我不值得你信任吗?”

“为什么你们都这样？可想过我？你搞不清楚就不要乱说。”我起身拉开椅子，走出了烟雾环绕的网吧。

夜幕中，街角边暗黄的灯光，将身影拉得老长，代沫紧随在我的身后，我越走越快，痛苦不堪的画面在脑海里不停地回放。

代沫是我的男朋友，高大帅气，温文尔雅，正好是我喜欢的那一种类型。可以说，正因为有他，我才可以多一些真正的快乐。我知道校园恋情一向不被看好，也当然不能被父母所知道，我和代沫在一起的时候，突然间我觉得好像我的世界变得不那么糟糕。

漆黑的夜里，原本很香甜的梦被无休止的争吵而惊醒，睁开眼看着伸手不见五指的黑夜里，我很努力地用双手将耳朵捂起来，可那声音仿佛魔音，声声回耳。每当这个时候，我多么想自己是听不见的，至少无声的世界里是那么的纯净无瑕，泪也随着无声无息地流了下来，陪伴着我一起难过。我很恨这样的家，多么希望拥有一个温暖的家，但是我的家为什么没有一丝温暖。

有的时候，理智是在一念之间的，当愤怒一触即发便不可收拾。

那晚，我做了愚不可及的事情，当我愤怒地冲到父母的面前，他们愣愣地看着打着赤脚的我，我的脸颊布满泪水，用愤怒的眼神看着他们。

“苏苏，是不是爸爸和妈妈说话声音太大了，吵着你了？”妈妈温和地说道。

接着爸爸用不可忤逆的口气说道：“苏苏，快回去睡觉。”

突然间，我很想笑。愤怒的眼神望着他们，怒吼道：“这么多年，你们可曾想过我的感受？可曾关心过我？你们既然生下我为什么这样对我？无论是何时何地，只要有矛盾点，你们就可以无休无止地吵起来，本来可以是个很幸福的家庭，为什么变成这样？你们告诉我，是我的错还是你们的错？如果不幸福干脆就不在一起，分开最好了，为什么折磨自己又来折磨我？多希望你们是哑巴……”

“啪”一巴掌，五个鲜红的指印落在我的脸上，我不可置信地看着这个称为爸爸的人。眼泪哗啦哗啦地流了下来，随着心一起碎了。

爸爸还想扬手再打，妈妈拉住了他。他随即用愤怒的语气说：“夏苏苏，你太不懂事了……”

捂着脸颊，转身离去，我想如果可以，我宁愿我从来没有出现过。

2. 陪伴不管需不需要

很多时候，我都觉得我的存在本身就是个痛苦，甚至连生存的理由都找不到。

遇见代沫的时候，阳光般的他让人忍不住想要靠近，他的注视是我所渴望的。于是，当他说想跟我在一起的时候，我想都没有想的就答应了。他跟我说：“夏苏苏，我会一直陪着你，不管你需不需要，我一直都在。”

回忆至此，脚步也停了下来，我多么希望在这寂静无声的夜里，代沫可以紧紧地抱住我，小小的动作抵过千言万语。

代沫站立在我背后，我看不到他的表情，望着这黑夜里没有尽头的路，突然间，眼泪像开闸的泉水一发不可收拾，蹲在地上，紧紧抱住自己，将脸掩埋在双膝间。代沫愕然地看着我，随即蹲在我旁边，修长有力的臂弯紧紧地禁锢着我，将温暖的力量传达给我，好像在告诉我，苏苏别怕，我一直在。

或许，当蓄积的小宇宙终于喷发，暴雨天的过后，必定会是晴空万里。

代沫将情绪稍稍平伏的我扶了起来，执手附上我的手掌，另一只手温柔地擦拭着我的泪水，手心传来的温度将冰冷的心一点点的融化。

"苏苏，虽然我不知道发生了什么事，但是，你记住我是齐代沫，你说过我是带你追逐阳光的齐代沫。"代沫不容置疑的眼神望着我，句句坚定地说道。

代沫无疑是黑夜里给我灯火光明的那个人，停止了抽泣，哽咽地说道："代沫，你带我走，好不好？爸妈不要我，他们不要我……"

"苏苏，爸妈怎么会不疼爱自己的孩子，他们不会这样的，听我的话，好好地回家去，好吗？"

"可是……我怕，怕回到那个没有温度的家。"

"苏苏，你忘了我一直陪伴着你在吗？家一定会是个温暖的地方，他们是你最亲的人。"

我不再说什么，代沫十字紧扣着我的手，牵着我一步步地走向无尽的夜，我相信那里是有星火的光明，代沫时不时宠溺地望着我，说："小傻瓜……"

夜色充斥着寂寞的滋味，繁点星星闪烁着，我多希望此刻可以永久地停留，这样我就不用一个人面对了。

很快代沫就送我到了家门口，他温柔地笑了笑，催嘱着我赶紧进去。于是，当我重拾着心情回到家，却看到了屋内一片狼藉。此刻，突然像明白了些什么，转身向黑夜中奔去。

代沫的身影永远给人一种安全感，当代沫见到我的时候，一阵愕然，然后双手抓住我的胳膊，傻傻地问我出了什么事了。

我笑了笑，内心一阵温暖，我牵起代沫的手，漫步在星空下，对上他纯净的眼眸，认真地道："沫，如果有一天我被所有抛弃了，我会去流浪，让

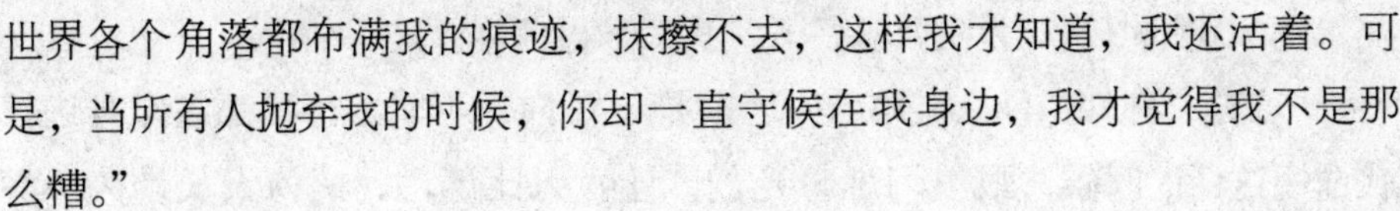

世界各个角落都布满我的痕迹，抹擦不去，这样我才知道，我还活着。可是，当所有人抛弃我的时候，你却一直守候在我身边，我才觉得我不是那么糟。”

我傻气着对代沫笑，代沫眼神里有我说不清的迷离，他只是紧紧地拥抱着我，右手抚摸着我头发。良久，低沉地说道：“就算所有人都抛弃了你，你也不能抛弃你自己。你就是你，世上再也找不到第二个。”

3. 流浪的旖旎时光

夏离去秋会来，寻寻觅觅，我只想找寻那仅有的思念。

那天，代沫给了我想要的答案。他说，“夏苏苏，我带你去追逐阳光。”然后，我们便在烟雾环绕的网吧待了一晚。第二天，开始了代沫带我去看大海的旅途。

我和代沫到一望无际的大海的时候，刚好太阳跃出灰蒙蒙的海面，小半轮紫红色的火焰，立刻将暗淡的天空照亮了，在一道道鲜艳的朝霞背后，像是撑开了一匹无际的蓝色的绸缎。

我扯着代沫的衣角，像个小孩似的笑着说道：“代沫，你看夕阳衬托着天空好美啊。”等待着阳光照耀进我的眼，我偏执地爱这种格调。

代沫只是笑笑，并未说话，牵着我的手漫步在海滩上。我记得有一次自习课，有位女同学问我最想去哪里？我说我想和喜欢的人去海滩，看一望无际的大海。恰巧与我同桌的代沫听见了，我以为他在睡觉，原来却在偷听我和那位女同学说悄悄话。

代沫看见我沉浸在回忆中，突然敲打着我的头，我嘟着嘴望着他，他笑道：“傻瓜，之前你不是有说过，想去看大海吗？还是和喜欢的人。”

我知道代沫没有忘记，还是忍不住恶作剧的逗逗他。于是，特委屈地说道：“我是有说想去，可没有说是和你啊？”

我以为代沫会反驳我的话，可他不以为然地说道：“哦，是吗？那我回去。”抬起脚步准备往回走，我拉住代沫的胳膊，讨好式的说道：“开玩笑的嘛。”

“沫，你跟我在一起，不去学校上课好吗？你那么好的成绩会落下的。”

突然间，我觉得代沫为我做了好多，我却一再任性。

“苏苏，你知道什么是陪伴吗？就是不管你需不需要，我都在你身边。”代沫说这话的时候，眼里闪烁着光芒，让我无比感动，认为天长地久不算什么。

那碧绿的海面像丝绸一样柔和，微荡着涟漪，海水就在你的脚边，轻轻絮语着。一整天我和代沫在海边戏水游玩，看着缓缓升起的太阳从这头划过唯美的弧线，在夜色中抹去了最后一缕残阳。

如果，时间能记住我与你流浪过的时光，将它谱写成一曲难忘的旋律，我想我永生都会不由自主地哼着旋律。

有时，我会缠着讨厌甜食的代沫去吃冰激凌，先是迅速解决自己碗里的再抢走他的那一份，每次他都拿我没办法。还会缠着代沫陪我去看狗血剧情的爱情片，把眼泪鼻涕弄在了他的白色 T 恤上，然后看着我的杰作哈哈大笑。还会拉着他漫步在星空下，说着彼此心中的小秘密，甚至我们还会露宿在街边公园。

最幸福的事情，莫过于和喜欢的人浪迹天涯。我任性的与代沫离家出走的期间，我并不知道的是爸妈会急着到处找我，甚至还会找到齐代沫，然后结束流浪半个月的旖旎时光。

4. 疼痛的青春难忘

我认为那段流浪时光是我最想要的，我不会去想复杂的感情，仿佛整个蓝色天空下，只有纯真，自由和梦想在飘扬。

露宿公园，代沫并不想我这样，几次劝我回家，却次次被我敷衍，直到真的没有钱流浪的时候，最后还是得回家。

那晚，残阳最终被夜色收尾，就像是我们流浪的最后。代沫一直都沉默着，他还是坚定着我回家，而我任性地生气着，自顾地认为伤心的只有我一个人。

“苏苏，你的梦想是什么？”星空下的代沫，显得特别闪耀，如天空中闪烁的星星。

梦想？只是想简单地活着，这算梦想吗？我抬头看着天上的星星，调皮地反问道："代沫，你先告诉我你的梦想。"

代沫无奈地看着我，好像在说是我先问的。"现在没有。"代沫的眼神里特别迷茫，或许，现在没有，以后就会有的。

突然间，哑然失笑，代沫疑惑地看着我。良久，我说出了心中的秘密解除了他的疑惑。

青春，其实是何其的残忍，必经的经历，每个人都会有一段必定辛酸的故事。

"爸妈关系一直不怎么好，吵吵闹闹几十年了，而碍于我的存在，一场婚姻也就维持了下来。爸妈间的感情，说实话我真的不明白，爸妈都是事业心很重的人，爸爸却认为妈妈应该在家里相夫教子，就因为这样，慢慢的矛盾越来越多，渐渐的，反而我成为了他们的障碍。"眼眶里泛着泪水，代沫似乎是明白了些什么，轻轻地抱着我。

泪水就这样悄声无息地流了下来，像是终于有个可以倾诉的人，开始无尽地诉说着自己的委屈。

"以前，只要说在同学家睡，他们会嘱咐我。后来，我就算一连两天的不回家，他们都不会着急。有时，他们根本就不知道我离家出走了。"心好像被掏空了，突然间，似乎不那么难过了。

星空下，我回抱着代沫，突然笑了，代沫怔怔地看着我，一会儿流泪，一会儿笑得灿烂的我，让他哭笑不得。"苏苏，明天回家吧。该面对的始终要面对，我们是顽强的石头。"代沫抬起手，摸着我的头，似乎在用小小的动作安慰着我。我点点头，轻声道："好"。

当我回到家后，仿佛一切都变了，爸妈并没有责怪我，和睦地吃完团圆饭，爸妈就告诉我他们已经离婚了，我并没有诧异，而碍于我到底跟在谁的身边，他们谁也无法做主。若是以前，我真的无法不做些让他们后悔的事来，可现在，一切都无法挽回，他们的感情我根本无法去批判，只要他们还爱我就够了。我并没有刻意去选择谁，只是说我想跟谁住就住哪，爸妈并没有反驳，尊重我的意见。

后来，妈妈告诉我，其实她和爸爸找过齐代沫，希望齐代沫能劝我回家，而齐代沫也并没有辜负他们的期望。

我开始重新回到学校，决定安定地学习，青春必定是精彩的，不能让它留下遗憾。我和代沫很有默契地不再提起爱情究不究竟继续下去，没有牵手，没有拥抱，只有一个梦想支撑着我们，他说过，无论梦想是什么都不能放弃，必须有坚定和信仰下去的心。

缀满五彩缤纷的青春，有疼痛，有欢笑，有曾想和他一辈子流浪的梦想……流浪过的旖旎时光，是我一辈子不想忘怀的记忆，它见证了我不一样的青春。

一米微光

■一条街的距离

高一最后两个星期，每天晚上上完一节晚自习，都会看着月光走在静谧的校园，这个记载我一年的地方，看着月光时缺时盈，星朗星疏，只觉得像人生离合，有人悲，有人笑。即使结局是离开。

一直很喜欢月光，纯洁而平静，有着岁月般静好，现世般安稳。

一直不喜欢阳光，太过炽热，有时甚至会卷起空气的几丝尘世的俗气。

这个高一看透了很多，即使哪天我市侩了，我麻木了，我只希望我还可以回忆，还不让心中那抹微光熄灭。

此文献给我的高一，献给懂我的人。

一

在时间的狂野里，没有早一步，也没有晚一步，而是在合适的时间不期而遇，然后轻轻地说“很高兴认识你”。

——这是很久以后我写给你的

很久以前，总认为高中生的生活离我太远太远。悄无声息中，当痘痘划过我的脸庞，头发长了，也死硬撑着不愿去剪。早已习惯这些，又突然觉得自己像高中生一样有着无从抹灭的叛逆。最后，就连自己也不得不承认自己高中生的形象。

8 月 26 日，与平常一样，只不过意味着开始一段新的生活。

骑着改装过的自行车，虽说早已经跟不上时代的潮流，却是我的最爱。就这样，我骑着它奔向我早已待过 3 年的学校，一切在中考后还安详地在这，只不过走进一栋新的楼，一个新的教室，面对着一群新的同学，开始一段新的生

活，然后再彼此离去，也不知道能否在分散以后再见一面，再寒暄几句。

总之，不要有太多的感伤，我的高中生活，就要开始了……

看着黑板，早已被安排好的座位，第 5 列最后一位大大地写上“天蓝”两个大字。然后，安静地走过座位的缝隙，坐上我的位子开始打开手机，开始玩着那些我最钟爱的游戏。

突然，一句“你好”打破了这瞬间的宁静。

我随便瞥了一眼他，整齐的刘海，安静的眸子，就像不经世事的少年，有着简单的纯粹和阳光洒下般温暖。后来，我才知道他是我同桌，他说他叫威涵。就这样简单的介绍，算是认识了吧。

我指着我的手机，问他玩不玩。他先是哼哼两句，像极了那种唱歌前的润嗓，然后对我说“不用”，在座位上安静地看着他的书，那本书的封面是我最爱的天空蓝，看似很好看。而他一个人坐在那里看着，长长的刘海在低头那刻，那种感觉很是好，却又说不出如何好。

后来，时间就像凝固了一般，你看着你的书，我玩我的游戏。或许这便是人在不确定环境下的自我保护，不愿与别人交流，或是性格本来就如此的慢热……

第二天，第一节体育课，我拾起我好久好久没有碰过的乒乓球拍，和新同学扬扬得意地打起来。记得那时威涵只不过算一个新手，屡屡失败，又屡屡地尝试。只是觉得这样为了一件事而执着的人，是那么出彩。

和我们一起打球的还有一个男生，很像个小孩，或许是因为有点 baby-face。他虽然打得不是很好，但也比威涵那个菜鸟好。在我眼中，他是一个似乎永远都有活力的人，嘴巴永远在喋喋不休，是不修边幅的人，似乎不在意别人说的注重形象。起初，还问他名字，后来才知道，他叫飞飏……

那天放学，我们带着球拍，一直在体育馆里打乒乓球。出来时，月光已经漫上了夜空，那天晚上，月亮好美。月光轻轻泄下，如丝般拂过我们三个脸庞，这个校园记下 3 个名字。威涵，天蓝，飞飏……

这一天，是我们友谊的开始，没有人会知道接下来会怎么样，只知道那天晚上，我们围着学校走了好久，走过太白桥，一起看着星星月亮，也让星星月亮看着我们……

这一天，命运让我们不期而遇。

二

记得一句话叫作："第一次遇见是偶然，第二次遇见是必然，第三次遇见是命中注定。"那我和你们是缘分吗？是命中注定吗？就连我自己都不确定。

佛说，前世500次的回眸，才换来今生一次擦肩而过。总之，我们还算有缘了。

那天晚上，我们看完星星，在那个好似历经沧桑的学校门口，相互交换了我们电话号码，或许这就是关系的进一步吧。

第二天，一向安静的我，也和飞飏一样开始小疯，当然和我一起的还有那个比我还安静的威涵。飞飏像只猴子一样蹦上蹦下，似乎有着使不完的激情。他时常会坐在威涵的课桌上，威涵会轻轻地用手抱住他，然后唱你是我的眼。一直认为他是想当爸爸了，需要一个孩子，才会这样。经常对他说，要不你生一个，要不去收养一个。但他每回只是一副像受伤的死小孩的样子，好像他也需要照顾一样。很久以后才知道，在飞飏口中把那个表情叫作卖萌。

那天放学，我们依旧去了那个地下球场打起乒乓球，虽然他们俩还是没我厉害，但是威涵进步很大，有点像匍匐的人突然站起来一般。还有值得一提的是，有一个小个子后来也加入到我们的乒乓球队伍，他叫傅逸。有一天，有一人突然走向我们，截住我们的球说："这球怎么这样，声音有问题……"他说了半天，我还以为他是校队的老师，只听见他说了一句："跟我来吧，我这儿有卖。"唉！原来是做生意的啊！

最后我们还是极不情愿地买下了他的球。

过了这么久，我们班上的同学我也不算完全认得，我的世界俨然就只有那两个人。那天上课，我们这个角落来了很多人，当然，飞飏也来了。一向安静的角落里，跑过来很多人，还有一个人也出现了，她叫阳雪，总之给我感觉就像红楼梦里的林黛玉，柔弱不乏灵气。两弯似蹙非蹙罥烟眉，一双似泣非泣含露目。态生两靥之愁，娇袭一身之病。泪光点点，娇喘微微。闲静时如姣花照水，行动处似弱柳扶风。心较比干多一窍，病如西子胜三分，这用来形容林黛玉的句子，用来形容阳雪恰如其分。

那天，也不知道是谁提起的，我们开始玩一个很幼稚的游戏，比谁先笑。一直认为那个叫威涵的家伙，平常不苟言笑，没想到被飞飏随便一玩就搞笑了，或者说两个人都笑了吧。而剩下的我和阳雪则在很久以后，也忍不住了。到最后，我被评为最搞笑的脸。

但值得高兴的事，我这种一向安静的人，总算多认识了几个人，难得难得……

三

乒乓球在这个学期给我带来很多很多。

接连几天，我们似中邪般放学后每天如此，甚至比家与学校两点一线的生活还有规律，并乐此不疲着。

从那以后，每每我攻擂成功，我的搭档绝对是傅逸，小小的个子却爆发了无尽的力量。而飞飏的搭档也绝对不会变的，是威涵。有时候在想，他们俩一个动，一个静，球技都不是很高，他们却有心有灵犀一点通之感。有时会用默契打败我们的实力，每当这时我只有叹气的份。

打完乒乓球，他们俩好像很神秘一样说有事就匆匆离开了。我也没问什么就走了。

在我眼中，总觉得他们在长大以后也会一直这样打打闹闹，即使很老以后。然而，在很久之后的我只能说这个想法太过于天真。

一人独自走到车站，看见同班同学，不免有些奇怪，这么晚除了我们那几个奋战在乒乓球一线的人竟然还有其他人。

一男一女，在车站说说笑笑，他们一个叫安妮，一个叫统统。

一个声音尖尖的，细细的，像是永远也长不大的小女生。很久以后，才知道她也可以很霸道。

另一个矮矮的，有点小帅，让人觉得很有安全感的人。

听说他们俩从小就认得，而且还是上下楼的邻居。

这两个一直在我们班上的风口浪尖，话说他们在一起。真真假假，假假真真，又是谁可以知道，除了他们自己。但是，我希望他们在一起。在如今这个金钱与物欲所包围的世界，还能坚持着青梅竹马，这是多么美啊！

和他们俩一起上公车，感觉夹在他们中间真的好尴尬啊！

算了，不理他们俩了。

四

一场流星雨的来临，绚烂了深邃的夜空。然而急促之后的绚烂，还是还给了夜空一场落寞。一切注定着流星与夜空只能是瞬间的交集。就像和他们的命中注定的相遇。

突然发现我甚至都有点不明白自己，用飞飏的话来说我是那种外表很深沉，看起来让人猜不透，但内心却是简单到极点的人，但是好似还是觉得那句话“我不一定很纯洁，但我很单纯，而且不简单”来形容更为恰当。

或许，真的，青春期的人的心思太难猜。

其实，不知道为什么，我的心里也像那种情窦初开的少年一样泛起涟漪，我想我大概也许可能我也爱上了她。就连我也不确定……

最近几天飞飏还是下课到我们这来找我和威涵玩，依旧没有规矩，很随意地坐上威涵的座位，然后嘻嘻哈哈。有时阳雪也会来，大概只有飞飏那家伙才可以没有任何形象包袱，可以很自然就把关系和威涵搞好吧。而我则相比下来，很少和阳雪说话，有时其实真的很想和她讲点什么，但是又不知道说什么，怕没话题谈不到一条路上。所以就干脆坐在旁边自己干自己的。当然有时也会被飞飏喊来和阳雪玩比谁先笑，自然威涵也会被他拉上。

比赛开始，飞飏会很自觉地望着威涵。他们俩或许笑点太低。每回短短几秒，他们俩就会微微上扬，然后再笑出来……其实飞飏那小子会输是在情理之中，但为什么威涵也会输。或许被那小子带坏了吧。

我和阳雪比较慢，其实我并不敢和她四眼对视，但是我会借视线，实际上没看她。我只是怕看见她那干净、澄澈的眼神，会笑只是其次，更怕我会脸红，怕别人发现我喜欢她的秘密。当然最后我会以最搞笑的脸来捍卫我的地位。

那天晚上放学，我把这个秘密告诉了飞飏和威涵。威涵好像还是那种淡淡的，毫不表露的样子，谁也不知道他是什么样想的。而飞飏这有点大吃一惊的感觉，甚至不相信我会喜欢那样有点柔弱的女生。

那天告诉他们俩以后，好像一切依旧。飞飏还是那样偶尔会喊阳雪来玩。

放学时，飞飏说："明天我们去图书馆吧！"威涵毫不犹豫地答应了。我应了一声。

后来才知道他们俩在打乒乓球之前就认得，就是在图书室。飞飏说："第一次见威涵，就是在图书馆。他是文静的，安静地看着一本天蓝色的书，淡淡的蓝色是我的最爱。长长的头发轻轻地掳下，遮住了浅浅的额头。眼睑微微上扬，眨着大大的眼睛，让人过目不忘。一股书卷气，瘦弱的，也让人有一种想保护的感觉。可是认识了之后，有点小后悔……"突然地欲言又止，使得一向安静的威涵说起话来了。

"现在，什么印象？"

"我不说。"

我就特无语地看着他们俩。但至少我知道他们也忒有缘分了。

五

我不知道他们俩的结识是好亦是坏，没有人知道。总之，不管怎样，希望你们幸福。

——写给威涵与飞飏

第一次月考的结束，我和威涵的位置换开了，甚至说他离我很远很远。我有点不习惯，因为没有人上课时提醒我上课不要开小差。但是还好我的新同桌我认得，是统统。这对于略显安静的我算是好消息。

"原来我的同桌是你。"统统微笑着，依旧是那种阳光小孩，花花的衬衣虽然我一直不大喜欢，可是在他身上奇妙的契合，很是好看。

他上课很认真，但也不像威涵那个书呆子一样，认真学习。有时偶尔也会小小的幽默，让人淡然一笑。

与他的私下交谈才知道，他曾和初中的同学有过一段他人眼中很美满的恋情，但高中他们不在同一个学校，那个女孩最后爱上别人，他们的恋情最终敌不过距离的现实。即使被劈腿，他有时会想她，却还嘴硬，他是真的爱得痛彻心扉。在我眼中，他是一个真性情的人。不再是初次见面时同学口中那个绯闻男孩。

佛说“人生在世如处荆棘之中，心不动，人不妄动，不动则不伤；若心动则人妄动，伤其身痛其骨”三千世界，浮光掠影，我们只不过尘世中一颗粉末，微小到极致，而那些已经得到幸福的人，又如何懂得那被抛弃的痛苦呢。有时候，爱情就像游戏，谁先动心，谁就全军覆没。

不管他曾经历什么，只希望他和安妮可以有着童话里王子与公主的结局。

突然发现换新座位后，飞飏离我很近，这让我很开心。但飞飏却不是很开心，像霜打的茄子，没有了他往日的活力，只是趴在桌子上，整天都望着窗外发呆。下课铃声响起他有时就会趴在走廊边，两眼呆滞着，没有魂一般。虽然，有时也会到我的座位上，依旧没有一点礼貌地坐在我的桌子上，只不过，没有了往日的滔滔不绝，有时说话也只不过是只言片字。

我问他怎么了。

他不语，或许不知如何说罢了。

我干脆不问了。

某天中午，太阳炙烤着大地，秋末的天气让人一改“冷落清秋节”的印象。我早早地到学校来，飞飏静静地睡在我的座位上。他趴在桌子上，豆大的汗珠静静留下。谁也不知道他是否做梦。是否在经历什么痛苦的轮回。

那天，我们没有去打乒乓球。飞飏早早地走了，只留下威涵与我。一路上，我们都没有提飞飏，一个字也没有。但直觉告诉我他知道，或者和他有关。即使我不知道发生了什么，我只是默默希望他可以快乐到底。

六

其实每个人一路上都会遇见太多的未知因素，有时甚至连自己都不确定，有时说好永远在一起的人，随时便分道扬镳。那些说好在人间生死与共的人，最后也只不过是一笑作别，江湖相望。其实我不知道是上帝开什么玩笑，让人相识，也会让人分离。

即便威涵不语我也知道，他绝对知道飞飏发生了什么，甚至很有可能是因为他。后来很久之后才知道，飞飏真的很久没理他。

那天，我和飞飏走在一起的时候，提到威涵。飞飏只是快速地回了一句“不说他，好吗”。哪知道世界上就有这么巧的事情，威涵在后面出现，只是还是以那种冷酷示人。他和我俩打了声招呼，我应了一声，而飞飏都没看一眼。当威涵远远走去，我清晰地瞥见飞飏望了他一眼。后来威涵对我说，他听见飞飏说不要提他，他很心痛。我把原话转给飞飏听。飞飏淡笑，只是说：“他的胡话我才不信。”那天，我不知道为什么觉得大家都陌生了，我想知道为什么，但无从得知。

那天的第三节课是体育课。教室总是在这节课前夕特安静，大家都早早下去。而飞飏总会等我一起下去，因为我是那种从来不会主动去上体育课的人。我一般要熬到上课铃前一秒，而飞飏也在我的潜移默化中养成了这一习惯。飞飏傻傻地站在我的座位前，一改搞笑气质，如秋叶般静美，很安静很安静地看着我的课桌，若有所思。突然地，威涵走过来，抓着飞飏。

“上体育课不?”

“不去。”

威涵这个从来不会主动的人被拒绝的很彻底，但没有放弃，想用蛮力扯。有时我想问他是那个内敛的威涵吗？这时上课铃如约而至。飞飏吼了句：

“天蓝走不?”

刚刚走到一半的威涵听见了，突然好像有股莫名的火出来，甚至在我眼中一向君子的他跑到飞飏面前吼了句什么，那一向磁性的声音也变得凝噎，让我没听清楚是什么。只是蓦然地觉得时间好似静止了，让人一口气也不敢喘。然后威涵就离开了。飞飏难得如此冷静，竟然在被吼之后追上去了，按照平常他绝对会比高吼他的人高8度。这似乎有点像偶像剧的情节却又在我眼中回荡。在楼梯口，威涵抓住了飞飏的手，紧紧的，然后说刚刚不应该对飞飏吼。从远处看上去，飞飏那厚脸皮的家伙脸微微泛红，或许他真的知道羞愧了。然后我只得在后面一人去上体育课。那节体育课他们俩都没来，也不知道到哪去了。那天体育课之后他们走进教室，却都还是面无表情，好像刚刚经历了狂风暴雨一般宁静。

他们俩谁也没说话，只是坐到我的桌子上好像默默地看着我和统统，直到上英语课才缓缓离开。那天的英语课，飞飏没有插嘴，教室只清晰地听见英语老师的说话声和板书声，而威涵则依旧还是不言不语。

其实，除了他们自己真的没有谁能知道发生了什么。或许真的人生有些事只能自己一个人去面对，不然很久以后依旧会悲伤，会绝望，会在这个闭着眼都知道东南西北的城市中迷失自己。

那天放学莫名其妙般是3个人，只是我也被莫名其妙地夹在中间。不知道该说什么，很是尴尬。出校门后我走了，他们俩要走过很长的路程。本以为会不理彼此，甚至吵起来。可事实和我的预计大相径庭，远远望去，他们俩抱在一起。淡淡的月光轻轻地泄下，好似可以洗刷他们的恨，或许没有恨，只是不愿去理解对方。愿这淡淡微光可以照亮他们前行的路。

这样一次碰撞，纵然将来斗转星移，也不能遗忘，纵然以后相隔千山万水，你也不曾远离。哪怕纷芜的人世疏离了爱恨，模糊了悲喜，只要轻轻地一瞥，就知道曾经的相识。

七

第二天，我认为昨天的他俩已经在那个深深的拥抱后恢复正常了，飞飏也不再说不要提威涵，威涵似乎也没有那么魂不守舍。一切就像如初一般，但是真的会“人生若只如初见”吗还是到最后落个“等闲变却故人心”。反正他们不再冷暴力是好事吧！祝福着他们，也祝福自己不会老夹在他们之中，怪怪的。

总认为这是一个最完美的结局，会是这样平淡地待下去，但事实从来不是想象的那么简单。

那天语文课的作文题目是“幸福”，飞飏写道：“快乐只不过给伤心找了一个流泪的借口，幸福只不过是快乐的一个假象，雾里看花般琢磨不透。”从来一直打着鸡血的飞飏如此风格的写这篇文章，就连我也不大相信，但是真的出于他的手。当老师用细细的声音念出来时，窗外的那些抵过初秋的寒蝉也不知不觉地叫了起来。

与寒蝉一起骚动的便是班里一群女生。

记得有人这样形容过，十岁的女人像童话，简单而天真，二十岁的女人

像诗歌，有激情而跳跃，三十岁的女人像小说，情感曲折，内容丰富，四十岁的女人像文学评论，只说别人，不说自己。蓦然觉得我们班上的女生好似都进入了四十岁的阶段。那天开始，我只是听到很多人开始说飞飏一个大男人写些风花雪月的文字，只不过是多了一些所谓的高级词汇罢了。这样的骂声开始劈头盖脸地过来，开始他还会反驳，后来干脆说都懒得说，只是漠然，听着别人说，一句话也不说。

谁人人前不说人，谁人背后无人说。只得但将冷眼看螃蟹，看你横行到几时罢了。

其实刚刚从和威涵的事里逃脱，又来一个这样的事情把他推到风口浪尖上，那几天他的心情不大好，他某天放学的时候对我说，那些人看似很了解我，实际上只是装懂罢了。他微笑着讲的，没有什么，只是这样。懂他的人我一直认为只有威涵、统统和我。而威涵在这事上保持着他一贯作风，对飞飏说不要为别人伤害自己的心情。而飞飏不语，只是很安静很安静地点头。

中午，有时候飞飏会买没有酒精含量的菠萝啤来喝，我们喝着喝着就会在桌上小憩一会儿，这是多么美好的校园生活！

那几天，他们经常抱在一起，这个在我眼中很是不屑，但是真的在他们之间可以传递着什么，或许是威涵所给予飞飏的勇气吧。

匆匆的期中考试来了，我的成绩还算稳定，只是飞飏退步得很厉害，但是似乎这成绩在他意料之中，对他一点影响都没有。期中考试后的位置却成了人们所更为关注的热点。这回飞飏做到四组最后一位，那个威涵第一次的位置。而我们像撒豆子似的，被撒到班级的不同角落里。

值得一提的事，那天放学的时候，飞飏说他最近迷上了魔方，还说那东西修养性格。对了，为此还认了个师父，叫利伟。

那天放学，真的进入冬天，风总会呼呼地吹，那是种刺骨的冷，而且天也黑的特别快。那天，决定去奶茶店喝奶茶。好巧，正好碰到阳雪。他们俩很识趣地离开了。

只是飞飏走的时候握着手里那杯热巧克力，让我真的觉得他缺乏安全感，不知道他的平静生活什么时候开始。

他们走后，我开始和阳雪谈起来……

八

远远的背影离去，他们俩或许真的是在经历过一些，懂得些什么。就像回到了以前，在路灯的黄晕下，两个一高一矮的背影在那条被法国梧桐所包围的路上，向最深处延伸……谁说流光容易把人抛，趁时光在打盹的时候，你可以将它抛掷，踏上梦想之梯，漂流在精神的圣境。有些吵闹终究停止，也不需回眸，就像往事不必追忆一样。

飘香的奶茶店，只有我和阳雪，就像这个场景是在为我准备着什么，不是阳雪的开口，这闷闷的沉寂还不知道怎么打破?

“你经常来这里吗?”

“不，我是被飞飏带来的?”

“是吗?”

总之，我们就这样聊起来，还不会冷场。其实，今天假如我有勇气的话，我会在飞飏和威涵走后，准备告诉你“我喜欢你”。可是，到最后我还是没说出口，而是用哽咽来代替。

今天，老师进行了第3次月考，这意味着我们下次面对的就是期末考。放学后，去了久违的地下球场，去打了乒乓球。那个地下球场对我来说像人生旅途的一个驿站，每一次放逐都会让你从年轻走向成熟，从浅薄走向深沉，从浮躁走向淡定。值得庆幸的是，统统来了。大家都很高兴，用飞飏的话说，就是“你的档期都给了学习和安妮，竟然有时间陪我们浪费”而我在旁边听见这话，在偷笑。而统统什么也没有说。总之，那天打得很爽。

依旧，那天还是在校园走了很久才回去，总觉得这个给我只是敦厚典雅的校园，在高一给我另一种感觉，有着阳春白雪的明净，云水禅心的通透，也有着流水落花的清冷，快意恩仇的旷达。过往的时光清澈地溅落在身上，来来往往的，皆是人间萍客。

“你们想好寒假去哪了吗?”飞飏咧嘴说着。

“还没想好。”

又是这样最后走了，好歹今天还不算寂寞，有统统陪我一起坐公交车。飞飏和威涵好似很珍重地说了句拜拜就走了，只是突然发现月亮已经跃上枝头。

回家后，我忘了作业是什么。结果威涵手机通话中。飞飏关机。只得打给统统，打通后，熟悉的电脑开机声清晰地响着。统统，然后还是突然地手机掉了一样。然后是急促的脚步声和开门声。接着一个中年妇女的声音“我回来了”……然后，我把手机挂了。还是老老实实问其他人吧。刚刚和统统同学打电话，亲耳聆听了他从爸妈不在家偷偷上网，到妈妈突然回家他手忙脚乱地扯插头的过程，笑死我啦！他都一直没挂电话，全程直播啊！

第二天，我猜八成是上网和安妮聊天。统统，没解释。但脸上多了几丝红晕。用了一句“你赢了”回答我。

那早已离我而去的少年

■ 墨尘墨语

其实我一直都觉得自己是一个特别坚强的人，总觉得可以去保护自己，保护别人。其实到最后，才发现自己其实谁都保护不了，所以我才知道，没有我，你才会更好。无论是当初还是现在。

苏宁缓缓在床上睁起眼睛，想起昨天晚上不小心扭了下脚，顿时倒吸了口冷气，小心翼翼地坐起来。初春的 B 市是有点阴沉的，因为早晨刚刚下过雨，所以天空灰蒙蒙的，一丝薄凉的空气透过窗子的缝隙钻了进来，苏宁打了个喷嚏，眼睛有些湿润。

今天是周六，不用上班。看着床侧的那张大红色的喜帖。苏宁一直告诉自己，不要哭，可当她缓缓打开时，那两个人的名字，就那样堂堂正正地摆在那里。沈凌和许暖暖两个人的婚纱照还被登在了上面，她摸着他俊俏的脸，忽地就哭了出来。以前那段热烈的感情，那样轰轰烈烈的誓言，最终竟成这般相互错过。曾经承诺永远照顾我的少年，现在却对着另一个女人关怀照顾。沈凌，这样或许真的最好吧。她静静地哭着。

哭过之后，她擦干了眼泪，换上了一件黑色小礼服，显得她清冷优雅。她将黑色烫过的长发挽到后面，一层一层地上妆，将她那样苍白的脸，变得楚楚动人。她揉了揉脚，“诶，还是要你忍耐一下啦。”随后套上了一双黑色高跟鞋，拿起了她的黑色手包。握着喜帖看了许久，终是将它装进了她的黑色包包里。可是谁也不知道，或许只有她自己知道，放到包里的，不只是喜帖，还有眼泪以及那么多年的爱。她现在终于承认，她是爱着他的。可是已经晚了，不是吗？

1. 我真的很想忘记过去

“沈凌，我已经到你家门口了，你快点出来好不好，别磨磨叽叽的。”

“好啦，好啦，再等我一下，不会超过五分钟的。”

每天都会出现在沈凌楼下的女声，映入眼帘的是一双大得出奇的眼睛，小鼻子小嘴，不过现在这副脸的表情可是不太高兴啊。她晃了晃腿，抬头望向那栋楼，眼底带着爱慕。

“苏宁！苏宁！我来了！”

“怎么现在才来?”她撒娇似的噘了噘嘴。

“因为，我想要给你做鸡蛋炒饭，你一定还没吃饭吧。”少年脸上晶莹的汗珠和温和的笑颜。她顿时就沦陷了。

“好了，算你勉强过关，我们快去上课吧。”她牵起了他的手，却没看到少年脸上那一瞬间的惊喜眼神，随后，他反握住她的手，她羞涩地笑，阳光照在他们身上，那样和谐……

铃铃铃……

一只洁白的手摁下了闹钟，一头黑色长发凌乱在床上，床上的人还在睡，嘴角仿佛有一丝微笑，可能是梦里面的事情太过美好，所以她不愿醒来。苍白的脸庞。眼角忽然划过泪水，一滴一滴。

“沈凌！沈凌！你去哪儿，不要走！不要啊！”

她醒来，望着空无一人的房间，眼里的湿润感还残留。沈凌，我这辈子注定还是栽在你手里了。抬头看了下表，已经下午五点了，今天是周日，下午有个小兼职，所以得快起来收拾。她坐起来，给苏烟打了个电话，叫她到楼下等她。她穿上一件军绿色风衣，紧身牛仔裤，看起来干练又清冷。洗了把脸，镜子里那双大眼睛空洞洞的，到楼下就已经看见短发的苏烟倚着摩托车在那里等她。“苏烟！这儿。”她随即走过去，互相拥抱了一下。

“今天一起去做兼职吧！”她说。

苏烟歪着头问：“什么兼职?”

她低下头翻着说：“收银员。”

“对了，你带烟没有?”

苏烟翻了翻，手无奈地支了一下，“没有诶。”

“苏烟，等我一下。”她跑到对面的杂货商店。过了一会儿，拿着一包淡色万宝路回来了。“要吗?”苏烟点了点头。她帮她点上。“苏烟，走吧。”

在超市工作，其实很轻松，只不过要站着，也不太好受，还不准随意去厕所。

她们是六点到晚上十点的班，而这段时间除了放学的小孩，还有一些住在附近的上班族，根本没有什么人，所以很轻松。工作很快就结束了，苏宁踏出超市的门，叼起了一根烟，白色的烟雾衬着她很不真实。可能是寂寞，空气变得很稀薄。

苏烟因为顾宁叫她出去陪他，所以先走了。顾宁是跟苏宁从小长大的好朋友，也是稀里糊涂就与苏烟产生了一种叫作爱情的故事。真的看到他们现在这样幸福，她也为他们高兴。从包里拿出那封喜帖，仔细地凝望着，一口烟雾吸入肺，差点鼻子发酸，竟要掉下泪来，有些难以启齿的柔弱。明天就要举行婚礼了，明天就要见到沈凌了，可是明天，他就是别人的了。不会再傻傻地对我笑了，不会再抱着我了，不会再对我说喜欢我了。

沈凌，我的沈凌，也已经不再是我的了，或许他早就已经不是我的了。

2. 过去，我很后悔

我是苏宁，今年十六岁，作为高一新生代表来发表一篇讲话。

我是沈凌，今年十七岁，作为高一新生代表来做一下演讲。

这是这场故事的开始。

而他们的慢慢接近，只是因为顾宁和苏烟。苏烟是沈凌的表妹，而顾宁又是苏宁的好朋友。于是每次这两个人出去，就要把他们两个也都拽上。

他们也是因为这样就渐渐地熟悉了。而那次，在那个小巷，他们的第一次意外亲吻。那天，天气不是很好，忽晴忽阴的。

那天顾宁和苏烟把他们叫出来之后，两个人又悄悄地溜走了。而他们又何尝不知他们的心意。可是，一场雷雨毫无预兆地下了起来，狂风雷霆。

沈凌在那种情况下牵起了苏宁的手，往可以躲雨的地方跑去，他们于是跑到一个狭窄的小巷里，那小巷那样的窄，他们面对面的站立，两人的眼神都往旁边散去。一股暧昧的气息流转在他们两个之间，忽然一声雷响吓到了苏宁，她回了一下头。

同时沈凌也因为担心她，也急切地转头向她望来，而意外在他们谁都没有预料到的时候发生。就这样紧紧地，温柔地触碰在了一起。凌乱的呼吸，瞪大的双眼。

过了仿佛一个世纪那么久，他们分开了。他们知道，他们就这样掉进了爱情。任何有预谋的铺垫都不抵这一下的亲密接触。也许答案得走过天涯海角，他们才知道。

而他们有许多难忘的回忆，喧哗的夜市，白天的游乐园，曾经手牵手走过的每一条大街小巷，还有难忘的校园天台。好多好多的回忆充斥在苏宁的脑海中，那一瞬，她突然就投降了，对他们曾经的爱情投降，对他们曾经一起走过的路而投降，为自己还爱着他而投降。生命很短，或许自己只能遇见这么一个全心全意爱着的人。

无论当时多么甜蜜，分开之后，回想起来都是一道伤。而我这样伤痕累累，心里疤痕无数。那时，苏宁并不懂什么叫作爱情，只觉得那是桃花的香气，香气迷人，使人忍不住想要凑过去闻。

我知道，我们的分开和我的任性脱不开关系，我们学着成长，我们学会说谎，我们忘了原谅。你与许暖暖的事情我知道，你与我解释过，可我那时并不信你，并任性的与你分手，那时候的我，就像一只刺猬，因为家里经济出了问题，所以不允许任何人靠近我，也不允许我在乎的人背叛我。而你，我是知道你的。但却还那样，因为我无法克制我自己，你和她站在一起是那么的般配，我知道我做错了。这些年来我摸爬滚打，好不容易撑起这个家，可是爸妈却在去年因病去世，那时的我很绝望。

可是我没有告诉你。我学会了抽烟，学会了看人眼色，这些以前我都不屑的事情，我也开始学着去做了，我想这是生活逼得我让步了。回忆很美，未来很远。当初那个苏宁已经不存在了，你知道吗？刚开始抽烟时，我每一次都被呛得泪眼蒙眬，而在那泪眼中，我唯一能看见的就是你的面容。我也想要干干净净，白的像朵花。可是生活让我变成了一个截然不同的人，这是那些我从未与你讲过的过去，你也不曾知道。你去上了大学，带着我给予你

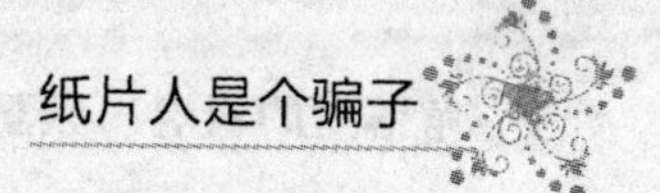

的失望，以及不甘心。

你这样走了，而我的心里并不好受。那时，我辍学了，从那时起，我就已经变得风尘了，已经无法再与你匹配了。讲了这么多，我脑袋都有些痛。

你一定不会懂，因为你都要和别人结婚了不是吗？而且是许暖暖，曾经那个笑起来灿烂的女子。我也相信，你和她在一起一定会很幸福的，我知道的。

3. 现在，我是这样的

我是苏宁，我在一家杂志社工作，主要经营青春文学，而我便是里面的编辑，我在这里工作了三年，却一直是个编辑，不是没有升职的机会，而是我真的热爱这份工作。每当看到读者们寄来的信或者是各种稿子，我就仿佛又回到了我的青春岁月，所以我现在很开心，偶尔做做兼职什么的，简直就像过着闲云野鹤一般的日子。

没事会和苏烟一起出去逛来逛去，小丫头都工作好几年了，还是很可爱。不过她的工作真的有些不符合她的外表，她的工作是个律师，根本想象不出那样可爱的面容会有那样严肃的表情。夜晚，会无缘无故地失眠，也会写点专栏什么的。

微博上的粉丝们都说我是个寂寞的女子。其实我自己倒是觉得还好啦，人生就是在不停地奋斗，经历过狂风暴雨般的苦难，才能够看见璀璨的阳光。而我现在也终于知道，我根本斗不过命运。你的婚礼就在明天了，我不知道你为什么会把这封喜帖寄给我，可能是因为你已经放下我了吧。六年了，也够了。

我知道，可不知道为什么我的心却依然还在隐隐作痛。不过没关系。我也会试着努力地放弃你。我永远记得，在我最悲伤无助的时候，是你给了我最温暖的慰藉。我的青春是因为有你，才变得如此的绚烂多彩。而也正因为你，我学会了爱，学会了放下。

你的眼眸教会了我那么多，所以我现在也应该谢谢你呢，我谢谢你的礼物就是还给你的理解。老朋友！我不曾与你说过再见，说过再见的人，往往转身就能够再遇见，可是我们却因为没有说再见，转身便咫尺天涯。

但是没想到，我们再次相见会是在你的新婚典礼上，真的是有点讽刺。我经历了太多的离别，太多的无可奈何，太多的悲伤，于是我渐渐地变得冷漠，让冷漠来掩饰心中的难过。后来我不再轻易为一件事情而感动了。

我想这应该是人一种自我保护的本能，让我自动地远离这些可能会伤害到我的人或者事。我想可能只有有故事的人才能够理解，人是怎样由感性变为理性的吧！

我不知道我还可以爱你多久，也不知道要遇上多少能够令我感动的人和故事。但你们都会长大，都会明白，但希望你们知道，曾经在我生命里出现的人。

你们在我的青春里，注定永垂不朽。

4. 再见，我心中永远的少年

我去参加了你的婚礼，沈凌。可是我没有让你看见我，我只是在角落静静地看着你。看着许久未见的你的容颜，还是那样的令人心动。

你的眼睛一直在寻找什么，我不敢去想你是在寻找我。你们看起来很般配，你笑得很幸福，我突然就明白了，当你真的很喜欢很喜欢一个人的时候，当看到他开心快乐，那么你会从心底里给他祝福。而那时的我，就是这样的感觉。

你穿着白色的礼服，真的很帅气。你的声音，依然很沉稳，你走上了你该走的人生。但是你在婚礼上说了一句话，却让我泣不成声。

沈凌，你没有忘记我，不是吗？

2011 年有一部电影风靡亚洲，他讲述了高中生们纯真的爱恋。名字叫作《那些年，我们一起追过的女孩儿》而当我看见这部电影时，我在电影院忽然就想到了你，我虽然不是沈佳宜，可是你却是我心中的柯景腾。

而我也想对你说“You are the apple of my eyes”。你亲吻了新娘，其实我不应该直视那一幕的，可是我看见你眼睛里有幸福，我当时就投降了。幸福，你得到了幸福。

而我心里居然也感到快乐。就在那么和谐的画面中，我默默地离开了，而到了外面以后，突然觉得自己心里像空了一块，以前与他的那些回忆，全部涌进了我的心中。可是虽然有点疼，但更多的却是放下一样东西的知足感，我知足了。

我毕竟曾经得到过你的爱，这就够了，不是吗？我想天空依旧晴朗，太阳依旧灿烂。

5. 新婚快乐，我的青春

你们想知道那句话吗？

他说："曾经，我爱过一个女孩，我不知道她今天有没有来，但是我要对她说一声，对不起。"

沈凌，现在，我听到了，我对你说："没关系。"

现在，新婚快乐，我亲爱的沈凌。

新婚快乐，我亲爱的青春。

如果我们下辈子再次遇见，我想我们会在桃花开的时候，再次相见。

谁没有过生猛的少女时光

■ 佚名

1. 与君初相识，犹如故人归

我每天晚上十二点睡，早上八点半起。泡好燕麦和豆浆，打开电脑，早餐时间浏览新闻。中午吃咕咾肉和土豆条，晚餐八成选择酸豆角炒饭。临睡前看一集美剧，一周去一次图书馆，买一件衣服、一本书，旁听三节课。不多不少，不溢不流。剩下的时间全部待在实验室，穿白大褂戴黑框眼镜，笑容端庄，他们都叫我博士姐姐。

一段截至目前，算不上跌宕起伏，也算不上平铺直叙的人生，实在是没什么好挑剔的。可是我已经太久不写字，几乎忘了怎么提笔。太久不和别人争抢，几乎忘了自己到底想要什么。太久没有专心去爱一个人，几乎忘了荡气回肠是什么模样。时间就是这样，拖着你兵荒马乱地跑过了好多路，也没给你一个喘息的机会去想想为什么走了这么远。

认识朱墨的那天，我得了急性肠胃炎，上吐下泻，两眼昏花，一个人去医院打吊瓶，身上还带着洗手间的怪味道。一个清秀的小护士不停地拍着我的手背，却已经插过两次都没见回血了。恍惚间我又看到他，穿过人山人海，一个模糊又笃定的背影，我想奋力抓住他却在一步一步地往下滑，想大声喊出他的名字却怎么也叫不出声。当我醒过来的时候，发现自己躺在病床上，一个男护士俯下身问我好些了吗，语气温和。我在他眼睛里看到很多熟悉的东西，却怎么也回忆不起，他就是朱墨。

我拿了本君特·格拉斯的书随意翻看，等着3瓶药水慢慢滴完，偶尔抬头看见他忙前忙后。那天，我打好吊瓶，已经是半夜十一点三刻，他收拾着空药瓶说休息十五分钟后再走。当一个小孩对我使用命令式祈使句的时候，我感到了新奇，所以乐颠颠地坐在走廊的长椅上看着午夜的门诊部，上演着

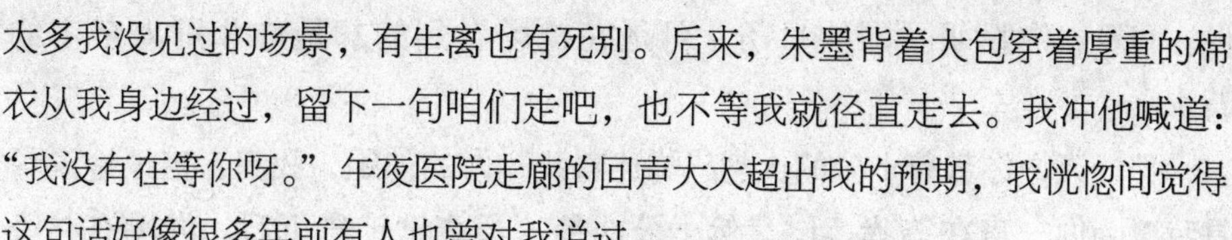
太多我没见过的场景，有生离也有死别。后来，朱墨背着大包穿着厚重的棉衣从我身边经过，留下一句咱们走吧，也不等我就径直走去。我冲他喊道："我没有在等你呀。"午夜医院走廊的回声大大超出我的预期，我恍惚间觉得这句话好像很多年前有人也曾对我说过。

"可是为什么我觉得这些年来我好像一直在等你呢？"

2. 沉甸甸的无疾而终

我知道有一天我会忘记你。我没有期待，也没有悲伤，我只是知道而已。

那一年，你总在三食堂二楼第六个窗口买红烧鸡翅，于是我也去。你每周三晚选修国际金融法，于是我也去。室友说看到你晚上九点在北操场跑步，可是我连跑了两个月，却从没遇见你。我就这样在一个恍惚而朦胧的年纪里，用力而矜持地去暗恋着另一个人，那个叫李一的人曾是我日复一日的梦想。

大三上学期国际金融法的最后一课，你捧着一大束玫瑰站在讲台上请大家帮忙传给第十一排穿紫色上衣的女生，言语间有着属于少年的局促和紧张。原来我只是你未曾留意的路人甲。偌大的阶梯教室开始骚动、起哄，那天你拿着老师的麦克风说："你愿意做我的女朋友吗？"那会儿我才知道，有很多事情都是自己无法改变的，击鼓传花，当我期望的时候总不会落在我的手里。然而意外的是那位拿到玫瑰花的女生却对你说了抱歉，也许别人没有发现，但是那一瞬间，我看到了你眼睛里的百转千回。我突然觉得这也许是我最后，也是最好的机会来告诉你这件事情，那就是我一直喜欢你，就好像你一直没在意过我。于是我站起来大声地喊了一句我愿意。你愣了几秒钟，然后浅笑着说："对不起，刚才因为太紧张数错了座位。"那一天，坐在第十排的我同样穿着紫色上衣。

你瞧，谁没有过生猛的少女时光！

一年后，你考 GRE 准备着申请学校，我帮你寄材料办证件，也曾在37℃的烈日下陪你在大使馆门口排队。我总对你说等等我就来，你也曾点头不语，可是两年后，我大学毕业，拿到了普林斯顿的 offer 却一直没有跟你

说。我算着你假期回国的日子，可是在机场看到的却是你和别人亲密的背影。

那一天，你带着十分的优越感陈述着我和你的差距，我自言自语地说可是我以为你一直在等我。你竟然十分决绝不留余地地告诉我，你没有在等我。其实早就该知道的，最卑贱不过感情，最凉不过人心。

我也许只是你顺势而下的一个台阶罢了。原因太简单，与时间、距离、人品统统都没有关系。只是因为从始至终，你不够爱我。

最后，不过是一份沉甸甸的无疾而终。张小娴说“爱情本来并不复杂，来来去去不过三个字，不是我爱你、我恨你，便是算了吧、你好吗、对不起。”而我已经离这些故事很远了。

3. 我一直没离开，恰好你也在

我在门诊打了三天吊瓶，手里的君特·格拉斯第一天看到127页，第三天还是127页。朱墨从我身边经过的时候低声说：“同学，你的书肯定盗版的，每一张的页码都是127。”我乐了，我好像已经很久没有这么不矜持地笑了。我远远地看着他戴着口罩的脸，单单露出最澄澈的眼睛，总是假装不经意走过我身边，扔下甜橙、饼干或者巧克力，后来干脆直接把白大褂的口袋面向我，我自是毫不留情，一网打尽。我承认，那三天，我的确把吊瓶调得慢一点，再慢一点。“世界光明，万物欢欣”，这是尼采发疯时说的话，我突然间颇为感同身受。

可是后来，我们的关系也就仅仅停留在每天的一条短信而已，总是一样的内容，不过是：许小禾，晚安。于是，在我的生活重新步入正轨之后，我也就渐渐地不再想起他。我们总会不断地遇见一些人，也会不停地和一些人说再见，不急不缓，我想我已有足够的耐心去等待那个最终值得拥有我的人。直到两周后的半夜一点钟，因为等试验结果我耽搁了回寝室的时间，却莫名接到学校保卫处的电话，让我速去一趟。

彼时朱墨正在保卫处和一群保安争吵，大有舌战群儒之势。他因为长期半夜在女生楼下徘徊，所以被学校巡逻的保安带回来问话。我拿了证件，签了字道了歉，他跟在我身后满脸委屈和倔强，也不说话。我带着他走在空荡的校园里，漫无目的，越想越好笑，笑弯了腰就索性坐在马路牙子上，他问我晚上去了哪里？我说一直在实验室。

“你是不是和我们学校的小姑娘恋爱了？”

“是的。”

“你干吗在人家寝室楼下，她不在吗？”

“她刚才说她一直在实验室。”

乌龙的爱情就是，他每晚在我寝室楼下等我熄灯时短信说晚安，可是那时候我只是在开着床头灯吃着荷兰豆看美剧，根本没有意识到关灯和短信，以及楼下的他之间应有的必然关系。

4. 正是此地好风光，落花时节又逢君

五年前，也就是我和李一在一起后的第二个学期，我在街上捡到一只走丢的小狗，一开始我和它就眼巴巴地对望着，那时候我住六人一间的学生寝室，我没有条件带它在身边。后来它竟跟着我走了半条街，我故意拐进便利店，然后在货架后面偷偷地瞧它，它蹲在便利店门口不张望、不期待，就那么一直安静地等着。

我买了小包装的狗粮，给它取名大米，带它去找李一。那会儿因为临近毕业，寝室只剩他一个人常住等着奔赴美利坚。三天后，他以对动物过敏以及为我学业考虑为由提出把大米送给别人。

我是后来才知道，大米并不是长相好看的中华田园犬而是纯种的拉布拉多，我也是后来才知道。李一并不是帮大米找了个好人家，而是卖了个好价钱，我也是后来才想起出价把大米买下来的别人，就是朱墨。他后来总是一遍一遍地絮叨着和我第一次见面的场景，那天我抱着大米哭得稀里哗啦，最后还故意恶狠狠地说你要对它不好我做鬼都不会放过你。但是，因为哭到哽咽，那句话听起来就变成了你要对它不好我做狗都不会放过你。说到这里，朱墨总是笑得肆意妄为，他说之后的好多年，他再也没有遇到过这么幽默的女生。

重逢在很大程度上是一种百感交集。

我问朱墨这些年是不是一直守身如玉、痴心妄想地等着我，他说其实也

谈过一两次恋爱，暗恋过三两个姑娘，于是大冬天的我买了根冰棍自暴自弃，他捧着杯热气腾腾的奶茶乐颠颠地跟在我身后。

朱墨，我遇见你，其实并未有多少欢喜，只是多少年来未曾察觉的委屈忽然氤氲上心，日渐浓郁。

许小禾，晚安。

一梦白霜

无敌辣妈

■ 菊韵香

周末的早晨，正读高三的梅丽匆匆吃完饭，背起书包要去参加高考补习班。谁想刚打开门，便看到老爸和那个既年轻又有气质的女人站在门口，手里提着不少营养品。

女人叫秦欣，现在的身份是老爸的妻子，梅丽一直管她叫阿姨。仅仅一愣神，梅丽急忙关门，边将两人往楼下推，边压低声音说："爸，你们怎么来了？我妈在家呢。"

"丫头，谁啊？谁来了？"糟糕，正在打扫卫生的老妈听到动静，拎着拖把走来。梅丽暗暗叫苦，用力拽住门把手不让两人碰面。秦欣也感觉到不妙，迟疑地看向梅丽老爸："老梅，咱们还是走吧。"

走？往哪儿走？不等梅丽老爸拿定主意，老妈已拉开门死盯着秦欣，一脸的似笑非笑："哟，是备胎来了。人可以走，东西留下！"

梅丽深知老妈性子急，泼辣，嘴巴更像刀子，哪儿痛专往哪儿戳。自从两年前和老爸离婚后，只要一提起秦欣，她张口闭口不是挨千刀的狐狸精就是万人恨的潘金莲，恨不得用唾沫星子淹死她。好在秦欣一瞅到她的影儿就躲，坚决不照面，这才避免了武斗事件的发生。如今，秦阿姨主动送上门，老妈若施展"九阴白骨爪"，定会挠她个满脸桃花开。梅丽越想越担心，不停地给老爸使眼色："爸，秦阿姨和我老妈不是一个级别的，赶紧撤吧。"

看得出，梅丽老爸的心里也很紧张，小心赔笑支支吾吾："胡秀芬，丽丽要高考，欣欣说这营养品不错，就……"

"欣欣？听听，真够肉麻的。"梅丽老妈嘴角一撇，冷脸下了逐客令，"东西我替丫头收了，你们还杵这儿干吗？我家不缺门神！"

听老妈这么一说，梅丽放了心。老爸和秦阿姨一走，这场正面冲突也将烟消云散，但她怎么也没想到，眨眼之间，巷战爆发，而导火索竟是秦欣的一句非常有礼貌的客套话："胡姐，你多保重。"

"保重你个头。你个抢人老公的小狐狸精，老娘这就剥了你的皮做大衣!"老妈当场翻脸，抡起拖把狠狠打向秦欣。老爸大吃一惊，护住吓傻了眼的秦欣拔腿便往楼下跑。梅丽慌忙张开双臂，死死抱住了老妈："妈，你怎么翻脸比翻书还快？人家招你惹你了？"

"你让开。敢骂我胖？哼，我胖怎么了？我胖我有劲，有劲才能替天下被抢走老公的女人伸张正义，痛扁小三!"老妈追下几个台阶，索性将拖把掷了出去。

梅丽听明白了，是"保重"两个字激怒了老妈。当初父母分手，主要原因是性格不合。一日三餐外加一顿夜宵，那不是吃饭，是吵架，直吵得家里鸡飞狗跳比中东局势还乱。而老妈偏听偏信，非说是秦欣勾走了老爸的魂儿。秦欣长相不错，身材也苗条，这让腰上挂着两只游泳圈的老妈无比羡慕嫉妒恨，一再发誓要瘦成一道闪电，照亮所有蠢蠢欲动、图谋不轨的小三。但发誓容易做起来难，每次走进厨房给梅丽烹制营养餐，老妈都会进行一番无比惨烈的思想斗争。美味与身材不可兼得，怎么办？掂量来掂量去，结果无一例外都做出了同样的选择：去他的身材取美味吧。所以，老妈最恨别人说她胖，让她保重。

俗话说：狭路相逢勇者胜。这次巷战，以勇猛无畏的老妈大获全胜而宣告结束。回想惊险一幕，梅丽哭笑不得，一面是悉心照顾她的辣妈，一面是爱她胜过生命的老爸，谁都不能偏向，只能当中间派，左右摇摆的墙头草。

一转眼，两个月过去。这天晚上，当老妈犹犹豫豫凑到身边时，一心扑在学习上的梅丽冷不丁发现老妈好像瘦了一圈。

没错，是瘦了。梅丽颇觉惊讶，上上下下打量着老妈问："老妈，有情况?"

此前，梅丽没少劝老妈减肥，舍不得孩子套不住狼，舍不得肚子套不来第二春，你得加把劲，尽快拿掉游泳圈。老妈嗔怪地瞪了她一眼，摇摇头转移了话题："丽丽，你跟妈说实话，你最近是不是去过那个贱……啊不，是秦阿姨家?"

梅丽不想骗老妈，她确实去过几回。秦阿姨并没老妈说的那么可恨，她没有孩子，对梅丽很亲很热情。见梅丽默认，老妈居然破天荒地没喊没骂没急眼:“她家的房子是三室一厅，对吧？有车吗?”

“有，还是好车呢。老妈，你怎么关心起这些来了?”梅丽一头雾水。老妈没有回答，又追着问：“我听说，她前几天买彩票中了50多万，是真的吗?”

是真的，毫不掺假。老妈刨根问底，究竟想干啥？梅丽愈发纳闷。不过，第二天下午刚放学，梅丽便接到了老妈的电话：“马上到醉香楼，有人请咱娘俩吃饭。听着，别挤公交，打车过来，车费有人给你报销。”

是谁这么大方？梅丽稍加寻思，很快想到了一个人：秦阿姨。昨晚，老妈将她家的底儿摸得一清二楚，不会是想讹人家一顿饭吧？要真是这样，那也忒掉价了。心下想着，梅丽急忙赶往醉香楼。果不其然，一走进门，便瞄见老妈和秦阿姨对面而坐，桌上摆满了丰盛可口的饭菜。堪称诡异的是，面对冤家对头，老妈满脸的阶级仇血泪恨全然不见了踪影，取而代之的是徐徐春风，明媚阳光。

老妈啊老妈，你葫芦里到底装的是啥药？老妈那边笑得越灿烂，梅丽心里越哆嗦。趁着秦阿姨上洗手间的工夫悄声问：“妈，你搞啥名堂？你俩怎么坐一块儿了?”“我俩已经化干戈为玉帛，握手言和了。”老妈得意一笑，说，“今早，你老妈我给她打了个电话，她乖乖就来了，半分钟都没敢耽误。”

梅丽又问：“那你为啥约她？就为了吃这顿饭?”“你把你老妈想得也太没出息了吧？老妈找她是签协议。丫头你看，她签了，一个字都没改动。”说着，老妈递来几张纸。

两人签的，竟是一份令人啼笑皆非的共同抚养协议：梅丽是我女儿，也是梅思成的女儿，我大人有大量，不能独自霸占。经慎重考虑，决定让梅丽一家住半个月。但你们必须做到以下几点：第一，不准教训梅丽，哪怕她做错了也不准瞪眼；第二，不准让梅丽吃剩饭剩菜，一顿都不行；第三，梅丽的衣服每两天换洗一次，不能用洗衣机，不能用皂粉洗，要用手搓；第四……

一路看下去，足足有50条之多，连梅丽穿多大号的内衣，用啥牌子的卫生巾都列得清清楚楚。老妈四下望望，附耳说道：“丫头，你快想想还有啥要求，趁她不在赶紧写上。对了，一会儿她回来，你就改口管她叫妈。按咱这地方的行情，改口费少说也要两千。”

梅丽一听，顿时羞臊得红了脸：“你，你是不是想把我推出去?”

明摆着，老妈对自己的做法非常满意：“不是推，是共同抚养。她有房有车还有钱……”

“你这么做，不觉得太俗了吗?”梅丽气鼓鼓地打断了老妈。用脚后跟都能想到，老妈的下半句是：他们没孩子，将来这些东西都是你的，提前去她家里占个位，只有好处没坏处。

“这不叫俗，这叫识时务，叫聪明……”

“这就叫俗，大俗特俗!”梅丽不顾不管地喊起来，“行，我今晚就跟她走，跟爸爸住，你请我我都不回去!”

梅丽说到做到，当晚，她就赌气跟秦阿姨回了家。平心而论，秦阿姨对她就像对亲生女儿，即便不签协议也会无微不至地照顾她关心她，不会让她受半点儿委屈。可出人意料的是，一到周末，老妈又跟神经病似的变了卦，气势汹汹杀上了门。

当震山响的砸门声“咣咣”响起时，梅丽差点以为是拆迁队来了。秦阿姨刚打开门，便听老妈扯着大嗓门嚷：“小狐狸精，我丫头呢?”

“胡姐，谁惹你生气了？请进，请进屋说……”

“你离我远点，我跟你没啥可说的。”谁能相信，旧社会的苦大仇深又回到了老妈脸上，“丫头，丫头你出来，快跟老妈回家!”

喊叫入耳，梅丽快步走出了书房。瞅到秦阿姨被老妈推搡到墙边，神情分外局促、尴尬，梅丽硬邦邦地回道：“我不回去，说不回就不回。秦阿姨家的房子比咱家大，还有车，我喜欢这儿。”

“你个小白眼狼，两天没见就忘了娘。”老妈伸手扯住梅丽的胳膊往外拽，边拽边嘎嘣溜脆地训斥，“房子再大车再好也是人家的，跟你有一毛钱关系吗？别忘了，后娘的心，黄蜂的针，说不定哪天她就蜇你一下子，疼死你!”

“胡姐，我，我是真心待丽丽的……”

“呸，这年头还有真心？你要有就给我来两斤，我拿回去喂狗。”老妈压根不给秦阿姨插话的机会，又甩开大步奔进书房，急三火四地收拾梅丽的书包。见老妈如此霸道，损人比嗑瓜子还利索，梅丽也动了气，冲上来说：

“妈，你太过分了。秦阿姨那么尊敬你，你怎能说变脸就变脸？”

较劲争抢中，“哗啦”，书包连同老妈的手包都散了花，落了地。这时，秦阿姨也走了进来，弯腰去捡地上的东西，突然脱口叫出了声：“胡姐，你生病了？天，怎么是癌症！”什么？癌症？梅丽禁不住打了个激灵，呆住了。老妈一把抢过病例，嘴巴又像机关枪般开了火：“你胡说啥，别吓着我丫头。你瞧瞧我这身板，挤得上公交站得了市场，斗得过小三打得过色狼，哪能得癌症？是误诊，误诊！要不是那帮狗屁不如的医生误诊，我也不会犯傻让丫头来你家里……”

梅丽恍然大悟，老妈拉下脸约见“情敌”，并和秦阿姨签了那么细致的协议，还让她改口叫妈，原来都是为了她。老妈感觉身子不舒服，就去小医院做体检。哪知庸医害人，竟把肺气肿看成了肺癌。拿着诊断书，老妈先想到的不是治病，而是给女儿安排个好去处。

老妈用心如此良苦，却被自己误认为是贪财，粗俗。梅丽顿觉眼眶一热，紧紧搂住了老妈：“妈，对不起！”

“跟老妈说啥对不起？走，回家。”老妈拍拍梅丽的头，转身正要走。谁想秦阿姨拦住了她，语气里头一回多了丝强硬：“想走？哼，没那么容易。”

怎么着，要开战？谁怕谁啊，有本事你就放马过来！老妈双手叉腰，摆出了盛气凌人的架势。秦阿姨也毫不示弱，一扬手亮出了法宝——那份双方都签了字的协议！

唉，俩妈都爱我，眼下却较上了劲，真够愁人的……

哥哥，今生我注定欠你太多

■ 刘池明

1. 我终于叫他哥了

我有一个哥哥，可他不是我的亲哥。妈妈婚后一直不育，爸爸在一次赶集时捡回了尚在襁褓中的他。爸为他起名张保根，意思是即使妈妈不生育，张家也能延续香火，不至于断了根。

尽管有了他，妈妈还是坚持不懈地寻医问诊。他4岁的时候，我来到了这个世界，从此，他在家里的地位一落千丈。名字也从张保根变成了张多余（父母对哥哥的称谓，就算是哥哥的乳名吧）。

5岁的他就开始做家务。哥哥那么小，洗碗碰掉瓷，扫地扫不干净，倒尿盆把尿洒在鞋上……每一件事都会让爸爸妈妈大动肝火，经常拧着他的耳朵教训他。我从不知道一个人的耳朵可以被拉得那么长，像拉橡皮泥一样。天长日久，哥哥的耳垂比常人的似乎更大更长，谁见了都惊奇地说，这孩子大耳有轮，生得多有福气啊！

他生病是从来没有药吃的，发烧几天几夜也得靠自己退下来；割草时划破了手，随手抓把干灰往伤口一摁，血就止住了；馊了的饭菜给他吞下，他拉两次肚子就又活蹦乱跳了。有一次，他咳嗽很长时间都没好，嗓子疼得实在受不了了，他想起我咳嗽时妈妈喂我喝过一种药，那药装在一个褐色的小瓶子里。趁爸爸妈妈下地干活，他到处找，终于找到了那个瓶子，只喝了两口他就倒在了地上，捂着肚子满地打滚。因为瓶子差不多，他把打棉花用的农药“助壮素”当止咳糖浆喝了。爸爸妈妈不但没有送他上医院，还将他一顿臭骂，骂他偷吃东西。当发现哥哥情况不妙时，父母也显得手足无措，幸亏有经验的邻居舀了盆肥皂水给他猛灌下去，他喝了吐，吐了喝，吐得奄奄一息，最后竟奇迹般地挺过来了。

在爸爸妈妈面前，他是不敢大声说话的，更不敢和我玩。但只要爸爸妈妈不在家，他就很快乐地追着我嚷："小妹，叫我哥，叫我哥。"

一直到他 10 岁，爸爸妈妈才迫于村里的闲言碎语让他和我一起上了学。我上学前班，他上一年级。村里的小学，一年其实根本花不了几个钱，但是父母也不想供他上学，认为当年捡他回来，不让他受冻挨饿死在路边，已算是对他尽善心了。

我也始终没有叫过他哥，总是跟着爸爸妈妈一起直呼他"多余"。他小学毕业的前一天，我们在一张桌子上写作业，他突然转过头神秘兮兮地问我："有个字我不知道怎么念，你能告诉我不？"

他刷刷刷写下了一个大大的"歌"字。我一撇嘴，不屑地说："你真笨，歌呗。"他说："啥？你再念一遍？""歌！"我又大声重复了一下。他还是问："啥？念啥？"我恼了，连声大喊："歌！歌！歌！这下听清楚没有？"他眼睛雪亮地看着我，说："听清楚啦，嘻嘻，你这不是叫我哥了嘛！"

我不依了："你耍滑，这个歌不是那个哥，一个有欠字边儿一个没欠字边儿。"他笑嘻嘻地耍赖，"管他什么欠不欠的，欠不欠你不都叫哥了吗？"

他乐得手舞足蹈。那是我记事以来第一次见他那么开心。我突然发现，他已经 16 岁了，手臂和腿怎么还那么细呢？他怎么那么瘦呢？他的手上怎么有那么多新旧交替的伤痕呢？我年少纯真的心，像被蚂蚁咬了一口，轻轻地疼了一下。

从那一刻起，我决定叫他哥了。虽然爸爸妈妈多年来的言传身教已让我和他们一样，始终把他当成多余的外人，无法亲近。

2. 哥是我的经济支柱

我去镇上住读初中时，他辍了学。爸爸妈妈说，能供他读到小学毕业，就算是对得起他了，现在他该给咱们家挣钱了。

仗着个子高，他向外人谎称 18 岁，到我学校附近的一个小砖瓦厂上班，每天烧砖、搬瓦。砖瓦厂灰尘漫天，呛得他鼻子、喉咙全是灰，一天下来，总要先清清嗓子才能发出声音。爸爸妈妈对他说："多余，我们挣的钱是给明洁将来上大学用的，你就负责把明洁的生活费挣出来吧。"他听了，连连点头："行！应该的。"除掉生活费，他把每月的工资都如数上交，可爸爸妈妈还挖空心思从他身上抠。

为此，他们甚至承认我是他的妹妹了，常常对他说："多余，你妹妹的鞋又小了，该买新的了；多余，你妹妹就要开学了，又要买学习资料了；多余，你妹妹……"

"你妹妹"这三个字，成了爸爸妈妈向哥哥要钱的理由，且屡试不爽。于是他只能从牙缝里一省再省，到最后把早餐都省掉了。

这样的日子，从我上初中一直到高中毕业。6 年的时间，哥哥长成一个大小伙子了，只是仍然面黄肌瘦。长年累月的灰尘侵袭，他的支气管越来越差，经常咳嗽，有时像个老头。

他去学校找我，同学们都开玩笑："你哥是从饥荒年代穿越时空而来的吧?"我觉得过意不去了，对爸爸妈妈说："你们对哥哥也太狠心了，他是人，不是赚钱的机器啊!"

哥哥得知这句话，感动得一塌糊涂。他对我说："妹妹，你千万别怪爸妈，要不是爸妈当年捡回了我，我这条命早没了，那我哪来的家，又哪来这么好的妹妹呢?"

我到南昌上大学，他向爸爸妈妈请求随我一起去南昌打工，也好照顾我。大城市里消费水平高，像他这样没学历又没技术的人，仍然只能做体力劳动，收入十分微薄。供我读大学，比他在小城吃力得多。

爸爸妈妈听了他的请求，心里自然欢喜。妈妈说："我们一天天面朝黄土背朝天地干活，在萍乡市的乡下能填饱肚子就不错了，到了大城市可就不一样了，花销特别大，你妹妹这一开学就花光了我们家所有的积蓄，你去南昌若是负担不起她的学费，她只有卷铺盖回家乡种田了。另外，你妹妹一没背景，二没后台，你进城打工还得想办法给她存点钱，她将来找工作时好打通关系。"

3. 哥的工作很"保密"

哥哥刚进省城的日子，愁得吃不下饭，睡不着觉，每天四处找工作。他自身条件那么差还要求高工资，为此遭了不少白眼甚至辱骂。一个多月后的一天，他兴冲冲地告诉我，功夫不负有心人，他终于找到一份好活儿了。问他什么活儿，他笑着说："保密，反正你哥没偷没抢，挣的钱你放心用就是了。"

他每半个月就会给我送一次钱，但他从来不让我去看他。他说他干活的地方都是些粗鲁的老爷们儿，会吓着我的。这样一说，我也就不再过问了。他确实挺有本事的，给我的生活费越来越多，我甚至有余钱买漂亮的衣服和口红。

一晃就到了大三。有一天，我的钱包被小偷偷了，身无分文。回想起他无意中说过他租住的地方，我便一路打听着找过去。他不在，和他同住一室的工友说带我去找他。

我怎么也没有想到，他的工友把我带到一家殡仪馆的烟囱下。刚一走近仿佛就有一阵刺骨的寒气袭来，我不禁打了个冷战。工友用手一指："看，他在上头正忙活着呢。"

那个烟囱足有150米高，直冲云霄，他穿着红色的工作服，像一只血色的鸽子在空中飞舞。看我极度惊讶的样子，工友说："你不知道你哥在干这活儿？这叫烟囱清洗工，也就是给火化炉除尘。这活又脏又累又危险，很少有人愿意做，所以工资很高。"工友上上下下打量我一番，接着说："干这行要忍受让人恶心的骨灰味儿，还多少会呛进一些骨灰残粉，肺部容易受到侵袭，我们隔三差五就去医院打消炎针，你哥从来舍不得，总说他有个上学的妹妹需要钱。不是我说你，你看你身上这套衣服，少说也够你哥打几天消炎针了吧？"

6月正午的天气，我的脸和地面一样炙热。我仰头望着他，任泪水汹涌。仿佛过了一个世纪，他终于疲惫不堪地下来了，一张脸黝黑发亮。看到我，他大吃一惊，责怪他的工友不该把我带到他工作的地方来。我哭着一把抱住他："哥，我欠你的太多了，我们家欠你的太多了……"

他显然不习惯我的拥抱，红着脸，笨嘴笨舌地劝我。他越劝，我越止不住哭泣。他急了，语无伦次地说："你还记得那年那个字吗？别忘了你叫我哥啊，既然是兄妹，哪有什么欠不欠的？"

4. 我欠你的，今生难以偿还

我以辍学为由，威胁爸爸妈妈不许再向他要钱。他到了结婚年龄，该有份体面的工作，也该为自己的将来打算了。在我的逼迫下，他回到家乡考了驾照，然后和别人合伙买了一辆二手出租车。

他为花掉给我存的钱买车而愧疚，没日没夜地出车，想快点把本钱挣回来。我拿他没办法，只盼着快点毕业，等我工作了他就省心了，我们就都可以过上幸福轻松的日子了。

毕业后，没费什么周折，我被分到了萍乡市一家不错的医院。哥哥见了我总是有点不好意思，他说，若是他有些存款的话，再为我活动活动，也许我会被分到更好一点的医院，他常常自责，说自己没本事。

哥哥每日开出租车，有时是顺道，有时是故意接送我上下班。我发现哥哥的气色却越来越差，他咳嗽得越来越严重，动不动就感冒发烧。我曾几次劝他到我们医院做检查，他死活不同意。

2013 年 1 月 7 日是我的生日，哥哥早上特意把我送到医院，还说晚上在家里为我庆祝生日，我撒娇地拽着他的衣角不让他走，我想让他检查一下咳嗽的原因，他没办法逃走，只好同意了。当我把他拽到放射科拍完片子，趁我不注意，他偷偷地溜走了。他在电话里告诉我，今天他要给我准备一份特别的礼物。

那天下午，当我正在给病人取血样时，科室的电话响了。我的手一抖，血浆洒了一地。我来不及跟病人道歉，同事已经叫我了："明洁，找你的！"

是我们医院放射科的同事。"明洁，片子出来了，他是你什么人？"我说："是我哥。"他接着问："亲哥？"我已经预感到了什么，想了想，"嗯"了一声，电话那端一下子就沉默了。我的心，在沉默中一点点坠了下去。

等不及了，我挂掉电话就往放射科跑。我取了片子，跑到呼吸内科，顾不得医生正在给病人看病，我推开门，急得几乎把我手中的胶片戳到医生的眼皮上："我是检验科的张明洁，麻烦您快帮我看看！"

只过了十几分钟，我的世界就暗无天日了。我一口气冲下楼，在医院的一棵槐树下站了很久很久，然后我拿出手机，拨通了哥的电话。电话接通后，我问他在哪里，他说：“你最喜欢的笔记本电脑我买啦，正在回家的路上，超薄的，苹果牌的，保准你喜欢。”

我咬住嘴唇，一个字都说不出来了。他清了清嗓子，大声说：“哥现在开车呢，有啥事回家再说啊，好不好?”我仰头收住眼泪，说：“好。”他笑了：“这才是我的好妹妹。下班早点回家，今天是你的生日，咱们要开开心心地过啊!”

我闭上眼睛，泪水慢慢滑过脸颊。我没有告诉哥哥，他患了肺癌，医生说已经到中晚期……

路过的人纷纷向我投来了异样的眼光。一个穿着白大衣的人，像疯子一样坐在树下旁若无人地大哭。我怎么能够自制呢?哥哥这一生，从小到大每一天都在苦难中挣扎，都在为我和这个家透支他的生命啊！在他心里觉得自己就是我的亲哥，他这一生注定欠我的，为我付出什么都无怨无悔。

我突然明白，他其实对自己的病早已知晓，不然不会花尽所有积蓄，给我买我最喜欢的笔记本电脑，嘱咐我有啥事回家再说，还嘱咐我这一天一定要开心地过。

泪水过后是冷静。我站起来，我要快快回家，去尽情享受哥哥给我准备的生日宴，开开心心地接受他为我准备的生日礼物。

生日过后，就快过年了，我觉得这些天，我和哥哥都心照不宣，只是不愿意说破，怕说破了影响节前大家的好心情。

春节后，我一定要告诉他：“哥，世界上什么奇迹都会发生。我要治好你的病，哪怕倾家荡产，不为别的，就为你是我哥。”

我和老邓的诗意人生

■ 清水亲肤

一

十四岁的某一段时期，我很喜欢独处。我养了一株蝴蝶兰和一条燕尾草金鱼，它们是我的朋友。

春天的上午，我坐在小书桌前削铅笔，一支又一支排放整齐，像一架五颜六色的独木桥。玻璃窗开着，暖暖的阳光投射在桌子一角，清风吹动窗帘，悠悠荡荡。

老邓在厨房里修水管，他大声叫我帮他拿储物柜里的大扳手。大扳手很脏，触感冰凉，我懒得再摸第二下。老邓边拆水管边扭头冲我笑："周末你不去找小芽玩呀？"

罗小芽是我最好的朋友。她几乎每个周末都会来我家和我一起写作业、看电视，吃老邓炸的鸡肉丸子。

老邓炸的鸡肉丸子好吃的不得了，酥香鲜嫩。我和小芽一个下午能吃掉一大碗。小芽说她很羡慕我，羡慕我有老邓这样的爸爸，从来不问我学习的事，还总想着法子给我做好吃的。老邓当然也有一颗望女成凤的心，只不过他了解我，好胜心强，不甘落人后，所以他才没有给额外的压力。

"我一大堆作业等着，哪有空玩。"我心虚地低下头。

我表现出的好学上进总能令老邓感到无比欣慰，他不由得哼起了小调。我从菜筐里拿了一个大番茄，闪身回卧室，握着铅笔画杂志上的插图。

我和罗小芽已经有两个星期不说话了。她不约我一起上厕所，我也不等她一起回家。我们的决裂令我情绪低落。

这一切都与老邓有关。

二

七岁的时候，我就知道老邓不是我亲爸，是比我大三岁的表哥告诉我的。表哥得意扬扬的样子把我气够呛，我去问老邓，老邓一开始没承认。直到我为了报复，抓破了表哥的脸，表哥哭着找老邓伸张正义，真相才彻底大白。老邓说就算没有血缘，我也是他亲闺女。

我当时懵懵懂懂，也因为年纪小，睡了一觉后我就把这事彻底忘在了脑后，继续跟在表哥身后到处疯玩。

我没觉得这件事有多么重要。爸就是爸，难道爸和爸还有什么不同。老邓每天接送我上下学，周末陪我到新华书店看书，我盘腿坐在地上，他蹲在我旁边。我不高兴时会跟他哭鼻子，他生气时也会训我。我们分明就是很正常很普通的一对父女。

可总有人拿血缘说事。

表哥之后是同桌。同桌是比我瘦小很多的女生，有一天，她神秘兮兮地问我：“邓嘉嘉，你爸真的不是你亲爸吗？你怎么也没有妈呀？”

那个时候我已经十岁了，是个很厉害的女生，会吵架还会打架，人人都说老邓把我惯坏了。我没有和那个女生吵，当然也没有因此和她打架，我只是狠狠地瞪了她一眼，她就老实了。我不喜欢别人说老邓不是我亲爸。

但没有妈这个事我也很疑惑，我回家问老邓为什么不给我娶个妈？老邓竟然显得有些羞涩。

不久后，老邓领回来一个女人，是他同事给介绍的。老邓让我管她叫王阿姨。王阿姨在厨房跟老邓说，她希望尽早结婚给老邓生个自己的孩子。

那天以后，王阿姨就没有再来过了，老邓说他俩不合适。

三

作为我最好的朋友，罗小芽知道我所有的事情。我以为她和别人不同，她会明白我对老邓的感情，她会理所当然顺理成章地认为我和老邓跟她和她爸是一样的，是不需要特别说明的。可是没有，她问我：“嘉嘉，你都不知道自己的亲生父母是谁会不会很难过？”她还说：“养父毕竟是养父，你将来长大了应该去找找自己的家人。”她很认真，一副为我着想的样子。她确实在为我着想，可是她的话却让我的心猛地一疼。

那天我回到家看到老邓，难过的只想哭。我要怎样才能让别人明白，我和老邓确实没有血缘关系，但他确实是我亲爸。

第二天，我打算认真地和罗小芽聊聊，希望她再也不要在我面前说那样的话，我不希望因为这事影响我们的关系。

午休时，我在小卖部买了两袋酸奶和两袋麦丽素，是我和罗小芽都喜欢的零食。

刚走到教室门口，我就听到班里一个女生对罗小芽说："你干吗总和邓嘉嘉混在一起啊。她那么小气，过生日都不舍得请班里同学去唱一次 K。"

"呵呵，是啊。她是有点小气。不过也是因为她家经济状况不好。她爸是开出租的。"是罗小芽的声音。

"怪不得呢。她爸看上去也真的不像什么有本事的人。"说的人很认真，声音里没有透出明显的轻蔑和嘲笑，但优越感却是怎么也藏不住。

罗小芽又附和着呵呵笑了两声。

我跨进教室的那一刻，周遭静谧。我能感觉到罗小芽在看我，但我没有心情理她。我为老邓感到难过，老邓很喜欢罗小芽，说她聪明可爱。老邓知道我没什么朋友，罗小芽一来找我玩他就高兴。

四

老邓开着出租车来接我，看到罗小芽就招呼她上车，顺道送她。我合上车窗对老邓说："她爸爸会开车来接她的。"

老邓呵呵地笑了："看样子你们闹别扭了。"

"她是有钱人家的孩子，我们本来就玩不到一块。"我没好气地说。

"需要钱爸给你，交朋友该花的钱就花。"老邓很大方地说。

我看看老邓车里放着的方便面和矿泉水，眼睛就有些模糊了。老邓很少准点吃饭，饿了就先啃几口方便面。我问老邓他这些年都不结婚是不是因为他没钱，别人不肯嫁给他。

老邓哈哈笑起来："你爸我是有女朋友的人。"

老邓的女朋友也姓王，40 岁，是个会计，有一个女儿和我一样大。王阿姨来我家的那天给我带了一套漫画书，据说是参考了她女儿的意见。

老邓和王阿姨在厨房做饭的时候，罗小芽来了。我准备领她到我的房间，她却在客厅站住了，一脸歉疚地对我说："嘉嘉，对不起，那天我不是有意的……我一向不太好意思反驳她们……"我还没来得及说话，老邓就从厨房出来了，笑容满面地对罗小芽说："今天来是不是想吃叔叔炸的鸡肉丸子呀？我和你阿姨还真做了不少好吃的。"

罗小芽的脸就有些红了，我猜她是因为被老邓拆穿了而感到不好意思。

五

我十五岁生日的那天，老邓坚持要在家请客。他托罗小芽邀请了班里的一部分同学。那天我家小小的客厅变得很拥挤，老邓跑来跑去的给我们拿吃的喝的，然后就钻进厨房忙活着煎炒烹炸。

我四五岁的时候不爱吃饭，老邓怕把我饿坏了影响身体，就天天研究怎么把饭做得美味可口，所以对于老邓的厨艺我非常有信心。事实上也真的把他们给镇住了。他们看着老邓端上来的烤鸡脆骨和蛋黄铁板虾惊呼："邓嘉嘉，你爸真厉害！"

老邓领着我们玩游戏，一只蛤蟆掉水里，扑通，扑通扑通，扑通扑通扑通，到了第十个人就要说十个扑通，谁说错谁就唱歌。老邓总说错，他拿根筷子当麦克风给我们唱"看见蟑螂我不怕不怕啦""我不上不上，我不上你的当"，唱得乱七八糟，我们笑得东倒西歪。

他们又惊呼："邓嘉嘉，你爸真有趣。"

我很得意，这我早就知道。

那之后来我家玩的同学就多了起来，人一多老邓就特别高兴。我看着老邓想，王阿姨会喜欢他这样吗，像个老小孩。

我问王阿姨喜欢我爸哪点？

王阿姨笑眯眯地说："你爸是个文化人啊，有思想，会念很多诗呢。"

呃，我听着只觉得怪不好意思的。

六

我问老邓我到底是从哪里来的。我说我只是问问，不会离开他，永远不会。老邓嘿嘿地笑，他说他知道。

老邓从部队转业回来已经三十岁了，没有钱，也没啥技能，就去给人家开车拉货。有一年冬天他去甘肃拉货，路上遇到一个女人拦车，说急着送孩子到医院。车开到半路女人说要去厕所，把孩子放在老邓怀里就下车了。老邓抱着孩子等到天黑女人也没回来。

老邓在女人的包裹里发现了一封信，女人说被未婚夫抛弃，家人也与她决裂了，她没能力养活孩子，只能将孩子托付给好心人。谁养大了孩子谁就是孩子的亲人，她一辈子不会和孩子相认。

同行的人劝老邓将孩子转送给别人，他还没结婚就带着个拖油瓶，没有姑娘敢嫁他。老邓不肯，他说这孩子和我有缘。

老邓说到这儿，就咧着嘴笑了："幸亏我当时抱你回来。有我闺女，我活得开心有奔头。"

我心里一酸，有点想哭，赶紧转移话题："爸，王阿姨说婚礼上要让你给她念诗，你是不是得提前练习练习啊。你要不先念给我听听？"

老邓二话不说，就背着手念起来："一月，世界一片温暖的漆黑；二月，我的裙子上开满嫩嫩的鹅黄色小花；三月，枝叶藤蔓茂盛，空气鲜绿而可口……"

我怔住了，这是我从书上抄下来贴在桌角的诗，我喜欢的诗。我的心思老邓都懂。

我和他一起念："在你的怀里，做一只井底的小青蛙没什么不好。小青蛙很快乐，井也很快乐，那井口一片圆圆的，流动不停的天空，也很快乐。"

"我无法告诉你，我多么热爱这一种美好。我只能说，但愿这就是世界。"

我学着老邓的样子咧着嘴对他笑。我想等老邓老了，走不动了，我就陪着他坐在阳台上，边晒太阳，边念诗给他听。

永不成全彼此的孤单

■叶子

一

她是地锦的奶奶。当初地锦爸妈离婚，地锦的姥姥过来抱地锦。

可等姥姥一进门，地锦的奶奶就反悔了，死死抱住咿呀学语的小地锦不肯放手，说要自己养。

姥姥很生气，打电话报警。面对警察，地锦的奶奶振振有词，从血缘讲到宗谱。

警察只能劝姥姥回去，不管怎样都是小丫头的亲人，有事慢慢商量。她在阳台看着地锦的姥姥悻悻而去，狠狠在地锦屁股上拍一巴掌，你这个小冤家!

她有三个儿子，没有闺女。地锦爸爸是老三，离婚后跑去广州做生意。她和地锦住在一百平方米的大房子里，有点空落落的。于是，她带上地锦跑去另外两个儿子家住。

地锦的幼儿园是在大伯家读的，小学却转移到二伯家里。伯伯们都很疼地锦，对她的游击战却颇有微词。

她脸一沉，你们是不是嫌拖累?

小丫头不明白这些道理，只觉得能够在大伯与二伯家来回流窜很好玩。大伯二伯各有一个儿子，对地锦娇惯宠爱极了。

可她总处处和地锦过不去——成绩不好，零食不许吃；和小朋友打架，电视不许看；不整理自己的小房间，厕所关禁闭。

地锦气鼓鼓问，为什么?

她眼睛一瞪，不为什么!

地锦无比清楚家里所有人都怕她，和她是没有道理可讲的。只好耐着性子把功课做好，尽量不和小朋友打架，把小卧室收拾得干干净净。

她不夸奖，只是淡淡地说上一句：“丫头家，本来就该这样！”

二

地锦在大伯家读初中，有一天晚上听见客厅叽叽喳喳。原来大伯母给奶奶介绍一个老头，条件很般配，希望她能够考虑再婚。地锦有一种说不出来的紧张，把耳朵紧紧贴在房门上。

我嫁了小丫头怎么办？她冷冷的，然后转身朝地锦的房间走来。她不和地锦一个房间睡觉，但是每晚都会检查地锦的作业。

“字怎么歪歪扭扭？”她厉声呵斥。地锦的心怦怦直跳，生怕她宣布再婚的消息。她撕去那张没写好的作业，责令地锦重新写。

地锦埋头，眼睛突然看不清作业本上的小格子。

她瞧见地锦滴落的眼泪，却假装没看见。气势汹汹地打开地锦的书包，哗哗啦啦地翻翻练习册，然后笃笃而去。

整个学期，地锦都是小心翼翼。作业写得出奇好，被子叠得赛过豆腐块，甚至大伯家的卫生都抽空做了，想讨好她。大伯母偶尔唠叨：“地锦，你劝奶奶答应吧，她苦了大半辈子。”这时，地锦的心就会狠狠疼一天。

地锦长大了，知道爷爷去世早，奶奶拉扯三个儿子不容易，要不是自己拖累，她现在肯定能过上好日子。可她虽然对地锦凶，但地锦的心里踏实，她就是地锦的爸爸妈妈，是地锦的靠山。地锦不想让她再婚，可不敢明说，只能拼命表现，让她舍不得丢下自己。

有一次两家人聚餐，她突然开口，“老大媳妇说的事，等地锦考上大学再议。”

大伯母遗憾地叹口气，地锦紧绷的神经却松弛了。

三

地锦十分顺利地考上了本市大学。她不大满意，怎么不走远点？二伯笑，“丫头是舍不得你！”她脸一沉，“没出息！”地锦一句话都不争辩。她现在已经老态龙钟，步履蹒跚了。

医生说她患上糖尿病不能吃甜食，她不听。伯母很为难，阻止婆婆吃东西总是开不了口。这时地锦和她住在二伯家，她和地锦住在一个大房间里。

过去，她都是让地锦自己睡一个小卧室的。如今地锦熬夜厉害，又考虑人家说得有道理，她不能让地锦整天跟着她东跑西跑，这样小丫头会没有安全感。再说学习需要一个稳定的环境，折腾对地锦的成长不好。

她不放心，担心她谈恋爱，干脆就抱着被子挤上地锦的大床，监督她上网，催促她睡觉。

地锦大声嚷嚷："我都多大了，你还管！"

她给地锦屁股上一巴掌，"不到25岁不许恋爱。"地锦用被子把自己裹成粽子，不和她说话。

见二伯母为她的贪吃左右为难，地锦就去买来一支口红，天天去学校之前给她涂好，再三叮嘱，你要是不听话，我就跟你学。

中午地锦放学，看见她在小区门口和保安唠嗑，手里捧着半袋糖炒栗子。红彤彤的嘴唇早褪色了，她没能管住自己。

晚上，地锦坐在电脑前就是不睡觉。一会儿玩游戏，一会儿聊天，忙得不亦乐乎。她很生气，可竟没有了言语。最后，她气鼓鼓地说，明儿个我不再吃就是了。

果然，她真就把这个毛病改了。每天吃完早饭，她自己去镜前涂好口红下楼，去街心公园打扑克牌。地锦尾随过几次，她真的只带了保温杯。

地锦的心一疼，老人和小孩其实一样，都喜欢甜食，尤其是她，早些年总爱吃蜜枣糖豆包，现在不许她吃的确很残酷。

晚上，地锦和她并排躺在床上。她低声交代，城东那套房子一年的租金是多少，她陪嫁的金银首饰藏在哪里。清亮的月色一寸寸地挪移在地锦面颊，地锦扑闪一下睫毛，泪就滚下来。

她真的老了，开始担心自己的死亡，开始忧虑地锦的未来。想当年，她是多么意气风发、盛气凌人，让地锦又爱又怕，眼前，地锦对她依然又爱又怕。只是爱和怕，更换了内容。过去的爱，是对她的依恋，现在的爱全是心酸心疼。过去地锦怕她丢下自己去谈黄昏恋，而今再无此担心。

她在地锦青葱的成长中，一点点变老了。

四

她瘦得厉害，视力也愈加下降。她告诉马上要大学毕业的地锦，七十三、八十四阎王不叫自己去。

地锦十分清楚这句话的含义，老人家都担心 73 岁和 84 岁，虽说是迷信却深信不疑。地锦不屑，你好好的，别迷信。

可她忧心忡忡。晚上考问地锦老生常谈的问题，譬如房租，金银首饰的藏身地，还有她的借贷关系。地锦就凶她，说一百遍了，耳朵都生茧子了！

说完却用被子蒙住脸，怕她看见自己汹涌的泪水。难怪她坚持带地锦住在两个儿子家，出租那套一百平方米的大房子，这些年给地锦积攒一笔不菲的嫁妆钱。还有，节省一大笔生活费。

一瞬间，地锦知道和她之间的爱，已经深不可探。

可她真就病了，而且很厉害。地锦衣不解带地守在病床前，变着法子劝解她宽心。她眯着眼唉声叹气，七十三喽，这场劫难是躲不过去的！

周围的人纷纷掉泪，地锦却突然大发雷霆，你躲不过去我怎么办？没爸没妈谁肯娶我？你不知道你比我先老吗？你不知道你不能陪我成家立业吗？你干吗死气白赖留下我？

她浑身哆嗦，抓起枕头砸地锦。

地锦索性背包走人，趁你还清醒我自己离开，省得你不在了我被别人欺负。

地锦一下跑去海南实习，把她的金银首饰统统给她留下。

她在病房大骂不止说："老三就是一只白眼狼，难怪生的丫头也是，白白养活 20 年，小冤家却嫌她患病丢下她一走了之。还指望她端药喂饭呢，这没良心的！"她拍着被子吼。

大伯二伯赶紧四处打听地锦的消息，却毫无收获。地锦仿佛人间蒸发一般，没有留下任何的蛛丝马迹。

她不依，天天吵着要他们把小冤家找出来。闹了半年，大伯二伯也急眼了，地锦这孩子真就随了老三，眼看奶奶病成这样还真忍得下心不闻不问。

她从原来的哭闹变得安静，坚持出院回家，把租客赶走自己住进去，说反正白费心思不如就老死在这座房子里好了。她原本计划老死在医院里，不

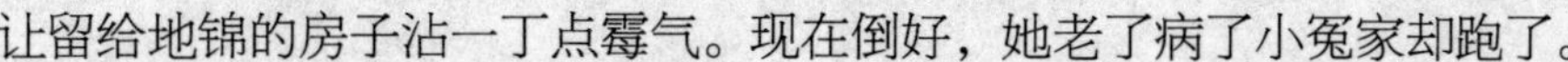

让留给地锦的房子沾一丁点霉气。现在倒好，她老了病了小冤家却跑了。

儿子们很担心这件事对她造成的刺激，轮流陪她。她却稳重笃定，我倒要看看，这个小冤家还能上天入地？不信她一次都不回家。

地锦的物品统统被运送回来，分别搁置在房间里。每天早上她躺在床上输液，恶狠狠咒骂着不知去向的小冤家。中午她让儿子们背她下楼晒太阳，一点点咀嚼医生建议补充体力的食品。她发誓要扛过这个坎，非和地锦算账不可。

说也奇怪，她竟一点点好起来。

一晃到了年底，地锦还没消息。她真伤心了，除夕那天早早就躺下，迷迷糊糊中，听见有人问，“压岁钱呢？”

睁开眼，竟是地锦。

大半年不见，小丫头瘦得厉害，她一坐而起。地锦却呵呵笑。

地锦当然是故意的，是怕她真就撒手而去，故意制造一份牵肠挂肚揪着她的心。地锦不相信，她才七十三岁，会被疾病打倒。她去问医生，医生说，身体的病在其次，老人心理不太积极。于是，地锦鼓起勇气，玩失踪。这大半年不理不睬，就是想她眷恋宝贝孙女一定能迈过耿耿于怀的这个坎。地锦回想她的种种苛求，万分清楚这个不达目的决不罢休的老太太，一定不会轻易放过自己的忤逆！

果真，她因此撑过了难关。

地锦把她紧紧抱在怀里，含泪吻吻她的额头：“亲爱的奶奶，我们谁也不能成全谁的孤单，此时是新年第一天，这句话就是咱俩的誓言了！”

爆竹骤响，她蜷缩在地锦怀里，掉下泪来。

镜里朱颜

凤栖梧

■ 寂月皎皎

十岁那年，我抱着和我差不多高的绿漪琴，即将在台阶上滑倒时，云犀扶起我。

栖梧，小心。

柳荫如烟下，他的掌心温暖，月白的衣衫随风飘舞，发端的风巾潇洒飞起，黑黑的眼眸倒映着阳光下的秦淮河水。

那是我第一次见到他。

他将迎娶我的姐姐栖情，立誓一生一世把这位秦淮第一名妓捧于掌心，如珠似玉。

栖情栖情，觅的是可栖情处。

吏部卢大人的公子，因家人不许，允婚又毁婚。我亲眼看到姐姐将他秘密约出，骗他喝下了断肠毒药。

我想，云犀不会。

迎娶姐姐的车马，一路鲜红似火，燃烧了半条长街。

最隆重的礼仪，最卑贱的新娘。秦淮河畔的雕梁画栋里，羡煞了多少位绝色红颜，酝酿了多少支香艳诗词。

姐姐却在我的卧房里，奏我那把据传是相如文君曾奏过的绿漪琴。

……龙虎散，风云灭。千古恨，凭谁说？

对山河百二，泪盈襟血。

驿馆夜惊尘土梦，宫车晓辗关山月……

这不属于我们小女子的关山悲恨，在弦上跳跃了一天又一天，一年又一年，我始终不能明白，这绿漪琴上的哀曲，为谁而奏？

走向那艳烈富丽的花轿前，她送我一把匕首。

纹龙，雕凤，耀着幽蓝的光。

她向我说："栖梧，如果有一天我死了，一定是云犀杀死的。记住，替我报仇。”

第二天，许嬷嬷带我远走他乡，在一处山很青，水很明的地方落脚，让我和乡村的学生，一起在私塾里读书。

许嬷嬷说，这简单平静的日子，很好。我的母亲如果在世，一定也乐意看到我如黄鹂般自由欢快，而不愿意我如凤凰为择梧而栖发愁。

我早不记得我母亲的样子，父母已都遥远得像一个梦。只有姐姐和许嬷嬷是现实的，我每天都可以摸到她们温暖的脸庞。

现在，我只有许嬷嬷了，所以我乖乖地听许嬷嬷的话，不再去弹琴，快快乐乐地跟着老夫子满口的之乎者也。

偶尔，我会想起姐姐的话。她说，如果她死了，便是云犀杀的。

可云犀哥哥那么爱她，又怎会害她？

于是，我安然，却微微地怅然。

在我们隐居的第五年，我居然又见到了云犀，想象中应该快乐伴在姐姐身畔的云犀哥哥。

他依旧月白的衫子，却很憔悴，必是经过了许多日的奔波，连风巾都泛着一层灰。

“你的姐姐，让我接你回家。”云犀说着，眼睛里泛着刺目的通红，难掩的悲戚。

许嬷嬷从简陋而温暖的茅屋里步出，一罐小米从手中摔下，哗啦啦洒了一地，逗引了许多只放养的嫩黄小鸡，踱了细细的腿儿，飞一样赶过去。

但许嬷嬷居然同意我们跟云犀回去。她说，她想姐姐了。

我终于见到姐姐。

冰冷的石碑上，那么荒唐地写着我姐姐的名字。

一定是弄错了，一定。

姐姐温暖的手，姐姐清冷的琴，姐姐寂寞的笑……

我伏在潮湿的新坟上，痛哭流涕。

云犀说，姐姐是在春游时，失足落水而死。

他很伤心。这四五年来，云家连连失去亲人，他的叔叔，母亲，甚至姨娘，他已经快承受不住了。

他的沮丧和痛楚，让我心痛，却依旧怀疑。

姐姐说，如果她死了，一定是云犀杀的。

姐姐不会骗我。

可云犀呢？

他温和的目光正凝在我的面容之上，五指缓缓从我的长发滑过。

依稀，又是五年前的初相遇，掌心温暖，笑容温煦如映着阳光的秦淮河水。

深夜，兵部云大人家的深深院落，许嬷嬷抱着我哀哀地哭。

许嬷嬷说，二小姐，其实你们姐妹本是九天的凤凰，只当栖于尊贵的梧桐。如果前朝不亡，我该叫你一声，栖梧公主。叛军攻皇城时，有内奸出卖了朝廷。我们的母亲，在宫破之时被叛军迫得悬了梁，死不瞑目。十二岁的栖情公主被那内奸献与叛军头目蹂躏，然后卖往妓院。

许嬷嬷说，她用自己的女儿，换下了襁褓中的我，再找到姐姐，一起艰难求生。

许嬷嬷说，二小姐，那内奸有两人，一个姓卢，一个姓云。姐姐不会放过他们，就如他们如果知道姐姐是前朝公主，也不会放过她一样。

许嬷嬷还说，大小姐怕我太苦了，叫她带我到安静的地方去，过些清闲日子，除非她死了，不许我插手报仇……

我泪如雨下，抚琴而歌：

……龙虎散，风云灭。千古恨，凭谁说？

对山河百二，泪盈襟血。

驿馆夜惊尘土梦，宫车晓辗关山月……

许嬷嬷紧闭房门，把绿漪琴扑住。“小姐，不能弹这个，不能弹啊！”

我终于懂了，那曾经不懂的曲。

栖情，栖情，其实早已，无情可栖。

故国明月，暗换了谁的朱颜，谁的妩媚，谁的微笑？

云犀待我极好。蜀中的华锦，和田的美玉，东海的明珠，只要有的，无不堆山填海般倾倒在我面前。

我用白净的手指拈起一桩桩宝物，似看到了亲人无数的血痕，缓缓在美丽的华彩间晕开。那样的泼天富贵，该用多少的鲜血，去一一换得？

可一回头，是云犀依依的笑容。他那么歉疚地说：“栖梧，我没有好好照顾你的姐姐，只盼，能好好地照顾你，一辈子。”

可我只想知道，我的姐姐是怎么死的。我问，捏紧了暗藏袖中的匕首。

是姐姐送我的那一把，纹龙，雕凤，剧毒，见血封喉。

她是自杀的。好久，云犀缓过骤变的神色，慢慢回答，声音低沉苦涩，如同隔了层层的帷幕，又如刚吞下一大口的黄连。

你姐姐是前朝的公主，我们早就知道了。云犀迷惘得如同失路的孩童，声线在惨白月光里颤抖浮动。她想报仇，她不断地杀人，用毒，用计，用刀剑。父亲一直说，云家对不起前朝，所以让我举办盛大的婚礼娶回她，爱她，容她，让她，但最终我不能不制止她。云家的人，快给她逼得死绝了。

我想摇头，可脖颈却僵硬得无法动弹，手掌心里，一层一层沁出冰冷的汗水，濡湿干凉的匕首柄。姐姐说，如果她死了，一定是云犀杀的。因为，她自己，本就是带了杀心而嫁，怎会不防备人家亦会对她下手！

栖情要杀我父亲，终于没有得手，所以逃了。我去追她，其实只是想劝她收手，因为云家会用一辈子，慢慢偿还对她欠下的债。可她误会了。她跳下了大江。

云犀的瞳仁，痛苦得遮了层云叠雾，仿若再灿烂的阳光也无法射进去一分一毫。

我手上的匕首毫无预兆地跌落，锋利的刀芒，反射碧蓝如鬼的死光。泪珠慢慢掉下，一滴，又一滴，在匕首上汪开。

“她跳下去之前，唯一的遗言，就是要我善待她的妹妹。我……我竟然眼看着她给大浪卷下，无法救她。”云犀那么悲哀地说。

“栖梧，栖梧，纵是我用整个的生命待她好，终究，终究她不肯给我半点真心。”他无视地上那可怕的死亡匕首，忽然抱住我，亦是大颗大颗的泪珠落下，晶莹剔透。

“那是因为，栖情，已无情可栖。”我回拥那可怜可爱的男子，蕴了泪，慢慢说。

……龙虎散，风云灭。千古恨，凭谁说？

对山河百二，泪盈襟血。

驿馆夜惊尘土梦，宫车晓辗关山月……

我仍喜欢在夜深之时悄悄抚琴，满心的凄凉和怀念。

但毕竟，一切已经结束，风云已灭，不是形单影只的我能重新挥洒得出的。千古之恨，也不是一曲两曲的诗词能够轻轻殒灭的。

抚摸绿漪时，我更多遥想的是卓文君和司马相如凤求凰的温馨浪漫，以

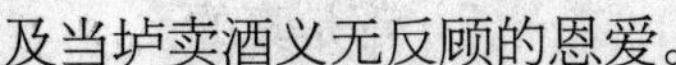

及当垆卖酒义无反顾的恩爱。

云犀将要娶我了，用迎我姐姐同样盛大的婚礼，娶我做他的新娘。

我用红绡剪裁我的新嫁衣，在亮滑的锦缎上绣一对一对的鸳鸯。一针一线，把儿时的梦想和失落的希望，细细缝入。

许嬷嬷问：“你决定了吗?”

我说：“姐姐，其实是放心云犀的，所以才会让云犀照顾我。”

不知道这算不算理由。但这个理由，让我更安心地去接受我的婚礼，满怀希望的婚礼。

如愿以偿的盛大婚礼。

高朋满座的喜庆，一扫连年人祸带来的惶惶不安。

无数的灯笼，照耀暮春的牡丹，似嫣然的笑颜。

我安然坐于如意合欢纹的锦帏之内，盖了彩蝶双飞的喜帕，静静等待我的新郎。

我不确定云犀是因为姐姐而怜爱我，还是因为歉疚而疼惜我，但我能相信，未来，云犀一定会爱上我，便如那日柳荫如烟下，小小女孩对他的怦然心动。

锦帏动了，被缓缓撩到了两侧。前方人影拂过我的喜帕，流苏摇晃，叮当当地响，轻细而悦耳。

这人影很是熟悉，是这府里的侍儿吗?

“门有没有关好?风很大呢。”我轻轻说。

那人挪动脚步，关好门，又缓缓地踱回来。

我忽然有种奇妙的感觉。这人，不但熟悉，而且感觉好亲近，亲近的似乎能感觉到相通相共的某种气息。

我猛地拉下红喜帕，然后惊呼，“你是谁?”

眼前站了一个人，不，不该说是人，应该算是个丑陋的怪物。

满脸的焦黑，辨不出眉眼口鼻，狰狞地立于眼前。

你不认识我是谁了吗?那清冷而悲哀的话语，如醍醐灌顶，又如冷水倾盆。

这人是姐姐，我的姐姐栖情!

那丑陋的无法辨识出一点原先风姿的姐姐栖情，那样平淡地诅咒着我即将合衾的爱人。

她刺伤了云大人，逃出了云府，跳下了激流，这一切，都是真的。

而后，她被人救了，安顿在小小的农庄中，足足数月才算恢复。

正在考虑下一步行动时，云犀来了，那么真挚地请她原谅，并发誓一定劝父亲再原谅她一次，不去计较她一再的复仇行为。

云犀走后，栖情开始心动。无情可栖，毕竟太累了。

这时，起火了。

门，被从外面反锁上，就在云犀走的时刻。

烈烈火焰无情吞噬她时，云犀在外面喊着，不能怪我，是你太过心狠手辣！而且，而且，栖梧来了，她的眼睛，明亮，清澈，没有仇恨。我不能让你带坏她！

提到栖梧时，那声音穿越火海，竟也能那么的温柔，更衬得火海中的女子，惨叫声凄厉如绝望的狼嚎。

栖情栖情，终于还是无情可栖。

附近的农户救出了我，我养好伤，就听到了你们的婚讯。姐姐那么平淡地说着，叹了口气，我是不是该恭喜你？

她在昏睡于榻下的两个侍儿口中各塞入一粒药丸，见她们悠悠醒转，才踱出门去。一袭黑袍，立刻与无边的黑暗融作一体，再明亮的灯笼，也照不出曾经的风华绝代。

我将喜帕重新掩到自己头上，掩住重重的泪水，可心头太痛，痛得我不由弯下腰去。

侍儿们正为自己的嗜睡惶恐不安，再顾不得细察我的异常。

云犀走向新房的脚步轻盈而有力。

许嬷嬷似乎在门外叹息了一声，不知是喜悦，还是担忧。

大红的喜帕小心翼翼挑开，似等了几千年的一场梦。

我抬起头，作倾城一笑。

云犀意乱情迷那一瞬，一把匕首迅捷地插入他的腹中。

纹龙，雕凤，剧毒，见血封喉。

他惊讶，然后了然。

“栖梧，你放不下，终究是放不下你的国仇家恨。”血已在云犀脚下汪成一片，竟是黑色。

“我什么都放得下，除了姐姐。你不该害我姐姐。”我轻轻说，拥住快支持不住的云犀。

“我没有。我没有……”已经认命的云犀忽然挣扎，努力地挺直身体，艰难地吐出了最后几个字：“栖情，好狠!”

涣散的瞳孔，睁得极大。

死不瞑目。

“他害惨了我姐姐。”我木然瘫软在乌黑的血泊中，向冲进来的许嬷嬷说。

灿烂如云霞的嫁衣，浸润透了我夫婿的黑血，慢慢渗入我的肌肤，冰寒，冰寒。

许嬷嬷号啕大哭。

她说，大小姐的脸，是卢家人烧的，不是云家。他们为给卢公子报仇，已经找她好久了。她说她已经什么都放下来，原来，终于还是放不下，放不下……

她说，栖情，栖情，无情可栖，却已放不下情。

因为放不下，所以毁灭。

以绝望的谎言。

我无人可怨。

我对着我的新郎喃喃细语，我喜欢你，我什么都放得下。云犀，云犀哥哥。

花烛倒了，那样火红的颜色热烈地舔上柔软的锦幔，在眼前交织成灿烂的火海，明若朝霞。

火光中，又是我十岁的小小年华，抱了绿漪琴，只在抬眼瞬间，脚下已踩空。

栖梧，小心。

温暖的手扶住我，月白的风巾飘洒，眼眸里倒映着阳光下潋滟明亮的秦淮河水。

狐九娘

■绿迅

一

闻琼和华远是朋友。他们的关系，仅是常在一块吟诗舞剑而已。所不同的是，闻琼舞剑是真的在精研剑术，以求防身救人，他吟的诗词也是自己写的。而华远舞剑不过玩玩花架子而已，吟的诗也是别人写的。这真糟蹋辱没了传世名剑——唐代龙泉宝剑！

初夏的清晨，一轮玫瑰色的红日刚刚照面。一片白绿相间的槐树林在清爽的习习凉风中晃珠拂翠，让人心醉神怡，暂忘凡尘。闻琼一身青衫，华远一身白袍，都神清气爽陶然自醉，各自舞剑吟诗。

闻琼正凝神平息操练，忽闻不远处有马嘶声、狗叫声、人喊声狂乱暴躁地传来，他的心一紧，即持剑抬头观望。但见一条小路的那边，桃林烂漫如霞，两个骑马的一前一后，带着猎犬正在追一只身上带着箭伤的白狐。那狐身皎洁如雪，五彩斑斓的条条细尾簇拥着，拖着一路血迹，咻咻呻吟着向槐林这边逃窜而来。

二

望着遭难的美丽白狐，面对这惊心动魄的场景，闻琼和华远惊呆了，他们一时不知如何是好。

然而这时追逐的人马和猎犬都闯到眼前来了，那只白狐仓皇逃窜进了槐树林。闻琼尽管心惊肉跳，但凭着精心练就的剑术，他劈手就削掉了狗头。骑在马上的穿着锦袍戴着玉佩的白胖主人和穿着粗布短衣的精瘦奴才却一起咆哮起来了：

“你想干什么？找打吗？我们猎狐与你何干？”

“想干什么？你们扰乱……见识见识爷爷这把宝剑。”华远说着，在众人眼前亮出了那把龙泉宝剑。主仆二人只觉得一道刺目的雪亮寒光在眼前一闪，一阵晕眩，眼前一黑。而闻琼和华远的眼前是正常的，他们天天见，习惯了。闻琼趁机在那白胖家伙的大腿上刺了一剑，白胖家伙哎哟痛叫着招呼着奴才逃走了。

三

猎狐者逃走了，槐树林里却一跛一跛地走出一位乌发纷披在肩头，嫩白瓜子脸温润若白玉，而略透微红，一袭粉裙袅袅娜娜如梨花初绽的容华绝世的美人来。美人微蹙娥眉极力抑制自己痛楚的呻吟，嘴角露着惨白的微笑，碎玉般的牙齿打着战柔声慢语道：“谢谢两位哥哥搭救小女子胡九娘……”

华远和闻琼看得惊呆了，面对一位爱煞人怜煞人的绝世美人。就在二人呆愣愣之际，那美人却在躬身拜谢之时昏然倒地。

四

华远还愣怔着，闻琼一步抢先，三两步奔过去，一面把那美人轻轻扶在胸前，一面细细地检查着伤口。伤口很快就找到了，大腿处一抹殷红的血迹沁透了粉裙。闻琼看得很揪心，他痛惜着，有一种要落泪的感觉。

闻琼梳理梳理美人发丝柔滑的头部，就用两指按住了她的上下唇。这时候，华远跑过来了，他摩挲圆润嫩生生的纤纤玉指，眼睛直勾勾地盯着那苍白仍不失俊俏的脸。不久，美人胡九娘微微张开了娥眉大眼，她想抬起手臂抹一抹眼睛，却被谁的手生硬地攥住了。她正迷迷瞪瞪，华远红着脸，赶忙松开了她的手。她闭了一会儿眼睛，复又睁开了眼。待她看清了围在他面前的是她的救命恩人时，她用沙哑微弱的声音说：“我这是怎么了？不好意思哦。”

闻琼说：“你失血过多，又被坏人追逼……”

“多亏了有我这把宝剑，要不然后果不堪设想！”华远抢着说。

“我看这样，这里人多眼杂，不如先扶这位小姐到树林里避一避。”闻琼说。

胡九娘欣然点了点头，华远没有异议。于是两人一人一只手臂，把美人扶进了槐树林。

“就在这儿歇一歇吧。”闻琼指着身旁的一棵老槐树说。

二人没有出声，闻琼脱下长衫，只穿着白衬褂，把长衫垫在老槐树底下，然后两人小心翼翼地搀扶着美人坐下来。华远也索性脱下了他的长衫，把长衫搭在树身上，让美人倚靠在上面。

“华远我和你商量商量。这位小姐身上有伤身子又虚弱，这样下去终非长策，不如我在这儿照料着，你到药铺抓些专治刀枪创伤的药，顺便雇乘轿子，把小姐抬回家去慢慢调养。”

“这位大哥，小女子何德何能让二位如此恩宠。况且你们也知道我是狐狸精，不怕祸害人吗?”胡九娘动情地说着眼眶中噙满了泪水。

“祸害人?我才不相信这么漂亮的妹妹会祸害人呢?”

“你到底去不去?”闻琼不耐烦了，他感到自己好像也要流泪了。

“闻哥还是你去吧，我在这儿守着九娘。”

“那好！你可要好自为之，别感情用事乱来。一旦九娘有什么不测，我回来可饶不了你!”

“放心，你放心好了。”

“闻哥你放心去吧。”美人说话的声音轻快地多了，很显然她也乐意这么安排。

闻琼心里明白，一个美若天仙正名花无主，一个身材修长面目俊朗恰寄情无处，能不两情相悦?

但这个朴实汉子的内心依旧是纠结的。他心绪纠结地去抓药，他心绪纠结地去雇轿。

五

闻琼火急火燎的。以致当他引领着花轿抬进槐树林的时候，正在兴头上的华远和狐仙美人只觉得是一会儿的工夫。

接下来的事情是很棘手的，当着这么多男人的面能把药粉敷在一个黄花闺女的大腿上吗？没有办法，闻琼只好和狐仙美人商量。不料狐仙美人倒是很爽快的，爽快得令闻琼瞠目结舌。她说，“这好办，你领轿夫们到林外去，等华远给我敷好药，让他招呼你们。”

闻琼心里好妒忌啊！谁不知道当一个黄花闺女自愿把自己的胴体呈现在一个男人面前的时候意味着什么呢？但不管他闻琼吃醋也罢妒忌也罢，这实际上是一件顺理成章的事，他闻琼只能徒叹奈何。谁叫他长得不帅气呢？谁叫他家有贤妻美妇呢？

当闻琼和抬着花轿的轿夫再次钻进槐树林的时候，他看到华远满面春风意气风发，狐仙妹妹则是满脸绯红，宛若一朵羞羞答答的玫瑰。闻琼一言不发，失魂落魄般的呆立着，木然地看着华远如此自然如此亲密地把狐仙妹妹抱进花轿。闻琼知道，他对狐仙妹妹爱得不行了，可是却只能眼睁睁地看着她被别人夺去，自己却无法反抗这命运。

花轿抬出了树林，闻琼一路木然地跟在后面，直到走进村里，花轿停放在一个高大气派的门楼前，眼睛触到了朱红的大门，他才哑然失笑了，他这是怎么了？叫人笑话！他深深叹了一口气走进自己那一点也不显摆的家里去了。

六

闻琼闷声不响地走进院子时已近中午。闪闪刺目的阳光照着干净利落的庭院，照着周遭倚墙而立的刚刚返青的杆杆细竹和细竹下秀媚柔艳的各色紫薇，以及瓦屋绿色纱幕的门前左边红艳奔放的石榴树，右边窗下则是一片盆菊。这眼前的美景闻琼似乎一点都没有看到，他只感到四肢乏力，心情抑郁。肚子在猝然间猛烈地疼了起来，他抱着肚子跪在地上，额头痛得直冒汗。

青绿衣裙的丫头在门帘前一晃大惊失色道：“夫人快来啊，你看公子怎么了？”

七

闻琼这一病着实不轻，他那贤惠的夫人李玉中精心照料了十多天了，他还病怏怏地躺在床上不愿起来。更要命的是，他正日渐消瘦下去。李玉中急不可耐，她想起了大夫说的急火攻心的话，心里顿时明白了八九分。她也顾不得委婉含蓄了，直视着丈夫的眼睛单刀直入地问："夫君真的遇到了比我好的女子了吗？那么，我不拦你。"

闻琼却是盯着粉红的纱帐半天沉默不语。这世界上还有比夫人李玉中更好的女子吗？他遇到了吗？他不能回答自己，但他确实又迷恋着狐仙妹妹。

"你怕我争风吃醋是不是？你认为我小肚鸡肠是不是？那么等你爱的女子娶进门就让她做大奶奶大太太行不行？我做小……"李玉中急急地说着，后来带着哭腔哽咽起来。

闻琼再也无法沉默下去了，美丽端庄稳重的夫人李玉中立在床前哭得正伤心。应该承认，她的确也是个美人。云鬓盘扎得清爽而不失发丝招招摇摇的俏媚，又有明珠翠玉闪耀其间。那一身得体的带着黑花的桃红旗袍映衬着她庄重的风韵，映红了她端庄白净柳眉大眼秋月般的脸盘。这一张流着泪的脸，今天在闻琼看来，是一张伤心得多么可爱的脸啊！梨花一枝春带雨不能传其神，桃花一枝春带雨倒更恰切。而且更重要的，她虽是粗通文墨的小家碧玉，却是第一个真心爱他的女子。而此前多少大家闺秀过眼，谁肯为他一掷艳目呢？就是这样一个美人，一个贤惠的美人，一个常与她诗词唱和的美人，竟因为他的缘故痛哭失声了。闻琼潸然泪下，他微微探起头，声音低沉地说："玉儿，你坐下，都是我不好。不过你放心，我是遇见过美丽的女子，不过她已经让别人带走了。现在我也想明白了，此生有你相伴足矣。我们现在不是一直过着人人羡慕不已的李清照赵明诚式的理想生活吗？"

"夫君……"李玉中趴在丈夫身上号啕大哭起来，闻琼没有管她。心想，让她痛痛快快哭个够吧！

八

一两天之后，闻琼又恢复了天天清晨在槐树林舞剑的习惯，然而却遇不到华远了。

问常来此游玩的老人，老人说他也好多天没有碰到华远了，不过在月明之夕常看到华远一手臂携剑，一手臂携一白衣裙女子来此。女子对月叩拜，呈吐纳之状；男子剑走龙蛇，令星月逊色。然后是男子信口吟诵"龙泉颜色如霜雪，良工咨嗟叹奇绝。琉璃玉匣吐莲花，错镂金环映明月"，女子翩跹起舞，如醉如痴。

闻琼正听得痴迷而神往，不料老人却说，现在月明之夕也见不到华远了。那么他到哪里去了呢？听说到京城献宝去了。

闻琼怅惘不已，隐忍下去的痛楚又蓦地涌上心头。狐仙胡九娘又揪扯着他的心了。

他无心再练剑了。看看眼前的槐树林，花已枯萎，纷纷作雪飞。望望路那边的桃树林，一任风中落红缤纷，爱又如何？恋又如何？人生悲欢的况味，只能一个人独自消磨。闻琼想想夫人李玉中，想想九娘，禁不住泪雨纷纷，朦胧了落花飞红……

九

激流无声。而岁月中没有多少急流的时光也一样无声无息地流走了，茫然若梦地流走了。深秋的槐树林乍看还是一树青绿，细看绿叶间却是黄叶纷杂了。还没有华远和胡九娘的消息，他们早幸福的把我忘却了吧，闻琼想。看看自己家中刚刚盛开的粉雪菊丝，闻琼耿耿痴想，又猛烈忆起玉裙雪容的胡九娘了。

一日，天刚上黑影，八仙桌上红烛初燃，夫妻二人正坐在雕花木椅上看丫头舒儿收拾碗筷。院子里突然传来一个焦躁的声音：

“闻哥……闻哥在家吗？”

“谁呀？”舒儿放下碗筷跑到门口问。闻琼支开舒儿走到院子里。

只见似清不清的光影之中突兀地立着一个白衣裙的女子，披一件鹤氅，长长的乌发在胸前的猎猎秋风中凌乱飘拂。

“是九娘吧？”虽然凭直觉他知道立在面前的是九娘，但总觉得有些恍惚。

“闻哥，你忘记我了吗？”

“没有没有，只是感到有些突然。怎么你一个人回来的，华远呢？”

“这遭天杀的是罪有应得！真没想到他如此下作，如此卑鄙！”

“到屋里去说吧。你用过晚餐了吗？”

“我吃过了。”

闻琼把胡九娘让进屋里。胡九娘一站定，李玉中很惊愕，寻思着怎么贸然就有一位美女现身在眼前呢。

是的，那胡九娘尽管风尘仆仆，满脸倦色，透着憔悴，仍掩不住她天生丽质的光艳，看了只会让人觉得她楚楚可怜，顿生惜香怜玉之感。李玉中在心底不能不暗暗惊服。

但这矜持只是瞬间的事，她瞥了一眼随即挪开眼睛站立起来，指指眼前的条凳热情地说：

“请坐!”

“噢，您也坐。”

闻琼也许从夫人的眼神中看出了一种意味深长，就适时地介绍说：

“这是九娘，我一个很熟识的朋友。”然而他究竟不知道九娘和华远的关系目前处于何种状态，只得接着院子里的话题问：

“华远怎么没回来?”

“回来?”九娘笑笑说，“大概这辈子他是回不来了吧。”

“你们不是一直好好的吗?”

“我们是好好的。我们说得好好的。到京城直接把那把龙泉宝剑面呈皇上，我再露一露精彩的舞技。皇上龙颜大悦，就会有大把大把的黄金白银，或者赏个一官半职。用华远的话说就是夫贵妻荣，美人称心如意。

那一天不冷不热，大臣和皇上上朝早，都兴致很高。那把剑一出鞘，高高朝堂之下的大臣们眼前一黑，揉了半天眼睛，然后山呼恭喜吾皇喜得宝物。皇帝龙颜大悦，捋须亮开嗓子高声赞曰，华爱卿真乃诚心可嘉也。在大臣山呼皇帝龙颜大悦之际，我轻挽白色长裙，落落大方迈入朝堂之下众人围观的中心地带。我起初曼曼起舞，继而风狂白云飞，树摇琼花落。叫好声此起彼伏。最后我使出浑身解数，在我身后，赫然现出七个不同彩裙的姿容倾城倾国的女子，整齐划一，精彩地表演着令人眼花缭乱的千手观音，引起惊呼一片。我两手一放，一收腹，又恢复了我一个人裙袂飘飞的样子。

这时朝堂恢复了平静。皇上宣告，‘给华夫人就近赐座，宣华远觐见。’我和华远都很激动，华远哆哆嗦嗦地以为领赏的时刻到了。谁料皇上说，‘我问你华远，你说你要献两件宝贝，如果我没有猜错的话，你的第二件宝贝就是你的胡九娘了。若现在后悔，朕可恕你无罪。’我一听这话，肺都气炸了，可是又不便发作，我暂且隐忍着，但愿他是一时鬼迷心窍。怎么也想不到，他竟当众信誓旦旦地说，‘皇上圣明，小人我绝不后悔！皇上可能已经看出，我的娘子是个九尾狐。人狐殊途，拥有她我总觉得像在做梦，心里不踏实。我望吾皇赐我宫中美姬，一官半职，让我为皇上效忠。’我一听这话，当场昏倒了。醒来之后，只听皇上说：‘我偏不如你所愿！对爱你的容华绝世之人竟如此薄情寡义恩断义绝，将来为官也绝不是什么好官。把他流放边疆！轰出去！他被宫廷侍卫带走了。’

宣胡九娘觐见！皇上又要宣旨了，我急忙恭恭敬敬地站在朝堂之下，听候皇上宣旨。皇上说，‘九尾狐出现，乃是太平之兆。朕很开心，你有什么希求，朕一律准奏！’我说，‘谢皇上。我也没有什么特别希求，就套用严蕊的几句词表明心迹吧：不是爱红尘，似被前缘误。花开花落自有时，总赖东君主。去也总需去，住也如何住！若得山花插满头，莫问奴归处。’皇上喜不自禁，朗声降旨说，‘好个胡九娘子，人才嘉美，朕准奏！’

在众大臣山呼万岁之时，我梦游一般走出了皇宫。

我嘴上虽说莫问奴归处，可是的确不知该到哪里去。我想起闻哥你也是我的救命恩人了，就唐突地找到你家来了，不知闻哥和嫂夫人能否容留我？”

十

闻琼和夫人聆听完胡九娘对自己不幸遭遇的诉说后，很感慨唏嘘了一番，夫人李玉中还流了泪。他们想象不出，一个男人怎么能如此忍心舍弃爱自己的娇美娘子。

闻琼深深看了一眼憔悴不堪的胡九娘。那眼神的意味是复杂的，是好像含着愧疚的眷恋，是放下了一桩沉重的心事。然而当着夫人的面，他是不便“明目张胆”地承诺什么的，只得拐弯抹角地说：

“这位可怜的妹妹投奔你来了，你看……”

夫人笑了，故作惊诧地说：

“夫君什么时候也变得狡猾了？你既然把九娘当妹妹看待，她就是我李玉中的亲妹妹！”

“哥哥姐姐……看我都不知道该怎么称呼你们了！”胡九娘一时来了兴致，打趣地说。

满屋子的人都笑了，连那个轻易不笑的丫头舒儿也笑了。

待屋子里静下来，胡九娘说：“我累了。”

“让她到哪里睡呢？”

“这个你也操心？妹妹刚来，看把你急的。”

“夫人啊，这么稳重的一个人，怎么……”

李玉中却答非所问地吩咐说：“舒儿，带九娘到南屋暂时和你睡一晚吧。”

舒儿答应着去了，胡九娘埋着头跟在后面。

十一

第二天，胡九娘的大部分时间都是在睡觉。

吃过晚饭后，众人陆续来到庭院里。一轮金黄的月亮攀着萧索的枝柯，早早地升上了天空。院子中暮色幽幽微微，杆杆细竹在微风中窸窸窣窣，依旧青翠。窗前白色的黄色的丝菊开得正激烈灿烂，在晦明中更显赫然映目。

“夫君，今夕何夕，见此良夜！我写词你来和如何?”李玉中眉飞色舞地问。

“今天难得好天气，我想陪九娘出去散散心，明天再和你唱和。”

见夫人一时寒蝉噤口，知道拂了她的好兴致，慌忙改口说：“要不你先写着，回来我和。”

“闻哥你还是先陪陪嫂夫人，我改天吧。”

“你们去吧，我肚量再小，还不至于。”

“走吧，我一个大男人还是有这点小小权力的。”

胡九娘左右为难，但徒留此处又有何益呢？只能彼此尴尬，更添烦恼。她擦擦眼泪，跟着闻琼向大门外走去。

不知什么缘故，出了村子，沿着杨树夹道的土路，他们竟然不知不觉地相跟着拐到村外的槐树林边了。

为了避免被人窥探非议，他们钻进了树林中。树林中黑影斑驳，月色透过枝柯洒了一地清亮的银屑，笼罩着一种神秘和静美的氛围。躲在暗处的秋虫一刻不停地吱吱叫着，好像今天不叫就没有明天似的。

“闻哥……”胡九娘轻轻叫了一声，扑进了闻琼的怀抱。

闻琼只觉得九娘纤指冰凉，窈窕的身子哆哆嗦嗦的，就问：

“你冷吗?”

“我冷。闻哥我可怎么办啊?”九娘哭了，泪水滴湿了闻琼肩头的衣衫。

闻琼紧紧拥抱着她颤抖的苗条身子，百般宽慰道："心爱的妹妹，不要怕，我会慢慢处理好的。九娘，你知道我有多爱你？刚刚失去你的日子，我大病了一场！"

闻琼的心里像起了火，癫狂不已地贴吻着她的樱唇。

闻琼如炙的激情把九娘灰冷的心融化了，她有些僵直的窈窕身子变得绵软起来，玉容秀体给心爱的人开成了一朵花。闻琼情涛汹涌，不能自持，抱着九娘压在了地上。

九娘嗔怒道："痴郎想压死我呀？"

闻琼不情愿地翻身侧躺在一旁。他刚想贪馋地再瞧一眼那风情无限的胴体，一条簇新的红绸被却柔柔和和地盖在了他和九娘的身上。他有些遗憾地依偎着九娘平躺下来。

看树摇月影影影绰绰，如置身仙境。二人静静地躺着，倦慵之中又有爽心彻骨的惬意。

"九娘，你的手段这么高深莫测，你怎么不能控制人的感情呢？让他乖乖地围着你转。"

九娘一时语塞，郁郁无语。闻琼后悔自己不该说这混账话。

十二

闻琼拥着九娘回到家里的时候，院子里静悄悄的，烛火在窗前亮着，夫人和丫头舒儿显然睡了。

他摸索着点亮了西厢房的蜡烛，四壁挂满了飘着墨香的崭新美人图，雪白的床帷，松软的床垫铺着绣着牡丹花的床单，齐齐整整地放着两床红绫被，两个绣着鸳鸯图的枕头。

"你姐姐是个好人啊！"闻琼止不住想流泪。九娘含着泪点了点头。

闻琼匆匆拥吻了胡九娘一下，说："今晚我就不陪你了，我先陪陪你姐。"

"你赶快去吧，好好向她解释，忍着别发火。"

闻琼轻轻推开正房的门，蹑手蹑脚地走进卧室。

床头桌上，燃了一半的红蜡烛捻子长长地耷拉下来，弄得蜡烛烛泪纵横。夫人李玉中眼角闪着泪痕，眼皮红肿着。闻琼的心像被什么蜇了一下，热泪一涌而出。他不去管它，而是给夫人轻轻擦泪，轻轻吻她的脸颊。

他钻进被窝的时候，只觉得夫人腿脚冰凉，他不由得匆忙把自己的热腿，自己的热胸，贴紧了夫人的腿脚和后背。他伸出双手，想再搂得更紧一些，给夫人更多的温暖。夫人惊叫了一声醒了。

闻琼说："是我，你丈夫。"

夫人说："我没有你这个丈夫！半夜了还知道回来啊？有本事你就天天搂着那骚狐狸精在外面风流吧。没有人要的货，偏偏你被勾引得五迷三倒的，拿她当宝贝！"

"你说话怎么这么损呢？"

"我损？我是损！她好，她什么都好，你就跟她过去吧，别来缠我。"夫人边说，边手脚并用，狠命地把闻琼向床下推去。

闻琼情急之下就势翻滚下床，胡乱地穿上衣服，摔门而去。

十三

"我娘哎……"身后传来了夫人李玉中既心酸又哀伤的哭声。这哭声铺天盖地而来，听者无不揪心。闻琼心乱如麻，但他又能如何呢？他哀叹着，几乎是无意识地走到胡九娘的住的西厢房来了。

房门虚掩着，里面漆黑一片。寂静之中，胡九娘长长的叹息声分外清晰。李玉中的哀叹，以及夫妇二人的争吵，胡九娘大概都听到了吧？

闻琼和胡九娘在床上唏嘘流泪，在床上辗转反侧，不能成眠。他们找不到可以相互安慰，哪怕是虚假安慰的恰当言词。因为任何言词都显得那么苍白微弱，那么虚伪。

他们拥抱着一遍一遍地流泪，他们不知道明天会怎样。他们像一对可怜的秋虫，在深秋清凉如水的夜色中不能把握自己的明天。

十四

闻琼第二天醒来的时候，连光线阴暗的西厢房都有些亮堂了，闻琼知道天不早了。他们昨夜实在太疲倦了，九娘还娇酣有声地睡着，闻琼也懒懒地不想起，但作为一家之主，老是赖在床上也说不过去，而且昨晚她那闹了一夜的夫人，他也不能不牵挂。闻琼轻轻穿上衣服轻手轻脚地出去了，他不忍心叫醒胡九娘。

亮亮的太阳照得他睁不开眼睛，即将移向正南。一只大红公鸡在精神抖擞矫健有力地追一只小母鸡，小母鸡跑着跑着缩缩身子趴在了地上，听任公鸡按着它的头把它强暴。一股无名火勃然而生，闻琼一脚踢散了这对鸳鸯。

闻琼闷声闷气地走进堂屋里，餐桌上井然有序地放着饭菜碗筷。走进卧室，床上锦被齐整，桃红的锦缎床单整洁一新，却不见了夫人李玉中的影子。

他走到院子里，大声地喊“夫人，玉儿。”迟迟没有人应声。他很想问问丫头舒儿，于是就喊“舒儿。”却是一样的寂然无声。忐忑不安地到几个谈得来的邻居家、本家去攀问，竟然也是毫无头绪。

闻琼的心猛地一缩，一种不祥之感涌上了他的心头：夫人别再想不开……他不能再想象下去了，咚咚飞跑进家里没命地喊九娘九娘。胡九娘刚穿好衣服正在梳头，被惊吓得扔掉梳子慌里慌张从西厢房里跑了出来。

“怎么了，闻哥?”九娘问。闻琼说，“不好了，你姐和舒儿都不见了，我怕出什么事。”

十五

闻琼和胡九娘惴惴不安地相跟着先跑到村南头的河边去喊去找，那里只有波纹粼粼相送，一两个悠闲之人气定神闲地钓鱼。他们又抄近路、横跨过刚刚长出小麦的田野去到她们常常去的地方找。气喘吁吁地赶到槐树林边，连个人影也没看到。钻入槐树林，却看到舒儿穿着新做的白花蓝底的后夹衣，蹲在地上眼泪鼻涕的，一捆简单的铺盖和一个小包裹放在脚边，手里紧紧攥着一卷白纸。

“舒儿，你到哪里去?”

舒儿吃了一惊站起来结结巴巴地说：“我……夫人……”

“你手里攥着什么?”胡九娘跑过去夺过纸条并把它交给了闻琼。

“夫人叫先不告诉公子……”舒儿幽幽咽咽地说。

闻琼展开纸卷看到——

琼儿吾夫：

玉中失闻琼，九娘得闻琼，乃天意也。我已看破红尘，你我匆匆尘世一过客，何必为情烦远怨不已。我决意削发为尼。万望勿悲，好好善待九娘。她是一痴情好女子，你视之若命。对我，你情有不舍，也不要找寻。你我已是天涯陌路，永远不会再重复那一场美丽的错误。就此泣别。

你曾经的爱妻，玉儿

菊月即日

十六

在河的南岸，一片桑树地的前面有一个尼姑庵。

三人顾不得喘口气，即回转，抄近路穿过绿蓬蓬的桑树地直达尼姑庵。

三人贴近尼姑庵后面的屋墙站着，想听听里面的动静。

“你确定想好了？我就怕你气决绝而心不决绝，你还是先带发修行的好。”

“师父，你就动手吧，我快受不了了。”

“出家人以慈悲为怀。徒儿悟真，拿剪子和剃刀来。”

“哎，师父！”那小尼姑奶气未脱，似乎格外兴奋。

然而，接下来却是数声铁物件落地的声音。老尼姑疑惑地说：“娘哎，我的胳膊疼死了，老尼我还从未遇到过此等怪事。”

“让我来！”这显然是夫人李玉中那气恼的声音。但她并不比老尼姑更幸运，依然是痛叫和发剪的落地。

“我娘哎，我的命咋这么苦呢？”夫人李玉中哭了。

“小……少奶奶……”丫头舒儿忍不住哭喊了起来。

闻琼的眼里也含着热泪，他不知道该哭还是该笑。知道心爱的胡九娘有意帮他，并且棘手的事情十有八九要发生逆转，心里毕竟清爽多了。

经过短暂的沉默，只听得里面说：“我佛以慈悲为怀，施主尘缘未了，强求不得，施主请回吧。”

“师父……”

“徒儿，送客。”

“是。”声音低沉而压抑，小尼姑是多么失望啊！

外面的三个人却喜极欲狂了，争先恐后向尼姑庵大门奔去。

等的人焦急难耐，望眼欲穿，夫人李玉中终于由小尼姑扶着挪移而出。

“玉儿！夫人……”闻琼满眼泪花，满腔深情地呼唤道。

李玉中泪眼模糊，怔了怔，叫了声夫君，投入了闻琼的怀抱。

胡九娘和舒儿也陪着一个劲儿地流泪，用手背擦了又擦。

小尼姑站在门口，既懵懂又欢喜莫名，感到外面的生活就是有味道，她愿意一生一世都这样站下去。然而偏偏她的师父悟真悟真地大声唤她了，她只好一步三回头的慢吞吞地往回走了。

看看闻琼单是晕头晕脑地抱着夫人，胡九娘就说：“舒儿，赶快回村里雇一乘轿子来。”舒儿点点头跑着去了。

十七

回到家里，夕阳正缓缓西下，映亮了一片让欢乐的人看了好像带着喜悦色泽的缤纷彩霞。在众人喜庆的兴头上，夫人李玉中竟睡着了。闻琼吃力地抱着夫人放在了卧室的床上。

胡九娘说：“为了给闻哥和姐姐赔罪，今晚我做一桌色味俱全的丰盛酒宴。谁也不用你们帮忙，你们在院里玩，我说行了你们再进来。”舒儿说：“九娘姐姐你不是吹吧？少奶奶做的酒宴那才真正叫色味俱全呢！”闻琼训斥道：“看这丫头怎么跟九娘说话呢？没大没小的，今后你这么称呼……”然而究竟今后该怎么称呼呢，他心中也没有底了。沉默着思谋着，和舒儿一块到院子里去了。

太阳落山之后，不久就暮色苍茫了。闻琼和舒儿在院子里散步、谈心。关于夫人李玉中，关于胡九娘，他们推心置腹地谈了很多谈了很多。今后如何与两位佳人和谐相处，舒儿甚至大胆地提出了自己的见解。闻琼喜出望外地说：“舒儿真有你的，别看你平时不言不语的，肚子里还蛮有一套。”弄得舒儿两颊绯红，不好意思起来。闻琼忽然心里一动，舒儿是个可爱动人的女孩子，到时候给她找一户好好人家。继而又一想，到时候怕舍不得放手吧。

闻琼和舒儿只觉得一忽儿的工夫，天就完全黑了下来，院子中的树木花卉现着模模糊糊的轮廓。

舒儿问闻琼饿吧，闻琼说，“早饿了，先忍忍吧。”他们一同向堂屋门望去，那里黑洞洞的，比院子里更暗。

舒儿跑过去问，“九娘姐姐好了吗?”里面没有应声，却蓦然亮起了灯火。

舒儿推开门，但见八仙桌上点着两支大红蜡烛，餐桌上酒盏碗筷齐备，荤素肥嫩，一应俱全，正腾腾冒着热气。舒儿惊叹说，“哇，九娘姐姐真厉害!”胡九娘说，“不要大呼小叫了，快去叫醒你少奶奶吧。”

李玉中揉着惺忪睡眼走出来的时候，见客厅通明如昼，餐桌上酒饭齐备，走到胡九娘跟前充满感激地说，“妹妹辛苦你了。”胡九娘赶紧站起来，拉住李玉中的手说，“姐姐快坐，你我姐妹客气啥?”

众人落座之后，闻琼提议说，“大家先喝点酒吧。”

胡九娘说，“我给大家倒酒!”舒儿接过酒壶说，“还是我来。”

一杯饮尽，胡九娘说，“我给玉中姐姐和闻哥敬一杯酒，向你们赔罪!”李玉中说，“赔罪？若说赔罪，该是我李玉中向九娘妹妹和夫君赔罪，是我肚量太小。”胡九娘说，“我是来报恩的，没想到……也许一个人的存在，注定是对一个人的伤害。”李玉中说，“妹妹说什么伤害不伤害呢？再这样说你就见外了。你放心，从今往后我们会和平相处的。”闻琼说，“别只顾说话忘了吃菜喝酒。姊妹俩都说了掏心窝子的话，我闻琼今后有福了！人生遇二美如此，夫复何求？大家干杯!”胡九娘说，“我不大能喝酒，大家尽情地喝，等尽兴了，我到院子里为大家献舞。”舒儿说，“我不大习惯喝酒，今儿喝了一杯，高兴！我心里热得慌，到院里凉快凉快。”舒儿说着出去了。李玉中笑着说，“我发现这丫头变了。”“人人都在变嘛。”闻琼醉眼迷离，看看满脸红艳的夫人，又看看胡九娘，欣幸而美气地说。李玉中问，“我和九娘脸上有啥?”闻琼慌忙在胡九娘脸上收回视线说“没啥没啥。”胡九娘仿佛没有发觉闻琼的眼神一般，凝视着酒菜默不做声。“九娘这是咋了?”闻琼暗暗疑惑道。

十八

舒儿进来说："月亮出来了，你们还没喝完吗？今晚月亮出得晚。"李玉中说："十七十八坐着等。我敬九娘一杯。"胡九娘说，"姐姐不用客气，妹妹我不胜酒力。"闻琼说，"那我代表你姐姐和我敬你一杯。"胡九娘说，"你们的心意我领了，既然大家都尽兴了，我到院中给大家献舞吧。"

月亮在暗影中赫然而出，虽然略显扁圆，但它依然皎洁明目，大地上似乎也并没有减损他多少清辉。

皓月当空，周遭杆杆细竹摇月影，窗前淡菊暗幽香。胡九娘脱下鹤氅递到闻琼手上，款款走至听庭院中央，翩翩而舞。白裙翩跹曼舞，如风中的玉蝴蝶。胡九娘边舞边唱道：

我是一只爱了千年的狐，
千年爱恋千年孤独。
长夜里你可知我的红妆为谁补?
红尘中你可知我的秀发为谁梳?
我是一只守候千年的狐，
千年守候千年无助。
情到深处看我用美丽为你起舞，
爱到痛时我用歌声为你倾诉。
能不能让我为爱哭一哭，
我还是千百年爱你的白狐。
多少春去春来朝朝暮暮，
生生世世都是你的狐……

但见胡九娘裙袂狂飞乱舞，情到深处，唱到情深处，舞到情深处，猝然倒地。

待众人欲围看搀扶，忽地昂头展袖点地腾空而去，秀发飘飘，长裙凌空，恍若腾云驾雾的仙女。

胡九娘伴着月亮慢慢漂浮着，一手掩面（她肯定泪如泉涌了），一手摸摸索索的好像在寻找什么。然而很快她的双臂就合拢在腰际了，她迷迷蒙蒙地望着下面大声说：

“亲爱的闻哥，记着，再过一百年，我的第九只尾巴就长出来了。到那时，我就是一只真正的不死的九尾狐狐仙了。我会在你来生来世的任何一个轮回里等你！”

胡九娘话音轰轰嗡鸣着，一会儿，即随一阵清风而逝。

闻琼抱着鹤氅深情大喊着：“胡九娘……”扑倒在地。

云卷云舒，凤凰于飞

■ 伶九

初安不停地跟我讲起他的梦，他不曾告诉我内容，他只说在遥远的南国有一个叫江南的少年，他一遍又一遍用哀戚的眼神看着我的小木屋。

他说江南在等我，等我，一直一直等我。

那天真的下了好一场桃花雨，整个山谷的桃花都谢了，明明没有风，但是放肆的桃花将她粉色的娇躯满满铺了一地。我站在窗户前，隐隐约约地听到有人在抚琴。

初安出走在一个下雨天，下了好大一场雨，初安高大的背影就消失在大雨里面。我躲在润湿的窗户后面窥视他的离开，他背着用黑色油布包裹的瑶琴，黑色的靴子踩着满地的桃花瓣，走出我的视线。

我甚至还记得他肩膀，一片粉色的花瓣停留在那里，因着他的脚步，起起伏伏。

他都不曾同我道别，他把我一个人丢在小木屋里面，他说他要去寻找他的梦。

我曾无数次地问过他的梦是什么样子的，他紧闭的双唇不肯透露半个字，他只是仰着头，看见头顶浅白闲散的云彩刚刚好散了。

那时候他的样子，像极了初夏时分，屋角白了一片的木香花。

但是那天的琴声不是初安弹的，我听得出来，初安的琴声是繁华尘世之中的一点静，是山谷深潭里的一小点弦动。

初安喜欢盯着东南方看好久，他边弹边唱，等你归来，鬓白如霜，柳絮雪染，锦台洛阳。他唱得很认真，他说他在唱自己的宿命。

然而，那天的琴声里面带了太多太多的情绪，以至于我小木屋周围的一大片桃花全部无风凋谢。我几乎看得见抚琴人期期艾艾的眼神，揉碎到梦里去。

我踏着琴声，终于寻到那里，东沐就用我猜想的眼神看着我。

彼时，桃花满山，斜阳满陌，清风如沙，酒醉穿肠。

东沐手里好大一壶酒，冲天的酒气依旧没有掩盖他身上的檀香。那味道甚至盖过了桃花的清香，叫我连同漫天飞舞的桃花，以及隐约的琴声一起深深锁进脑海里去。

他说初晓，我们会再见面，我会带着凤来到你身边。

他是踏着浮云，踩过树梢离开的，剩下满山的桃树上，斑驳似旧年。

就是那一日起，我开始做梦。在那之前，我是没有梦境的。所以初安为着一个梦而离开我，我是多么的羡慕。

我梦见我踏上悠长的小道，润湿一地的青草蔓蔓，我乌黑乌黑的发，夹杂了许多雪花变成永夜里面怎么也落不完的清霜。

我有怀疑过这是一场阴谋，这个叫东沐的浪人，用一壶酒一点檀香一曲凤求凰，唤醒我出走的梦境。

我甚至有些记起了我的初安。

在我所有的童年的时光里面，初安的琴声浸透了我每一根记忆的发丝，我光洁的脚丫子，将偶尔飘落的桃花踩下去踩下去，我记不得更远的东西，好像一个好大好大的旋涡，那里是初安清冽琴声回响的地方。

在独自过了数个桃花落，我采了新开的木香花别在衣襟，我突然很想念我的初安，我空白了双手乘着南风去找他。

我总是在无数个澄净的夜里，梦见在落英缤纷的初春里，初安边弹边唱，柳絮雪染，锦台洛阳。

我后来真的到那个有大团大团牡丹盛开的地方，我似乎闻得到空气里面有似蜜如酒的清香，我顺着亘古长河边的琴声，找到已经满头白发的初安，他已经那样苍老。

我看到他身边，一个同样满头清霜的女子，凋零了绝色的容颜老的不成模样。

我说，初安，我来接你回家。

初安微微浅笑，我尤似看到昔年他踏着雨连一句告别都没有给我的背影，他说初晓，我又见到你。

你可有想念我，初安。

不，我并没有很想你，我只是知道你会来找我。

你怎么可以不想我，我是那样的想念你。

可是，在你想念我的时候，我那么害怕被你想起。初晓，你要找到凤。

昔年，浪人一样的东沐对我说，初晓，我会为你找到凤。

我终于伸出手去触碰他浅白色的影，初安忽然像羽毛一样轻，他真的变成了许许多多的羽毛，飞走了。我满满的视线里，什么都看不到了。

只剩下一架瑶琴，她叫凰。

当年，背写斜阳，静默如画的初安，背着我的凰逃离我的小木屋。

凰惺忪的睁开眼睛看我，她说初晓，凤在繁花开尽的碧落山脚下。她扬起柔白的衣袖擦拭我满面泪痕的脸，我只感觉到她衣袖上，缠绵悱恻，孤冷如水凉。

再也没有鬓白如霜，柳絮雪染，我只听见蒹葭蔓蔓，荻花苍苍。

初晓，你要找到凤。

凰似乎很兴奋，她说初晓，我们终于又见面。她说初晓，我们去找凤。

我问她，凤是谁。

她没有告诉我，我只看见她眼底，像是雾像是云，浓浓的惨淡色悲哀，痴缠冰冷，空寂如莲，万水千山。

我抱起凰，我浅粉色的荷带扫过青石的洛阳街道，我们一起飞到碧落山去。

我没能飞到碧落山，一只尖锐的短箭没入我的肩膀，那一声嘶哑的洞穿声响，化作巨大无比的黑暗吞没我明亮的视线，我只看到凰那样忧伤眼神，像浓得化不开的酒。

江南的国度里面，生满了一种花叶不相见的花，凰告诉我，那叫曼珠沙华。

花开时不见叶，生叶花已谢，真是花叶不相见。

我并不十分想念初安，他化成了一段记忆在我脑海里面，每到夜深人静，他在我梦里唱歌，他唱，鬓白如霜，柳絮雪染。

他说初晓，我不过是你的一个梦境，当宿命开始的那一刻，我背着凰出逃。

我问他，那么我的宿命是什么。

他没有回答我，他像凰看我的眼神一样看着我，我仿佛看见我小木屋前，凋零了一地的桃花似海，悲绝西风，山长水远。

凰告诉我，江南会将你留下，这是你一直追寻的宿命。

而我，从来不相信宿命。

江南每次来看我都会带来许多曼珠沙华，他希望我爱上他，然后将我别在衣襟上的木香花送给他。

我爱上你衣襟前的木香花，江南告诉我，我手上的短箭爱上你粉色的荷带。

凰偷偷告诉我，他爱上的是你。他想将你永远留在这里，永远都不要飞到碧落山去。

那怎么可以。我要去找凤。

这是你的宿命。凰如夜水凉的悲哀，她又这样看着我。

但是我从不相信宿命。

江南热切地等着我的回答，初晓，不要去碧落山，好不好。我们不去寻找凤。

他将我的手牵起来，我们踩着一地的曼陀罗，温风暖暖，落霞挂在高高的树梢上，硕大的夕阳，将我空空的手染上永远都洗不干净的血色。

我看着江南倒在我脚下，我粉色的荷带，有层层水渍的印子，像月亮一样美好的江南，就像一个睡着的小孩，闭目浅眠，流水落花，静默年华。

我骄傲地扬起嘴角，我对凰说，我从不相信宿命，我怎么会叫他留下，我们去找凤。

这也是你的宿命。凰对我说，宿命注定你要去寻找凤。

我手上的短箭，跑到地上去，跌进江南冰凉的血水里去，溅起我一整个视线的血色。

然而江南再也醒不来，他睡着了。

我抱着凰去寻找凤，凰说你看，初晓，那边有人在弹琴。

那时节，有柳絮翻飞，东沐漂白的衣襟上，沾着瑰丽的羽毛，他修长的手指下面，如魔似幻，缱绻情结，泪湿儒衫。我闻到流连在空气中熟悉的檀香，他支着手肘，宽大的袖摆上，绣着好大一只凤。

他说初晓，我终于在下一个冬天到来之前等到你。

等我做什么呢?

等你醉卧清风，等你浪迹天涯，等你凤凰于飞。

我浅白色的笑里面，染上了血色，我说东沐，江南死了。

他抱着瑶琴一直走到我身边，他摘下我衣襟上的木香花别到我耳边上，他说，初晓，那就是宿命。

他讲凰和凤的故事给我听，他说初晓，昔年歌者一曲凤求凰促成凤凰于飞的神话，从来只有凰才能走到凤的身边，而凤也从来就只有凰。

那么江南呢？我是多么的想念赐给我一只短箭以及那些曼珠沙华的江南，就像曾经想念我的初安一样，他们都变成了我的一段记忆，总是在夜深人静的永夜，轻哼浅唱。

东沐红着眼睛跟我讲，初晓，江南是鸾。我们分明先遇见，我们才是凤与凰。

我只是将头埋进他宽大的衣袖里去，我说东沐，你为什么要唤醒我的梦，我梦里的初安已经远去，你为什么要唤醒我沉醉东风的初安。

东沐深切地看着我，他没有回答我，他背着瑶琴，留给我一个如雪白的背影。

只有风带给我东沐的话，他说初晓，我去将凤找回来，等着我，初晓。等着我们凤凰于飞，忘记江南，忘记鸾，忘记岁月，大好河山。

我抱着凰游荡在莺飞草长的繁花陌，我不知道等了多少个日月，从清明的少女等到鬓角有了白雪，从冬深等到夏至，凰躲在硕大的花朵背后，扬起绣着凤凰的裙摆，柳腰如水，笑靥微凉。

我说，凰，你可有想念你的凤。

凰轻柔地捧起我的脸，她说初晓，这无所谓想念或者不想念，总有人将他带到我的身边，百年一轮回，我们总是在轮回的交界口，演绎一场凤凰于飞的神话。

可是凰，我在想念的我的江南，我在想念一只鸾。

凰又用那样的眼神，罩着我修长的双腿，我哪儿都去不了，她说初晓，从来只有凤求凰，当年司马相如和卓文君，锦瑟和弦，凤凰于飞。

我冷笑，但是凰，那样美好的传说已经变作白骨，我们执着的凤凰，百年一见的相逢还有什么意义？我已经老了，我等不到东沐回来，我等不到东沐带着你的凤回来。

然而东沐回来了，他满身风霜，他同样老的不成模样，但是他回来了，他带着凰的凤回来了。我看见凤眼里的疲惫，融进骨子里去，盘根错节，渐成沧桑。

我看见东沐怀里一把瑶琴，如水的琴弦晶亮如日光。

我在凰的眼底，看见了宿命一样的悲哀，她就用那样的眼神看着我。

她说初晓，这就是你的宿命。

我看见苍老的走不动路的东沐化成如沐的春风，绕我三匝，消失到风里去。

凤对我微笑，他说初晓，我们又见面，谢谢你将凰带到我身边，重复百年一轮回的重逢。

他已经疲惫，一次次的重逢分别，重逢分别，他晶亮的双眼已经满目红斑。

我听见走过我身边的凰对我讲，你本是我的梦。

我一遍遍地走出我的小木屋去寻找我的梦，一遍遍地嗜杀江南叫我情何以堪，这些全部都是为了百年一遇的凤凰于飞。

我看见江南的短箭飞起来，我看见凰背后裂开一道婴儿笑脸，我看见凤惊恐眼底印着我染满血的双手。

凰的双手捧起我的脸，她风清的吻落在我的眉心，她说初晓，你本是我的梦，但是从此，我是你的梦。

她说初晓，因着你爱上一只鸾，凤和凰一别经年，天涯海角。你从此踏遍轮回只为触碰他指尖，却因着凤凰的宿命，路过了又错过。这些毫无意义的轮回，都是因为你而起，没有你爱上一只鸾，凤怎么会沉醉东风疲惫不堪。

我抽出短箭，凰就再也没有说话。她紧紧闭着双眼，摔进凤的怀里去。

初晓从此，逃出凰的梦境，朗朗乾坤，鬓角那丛木香花已经早就枯萎成灰。

我看见一个婴儿从凰沧桑的生命之河走出来，那是我的初安，我低头看见我鸡皮丛生的手上，光洁如初。初安说过，他只是我的梦，他本来是凰的梦，但是现在，初安真的，只是我的梦。

凰是一架瑶琴，我抱着凰，抱起小小婴儿飞起来。

凤说，初晓，命运又开始运转，我等着你来找我，我会在碧落山下等你。等你继续无数次的轮回，以及短暂的相见。

再也没有了凤，再也没有这样毫无意义的轮回，因为一只凰，爱上一只鸾，她已经忘记了遥远国度里沉睡的凤。我扬起如水的发，留给他一个诀别的背影，再也没有这样毫无意义的重逢，满目疮痍的分离。我会叫你们凤凰

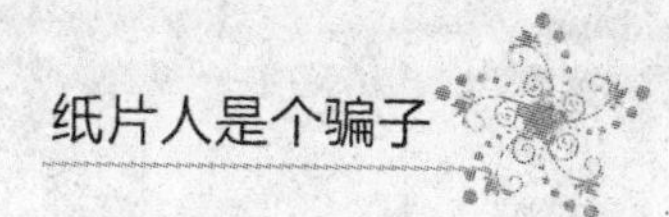

于飞，再也再也，没有多出来的一个鸾。

我美丽的荷带飘过江南的国度，再也没有人送给我见花不见叶的曼珠沙华，凰在我的背后，安静的再也没有说一句话。

初安再次从我的梦里走出来，他变成了这个小小婴孩，在以后的很多年后，他会从我的小木屋里出逃去寻找他的梦。然后我会去寻找我的梦遇见江南。

瞧，我多么的骄傲，因为一只鸾，缔造一个初安。

那时节刚好又是桃花烂漫，我的小木屋里落满了桃花，屋角的一片木香花孕育了花苞等待开放。

我凝视着怀里的小小婴儿，我伸出手去，我看见初安灵白色的皮肤上泛起青色的阴影，他没有挣扎，他一直看着我的眼睛。我抚摸他再也没有温度的身子，我让三月的桃花漫过初安的眼鼻，见证一场最奢华的花葬。

那瞬，我再也没有了梦，透过如雾的凡尘，看见遥远的南国那边，江南哀戚的眼底再也没有了光彩。江南，我们终于不需要再遇见。

凰悠悠响彻天际的轻鸣，凤疲倦的身影从凰心底走出来，那架瑶琴铮铮轻响，一树的桃花全部都谢了，我没有闻到熟悉的檀香。

我像站在高高的云端，看见山长水远，云卷云舒，凤凰于飞。

古墓石怪

■ 任宏伟

1. 石凶

明末，魏忠贤专权，正所谓一人得道鸡犬升天。这年，平州城突然调来个新任知县魏步云，据说此人是魏忠贤的远亲。魏步云的到来，使得县府师爷刘重义愁得一夜间生了许多白发，他真不知该如何与新知县相处。

魏步云刚上任没几天，平州城就出了一件奇事。平州城外有一片小树林，这天有人入林竟在一个树洞中发现了一具男尸。经人辨认，死者是城中的泼皮越远。越远自幼父母双亡，又无亲友照看，及至成年就成了一个专靠偷鸡摸狗为生的无赖。经仵作验尸，越远是被人用石头击中后脑而亡。在现场，仵作还从越远的尸体旁发现了一件玉坠。经查，玉坠是越远的好友赵七常戴在身上的。

很快，赵七就被带到了大堂上。经审讯，赵七承认他确与越远一起到那片林中去捕过鸟，但越远却不是他杀的。

据赵七说，当日，两人入林不久，他就不小心被一块石头绊倒了。他爬起来后，恼怒地看了一眼石头就迈步向前走去，谁知刚迈出第二步，就又被绊倒了，令他气愤的是，绊倒他的还是那块石头。一怒之下，他就想捡起石头把它扔掉，谁知石头竟像长了腿一样躲开了。接下来，更加怪异的事情发生了，怪石像滚雪球一样在林中仅滚了一会儿，就变成了一个大石球。随着一连串令人毛骨悚然的怪叫从石球中传来，石球突然一声爆裂后，就有一个五官俱全的石人破壳而出。两人恐惧至极都以为遇到了妖怪，撒腿就往林外跑。赵七腿快躲过一劫。越远人胖，没跑几步就被石人擒住，用石拳击中后脑倒地身亡。逃出树林后，赵七本想报案，但又担心到了官府有口难辩，这

才心一横回家了。

对赵七的供述，魏步云自然不信，他惊堂木一拍："大胆刁民，竟敢在本大人面前信口雌黄。衙役们听令，给我大刑伺候！"

眼看几种大刑过后，赵七已被折磨得血肉模糊，奄奄一息。魏步云依旧催促衙役们动用更重的刑具，来对付依旧口呼冤枉的赵七。

虽然刘重义对赵七的话也不大相信，但一向就反对刑讯逼供的他实在看不下去了，忙赔笑对魏步云道："大人，大千世界无奇不有。大刑之下，此人不肯招供，说不定石人为祸未必就是他在凭空臆造。况且，至今尚无凭据证实他就是杀人真凶，不如先把他押下去，等查到真凭实据再审不迟。"

魏步云不屑地看了一眼刘重义，一声冷哼："鬼神之事，我素来不信，想必师爷已有成竹在胸，不动刑具就能令此贼招供。明日在大堂上，我倒想看看师爷是用何手段令此贼招供的？"然后他对衙役们喊了声："把人犯押下去，退堂！"

看着魏步云渐行渐远的身影，满头是汗的刘重义只好迈着有些不听使唤的腿，步履蹒跚地向大堂外走去。

2. 虚惊

回到家中，刘重义饭都没吃就和衣睡了。躺在床上，他却辗转反侧。不知不觉，天已破晓，刘重义只好胡乱地用过早饭后，揣着颗惴惴不安的心来到了衙门。眼看一天就要过去，令他不解的是，魏步云竟对赵七一事只字未提。终于熬到了衙役们陆续离去，魏步云却突然满脸堆笑地拉着刘重义的手："小弟不才，初来乍到，还有许多事情有赖师爷相助。今日天色将晚，我已令管家在府中备下薄酒，不知师爷肯不肯赏脸光临我寒舍一叙？"

刘重义琢磨了半天也没明白魏步云葫芦里到底卖的什么药，只好客套了几句随魏步云到了魏府。几杯热酒下肚，两人说话就都随意起来，刘重义的心也不再狂跳不止。两人扯了一会儿闲话，魏步云突然话锋一转扯到了再过几个月要给魏忠贤送寿礼的事。看着魏步云的眼睛似笑非笑地来回在自己身上打量，刘重义的心又一次提到了嗓子眼。

刘重义清了清嗓子吞吞吐吐地道："平州城小民穷，在下虽在平州多年，也实在想不出此地能有什么宝物可配孝敬九千岁的。”

魏步云突然脸色一沉，随手从那个被布包着的盒子里取出一物递到刘重义手中：“谁说平州无宝，这是什么?”

看着刘重义吃惊的表情，魏步云呵呵一笑：“昨晚，是赵七的妻子将据说是他家家传的此物交于我手的。依我之见，越远被石怪所杀应该是确有其事。我看不如就把赵七放了吧，不过……”

一向就机敏过人的刘重义马上猜到了魏步云的心思。但让他依旧不解的是，赵七到底是因怕被冤杀才破财免灾的，还是为替自己洗脱罪名才厚礼相送的呢? 面对魏步云咄咄逼人的眼神，他略作思考就想出了一条妙计，然后附在魏步云的耳边低语了几句。

魏步云点点头：“刘师爷不愧是再世诸葛，此事我就全赖师爷相助了。”两人把酒言欢，一直聊到很晚才尽兴而散。

仅仅过了三日，平州地面上就谣言四起，人们都在纷传着石怪一事。但人们不知的是，其实这些谣言都是刘重义派人秘密散布的。魏步云看看时机成熟，便把赵七无罪释放了。自那以后，刘魏二人常在忙完公务后把酒论诗，亲如兄弟。

3. 石贼

一晃两月过去，刘重义总算过了几天舒心日子。这天，突然有个衙役跑来告诉他，平州又出怪事了，魏知县叫他马上过去。到了县衙，他才弄清事情的来龙去脉。

平州城里住着个老实巴交的老石匠李翼飞。一天，李翼飞上山采石见到一块奇石天然生成人形。他把奇石带回家略作雕琢后，就放在店中准备出售。谁知，仅一夜的工夫，石像竟不翼而飞了。

向来就怕惹事的李石匠也没报案。一连数日过去，就在他几乎忘记此事时，突然城中绸缎庄的马掌柜带着几个捕快找上门来。捕快们也不说话，进门后就开始翻箱倒柜地搜索起来。当一名捕快把从一只石狮子口中搜出的金镯子递到马掌柜手中时，马掌柜指着镯子上的一个马字，一口咬定镯子正是他家之物。

还没等李翼飞明白是怎么回事，他就被带到了大堂上。据马掌柜说，就在昨天夜里，他与小妾正在院中赏月，突然一个白影蹿到他面前，一掌将他击倒，夺了小妾的镯子就翻墙逃走了。马掌柜从地上爬起来，借着月光定睛一看，才发现那贼竟是一尊似曾在哪里见过的石像。他仔细想了一会儿，突然想起数日前，他曾到过李翼飞的石匠铺……

魏步云对刘重义讲过怪事后，就请他给拿个主意。刘重义沉思片刻："大人，仅凭一只镯子还不能断定李石匠会妖术。此事蹊跷，我看还是先把李石匠押下去再说吧！况且前不久本城就出过石凶杀人案。石凶至今还未归案，再出个石贼劫财案也不足为奇。"

魏步云点点头，然后就命人把李翼飞押了下去。接着他又命人将两件怪案写成告示四处张贴，提示百姓小心谨慎，提防石人作怪，并重金悬赏提供线索的人。

终于有一天有人禀报，石人在一处山间密林里现身了。谁知刘重义一听到石怪真的现身了，竟吓得当场就晕了过去。魏步云无奈，只好把捕头叫来，亲自带上数十名捕快入林捕怪去了。

4. 斗怪

众人深入林中，突然有个衙役发现草地上居然离奇地出现了一个大石圈。在魏步云的率领下，衙役们又在林中搜索了几个地方，同样见到了数个大石圈。有几个石圈的周围居然还十分离奇地出现了一些石头被雕成了动物残肢断体的样子。更奇的是，这些石雕上很明显地有一排排齿印。

一种莫名的恐惧笼罩在每个人的头上。众人又在林中挪着寸步搜索了一会儿，突然远处传来了声声鹿的哀鸣声。捕快们你推我让却谁也不敢接近声源。魏步云骂了几句，就一个人大踏步地向着鹿鸣的方向走去。捕快们无奈，只好战战兢兢地紧随其后。随着鹿鸣声越来越清晰，众人终于看清，有只鹿被困在了一个石圈中。鹿的四蹄仿佛被一种无形的引力吸引着，只是不住地挣扎却动弹不得。与被吓得失魂落魄的捕快们不同，魏步云得意地笑了几声后，就令捕快们远远地埋伏在石圈的周围。

约摸过了半个时辰，石人终于出现了。石人走到石圈附近发出一声怪叫后，石圈的四周就有浓浓的黑雾冒起。雾散尽后，众人定睛一看，刚才还活蹦乱跳的小鹿竟变成了石鹿。伴着一声脆响，石鹿的一条腿竟被石人轻松地折断了。

眼看石人慢腾腾地就要把鹿腿放入口中，魏步云手快，瞄准石人就是一箭。但箭射到石人身上后却落下，竟丝毫也伤不到石人。捕快们哪还敢过去，没等魏步云下令，就都逃散了。

看着石人笨拙地缓慢离去，魏步云忙下令把捕快们重又聚在一起，远远地尾随着石人向前挪去。石人进了一个山洞里，衙役们就围在魏步云身边商量起了对策。

魏步云想了一会："凡事都不过一物降一物，不如用烟熏一试。"在他的指挥下，众人捡来枯树枝在洞口点起了火，不一会儿的工夫，滚滚浓烟就朝着洞里钻去。奇迹出现了，洞里竟传来几声撕心裂肺的怪叫。找到了石人的软肋，众人信心倍增，魏步云又命人站到高处去找洞的其他出口。很快被派去的人就从烟冒出的地方，又找到了两个洞口。当三个洞口都冒起浓烟，足足对着洞中熏了三个时辰后，魏步云才在烟雾散尽后，大着胆子率众进入洞中。经过一番搜索，众人终于发现了已被熏得有些发黑的石人。魏步云命一擅长使锤的衙役击碎石人，才率众回府。

众人刚出洞不久，一直藏在洞中的另一个"石人"就得意地笑了。石人费力地一件件脱去石衣，还摘掉了与石头面具连在一起的沉重石制头盔，最后他终于露出了真面目——刘重义。

自帮魏步云如愿释放赵七后，刘魏二人相处还算融洽。谁知有一天，刘重义大醉后竟口无遮拦地指着魏的鼻子调侃道："魏兄贵为九千岁的至亲，却仅做了个芝麻大的小官，真是愧对令尊大人给你取的平步青云的好名字啊！"

看着被气得浑身哆嗦的魏步云，刘重义的酒一下子被吓醒了一半，他眼珠一转忙赔笑道："其实魏兄若想平步青云也不难，九千岁爱才世人皆知，魏兄如能办成一件名震朝野的大事，再加上那份厚礼，高官厚禄还不唾手可得吗？"

当看到魏步云的脸色由怒转喜后，刘重义才长舒了口气又仔细想了一会儿，就替魏步云出了个重金收买个石匠伪造一起石人案的主意。

魏步云听说李翼飞与刘重义是生死之交后，才放心地命刘去找李办事。刘、李二人见面一商量，李很快就同意了。当日，马掌柜所见的石贼正是刘重义假扮的。凭着高超的技艺，李翼飞专门选用分量极轻，石质坚硬的石料替刘重义打造了石衣、石盔。因此自幼习武的刘重义穿上后，依旧可行动自如。

当魏步云在密室中见过扮成石像的刘重义，两人很快就商量出了一套天衣无缝的计划。按计划，刘重义踩好点后就盗了镯子，引得马掌柜去报案。石贼在平州被传得沸沸扬扬后，刘重义就扮成石人在密林中现身了。林中那些石圈、石雕，包括洞中被衙役锤碎的石像，其实也是李翼飞打制的。至于那只入圈后就被无形引力吸住的鹿，不过是刘重义提前把一只鹿的四蹄用草色细绳固定在了一块上覆青草的翻板上。当刘重义走到鹿的身边触动一个机关后，藏在翻板下的喷雾装置就会自动喷雾。在雾的掩饰下，翻板一翻，被雾熏得晕了过去的真鹿就到了地下，李翼飞依真鹿雕成的石鹿就出现在了地面上。石人能一脚踢断树，是刘重义提前把树锯到将断未断。看到捕快们果然被吓退了，刘重义就走进山洞中，然后躲进密室里发出了怪叫声……

5. 遇刺

怪案告破，魏步云被传得神乎其神。当奇事传到魏忠贤耳中后，魏忠贤十分欣慰，直夸魏步云智勇双全。魏步云得信后心中高兴，对刘重义自然更加倚重。

这日，魏步云闲来无事，便按照惯例约了刘重义带着几个衙役打算到乡间察看一下农事。一向就最擅讨魏步云欢心的刘重义忙取出张地图仔细研究了半天，才把最佳路线指给魏步云看。魏步云满意地点点头后，便率众上路了。连续走访了几个地方，众人都有些疲倦，刘重义便下令轿夫把魏步云抬到一棵大树的树阴下去休息片刻。

轿中闷热，魏步云就下了轿。他刚下轿不久，就被一件怪事惊得愣在原地动弹不得，不知为何，树上突然掉下个石球。石球落地碎裂开来后，竟从里面爬出来一只仿佛是玉石雕成的小龙。没等魏步云反应过来，玉龙的口中就有呛人的黑烟喷出。早被石怪吓破了胆的众人担心中毒，忙四散而逃。

众人跑出很远，才发现少了魏步云。刘重义慌忙带人缓慢地向原地找去。当他们远远地见到魏步云雕像般僵卧在地上一动也不动时，却谁也不敢过去。刘重义等了半天，见无动静，才大着胆独身一人朝魏步云走去。来到魏的身边，魏早已气绝身亡。众人见刘重义平安无事，料想玉龙已离去，才大着胆子聚拢到他的身边。

魏步云被抬回县衙，经仵作验尸，他是中毒身亡的。刘重义一面差人替魏县令安排后事，一面向朝廷上书汇报魏县令的死讯。朝廷闻讯后，本欲选派一名官员到平州赴任，但所选官员却人人自危，找了各种理由拒绝前往。就这样，刘重义被逼无奈，只得很不情愿地升任为平州县令。他刚一上任，就带着数十名衙役包围了魏府。魏夫人将他挡在门口带着哭腔怒斥道："我夫尸骨未寒，大人本是我夫生前挚友，不思替我夫捉凶偿命也倒罢了，难道还要带人来欺负我们孤儿寡母不成?"

刘重义忙冲魏夫人一揖到底："夫人错怪在下了，只因魏大人得罪石怪，石怪才伺机报复。我担心石怪会赶尽杀绝，这才带人到府中一查，说不定石怪在府中设下了什么机关也未可知。"魏夫人觉得刘重义说得有理，才把他放进了门。

刘重义带人在魏府转了一圈也没发现什么可疑之处，当他进入魏步云的书房后，突然一块有些凸出的地砖把他吸引住了。他命人把地砖撬起，在地砖下竟发现了一只做工精美的玉盒，打开盒子，里面是一只雕得惟妙惟肖的玉龙。众人看到玉龙无不惊得目瞪口呆，有人认得，那天毒死魏步云的正是此龙。至于玉龙缘何又变成了一尊雕像，众人却百思不得其解。

魏夫人听说是玉龙复活毒杀了魏步云，便要求刘重义把送玉龙的赵七拿来审问。

赵七被带到大堂上后，自知得罪魏忠贤的远亲难逃一死，为免受皮肉之苦很快就供出了实情。据赵七说，半年前他与越远无意中在一个人迹罕至的地方发现了一座古墓，两人经过三个多月的辛苦挖掘后，终于盗墓成功把所得平分了。谁知有一日，越远以有事为由把他约到了林中，竟说他分赃不均，要求再退还一部分。后来两人发生了争执，赵七在大怒之下就把越远杀了。

后因玉坠泄露身份，赵七被带到了大堂上。为替自己洗脱罪名，他一面编了一套石怪杀人的谎言在大堂上抵赖，一面趁妻子探监之机，秘密交代妻子把从墓中盗来的一件价值连城的玉龙暗中送给魏步云。

听罢赵七的陈述，刘重义就命人押着他去寻找古墓。在一处乱石遮蔽的偏僻地方，捕快们向下挖了几丈深，古墓果然现出了真容。在赵七的引领下，众人就跟着他进入了墓室中。刘重义走着走着突然不知被什么东西绊了一下摔倒在地。他爬起来后，就手捧着一个小石人端详起来。

端详了半天，他指着石人身上的一段小篆念了起来："盗吾墓者，自相残杀；贪吾财者，遇龙而亡。"念到这里，刘重义忙捧着那只装着玉龙的盒子，恭恭敬敬地呈到了墓主人的棺前……

回到县衙后，刘重义先依律对赵七治了罪，然后他又命人把李翼飞押了上来。经审讯，李翼飞坚称他与魏步云并无瓜葛。刘重义沉思了一会儿当庭宣判：魏步云之死，是因贪了墓主人之财所致；石像做贼不过是古墓中的护墓石显灵在警告魏步云，此事与李翼飞无关，故本官判李翼飞无罪释放。刘重义审完此案后，石怪果然再未出现。

6. 立功

一晃两年过去，随着魏忠贤倒台，一件大事传遍平州城，刘重义被逮下狱了。据说，状告刘重义的人就是他自己。

没经过太多审问，刘重义就对朝廷派来的人供出了他的犯罪事实。魏步云并非石怪所杀，其实是他与李翼飞合谋用计致死的。

从在魏府中见到玉龙那一刻起，身为东林党人的刘重义本想借着此事向朝廷揭露魏的恶行，但在魏忠贤专权期间，想要扳倒他的亲信无异于自取灭亡。但如果放任不管，让魏步云送寿礼的阴谋得逞，魏忠贤一高兴说不定就会委任魏步云更高的职位。到时，权力更大的魏步云就会做出更多鱼肉百姓，伤天害理的事情。思来想去，刘重义决定将计就计除掉魏步云。为达到目的，刘重义才利用魏步云急欲升官的弱点，故意佯装醉酒智激魏步云的。

会动的玉龙，不过是李翼飞先做好一个上弦后可动的木龙后，又在木龙身上粘上了玉石。玉龙身体一动，就又触动了它体内的一个喷烟机关。玉龙喷出的烟其实毒性根本就不能致死魏步云。当众人见到黑烟只顾逃命时，刘

重义就出手奇快地利用一个藏在手中的装置将一枚米粒大小的毒针射到了魏步云的身体里。至于那只消失不见的玉龙，也不过是被独身来到魏步云身边的刘重义偷偷地藏了起来，玉龙体小，又有草丛遮蔽，站在远处很难被发现……

魏步云一死，刘重义同时达到了两个目的：利用玉龙逼赵七供出盗墓杀人真相。他曾暗中跟踪过赵七，所以知道玉龙是赵七盗墓所得；用石怪吓退魏忠贤的亲信到平州为官，好使自己为官为民的梦想得以实现。刘重义之所以有把握不被魏夫人看出破绽，是因他在与魏密谋伪造石怪案时，两人约定，此事只能有他们二人知道。

崇祯帝知道真相后，不但没治刘重义的罪，还以他在魏忠贤乱政其间，帮着朝廷剪除魏的羽翼而立下的功劳让他升了一级。李翼飞也因功领了些赏钱，从此告别斧凿，回家养老去了。

大鱼爱小鱼，小鱼在哪里

■ 佚名

遥远遥远的一个海里，有一只很漂亮但是很孤单的大鱼。他没有朋友，没有玩耍的伙伴，没有自己的小窝，每天只是寂寞的在最深最冷的海底游荡，有很多的海草经常缠绕着它，他在这些美丽或不美丽的海草中穿行，听着寂寞的声音，一滴一滴，如它吐出的气泡。

有一天，他终于厌倦这种冰冷和缠绕了，他向上游去，感觉到水的温度变暖了，但是心底仍是寂寞的声音。当他把头探出水面时，看到了温暖的太阳，明媚的世界，阔阔的海风，还有，还有，近处一朵浪花上坐着一条红色的小鱼。小鱼稳稳地坐在上面，随着浪花来来回回，仿佛坐摇篮一样，好开心的样子。

小鱼也看到他了，很热情地向他打了个招呼，“嗨，老头鱼，你好啊?”嗯？这只鱼吓了一跳，我有这么老吗？她居然叫我老头鱼？他很生气地说，“你好没有礼貌啊，我还很年轻，怎么能叫我老头呢?”小鱼哦了一声，装作明白了的样子，重新打招呼说，“你好啊，老爷爷鱼。”他气得咬了几下自己的牙。小鱼嘻嘻笑着说，“再敢提意见，就叫你老不死的鱼。试试哦。”他被气得没办法，就只好笑了。心里想，有意思的小鱼。

小鱼顺手拿出一个铁丝编成的空圈，舀了些海水，做成了一个水镜，然后递给他，一撇嘴说，“自己看看吧，好寂寞好老的样子。”他自己看了看，吓了好大一跳，的确是一个寂寞的憔悴的人。小鱼把镜子收回去说，“你一定是经常待在下面的缘故了，要记得经常上来晒晒太阳了，像我这个样子，关于晒太阳我是非常有经验的，哪里不懂来问我好了。”新鲜啊，没听说晒太阳还有什么说法。他想着，“那你说说吧。”小鱼笑了，说啊，其实简单的。就是当有太阳的时候，你就出来，开始晒喽。大鱼笑了。这个充满了阳光味道的小鱼，挺有趣的啊。这样子，大鱼和小鱼成了朋友。经常斗斗嘴

啊，聊聊天啊。大鱼来海面的时间越来越长了。时间长了以后，他们就成了好朋友了。

大鱼很冷的，小鱼很暖的，大鱼很硬的，小鱼很软的，大鱼很忧郁的，小鱼很快乐的，大鱼很粗暴的，小鱼很温柔的，大鱼很安稳的，小鱼很淘气的，这只是它们的表现。其实大鱼也会很暖，小鱼也很冷，大鱼也会快乐，小鱼也会忧郁，大鱼也会淘气，小鱼也会安稳，大鱼也会温柔，小鱼却不会粗暴。两只很不同的鱼在一起会怎么样呢？当然经常吵架。

有时会吵到夜里两点，小鱼很气的，大鱼不爱哄她，一甩尾巴游到深海里去了，小鱼坐在浪花上对着月亮哭，眼泪一滴一滴地掉进海里，可大海毕竟太大了，这点眼泪算什么呢？小鱼想了想就不哭了，没人哄，自己哄算了。她就自己坐在那里看着星星的大眼睛，对自己说，“小鱼小鱼别生气，我来我来哄哄你。惹你生气我不对，以后不再发脾气。真的对不起，以后一定爱护你。”说着她自己就笑了，脸上还挂着泪花呢。其实大鱼没那么狠心了，他在远远地看着小鱼呢。看到她自己哄自己，可是他不好意思过去。

第二天他会装作什么也没看见的样子，又来找小鱼玩。小鱼很好哄的，睡了一觉以后就不记大鱼的仇了，看到他还是好开心的样子。慢慢地，日子这样一天一天过去了。大鱼开心的时候也会逗逗小鱼，有时候他被水底的海草缠绕时，也会想一下那只浪花上坐着的小鱼在做什么，彼此虽然不同，但不妨碍他们互相的惦记。大鱼虽然喜欢和小鱼一起玩，但他是喜冷的鱼，他的家毕竟是在海底。海底的石头虽然冷，海底的草虽然乱，海底的世界虽然寂寞，但对于他来说都是无比的真实。浪花上的小鱼虽然有趣，虽然温暖，但是对于他来说，越温暖就越虚幻，越明亮就越遥远。

海里的任何鱼都不能为对方改变自己的属性的。不是不想改变，是不能改变。无论暖的变冷还是冷的变暖，无论海上的到海下还是海下的到海上定居，都只能是一种结局，因为无法适应而死去。大鱼来得多了，他已经感觉到不舒服了。他的鳞片在脱落，防卫的外衣在变软，这对他来说是可怕的现象，最后一次，他告诉小鱼，他不能再来看她了。浪花上的小鱼点点头，很乖的，不吵不闹，因为她心里都知道。

这是他们最后一次一起晒太阳了，海面上微风轻轻吹着。大鱼的皮肤感觉到了痛，小鱼的心里感觉到了痛。小鱼的眼泪又一滴滴的掉进了海里。她看着大鱼说，“大鱼，我好想和你再吵一架。然后记得你坏坏的样子，就不用想你的好了，就不会很想你很想你了。”

大鱼看着小鱼，慢慢地说，“你是我最讨厌最讨厌最讨厌的小家伙了。”然后他慢慢地把自己沉了下去，闭上眼睛，一片黑色，没有小鱼的声音了，只有海风的呼啸隐隐传来。

大鱼终于回到了海底，很多年过去了。他再也没到海面上去过。因为他是勇敢的大鱼。偶尔他也会想起那只小鱼，不知道她过得怎么样了，有没有找到一个快乐的同伴一起玩耍呢，是不是偶尔会想起我呢。也曾托流动的海潮去探问一下她的消息，所有的回复都是，没有见过什么浪花上的小鱼。

后来的一天，大鱼出去散步，突发奇想，很想到海面上转转，他向上游着，游到半路上忽然发现一个奇怪的东西，一架倒立的小鱼骨。肯定很多年了，骨都被海水刷成了奶白色了。只是奇怪，她还是头向着下的，仿佛尽管是死去，她也想游到底。大鱼游近了，忽然他不动了，化成了灰他也会认得出她的，这正是那只浪花上的小鱼。她来找他了，但是她太小了，她不能适应这种寒冷，却依然保持她心里的愿望，给这海洋一个倒立的身影，给这海洋一个游到底的决心，也给了这海洋一颗爱着的心。

大鱼抱着小鱼，仿佛抱着一个世上最好的宝贝，最亲的最柔的动作，慢慢的游着，向下游着，向底游着……游着……

没人能看到他的泪，因为他，在水里。

启　　事

本书编选时参阅了部分报刊和著作，我们未能与部分作品的作者取得联系，在此深表歉意。请各位作者见到本书后及时与我们联系，并提供相关作品著作权证明以及本人身份证复印件，以便按国家相关规定支付稿酬及赠送样书。

地址：湖南省长沙市天心区芙蓉南路和庄 A 栋 3118 室

邮箱：bjljwh@ 126. com